KB145548

물소리 바람 소리

박목철 수필집

시음사
시사랑음악사랑

물소리 바람 소리를 출판하며

마음에 빚이 있는 듯하여 돌이켜 보니 쓰기만 하고 정리하지 못한 채 인터넷상에 떠도는 글들이 마치 돌보지 못한 자식 같다는 미안함이 마음 한구석에 있었습니다. 보시라고 쓴 글이니 하는 마음에 글을 가져가 공감해 주신 점을 감사한 마음으로 지켜봐 왔습니다.

정리하려니 성격이 다른 글들이 여기저기 흩어져 있어 편집에 어려움이 있었습니다.
생각 같아서는 여행기, 칼럼, 수필로 나눠 출간하고 싶으나 이 또한 다음에 하는 변명만으로 주제의 산만함이 가려질까 걱정스럽기도 합니다.

글도 세월을 비껴갈 수 없다는 걸 새삼 느끼게 됩니다.

희망을 주고 고운 꿈을 꾸게 하는 밝은 글을 쓰고 싶다는 게 평소의 소망이기도 합니다. 하지만 글은 주변 삶을 비취는 거울이기도 합니다. 세상이 아프면 글도 아프게 마련이기에 역병에 시달리는 어려운 삶의 탄식을 외면하기 어려웠습니다.

밝은 세상을 노래해 희망을 드리고 싶었는데 바람뿐이 되었습니다.

이 땅에 나고 자라 세월을 같이한 여러분에게 무한한 존경과 감사함을 전합니다.

조속히 코로나의 굴레에서 벗어나시기를 진심으로 비는 것으로 출간 인사를 드립니다.

壬寅年 3월 19일 진눈깨비 날리는 봄날
양평에서 문학인 소운 박목철

마. 개 이야기

바. 가을이 서러운 까닭

가. 봄이 오는 강변에서

1. 봄이 오는 강변에서

　강변을 지나다 봄이 오는 소리를 듣고 싶어 차를 갓길에 대고 물가로 내려갔다. 봄바람에 잔물결이 찰랑대며 겨울의 흔적을 지우고 있었고, 묵묵히 제자리가 숙명인 갈대만이 몸을 흔들며 세월을 배웅하고 있었다. 후다닥 물새 한 마리가 봄의 적막을 깨고 날아올랐다. 사냥에 실패했나 보다.

　　봄이 오는 강변에서

　　　봄바람이
　　　강변 더러 잠 깨라 한다.
　　　살랑대는 잔물결
　　　머뭇대는 겨울의 귓가에 대고
　　　소곤대듯
　　　늦기 전에 떠나야지
　　　언제나 제자리
　　　훌쩍 떠날 겨울이 부러운
　　　강변 갈대

누렇게 색바랜 몸 흔들며
나는 색(色)이요, 너는 공(空)이니
탄식(嘆息) 소리
후다닥 날갯짓 물새 한 마리
봄이 오는 강변에 적막(寂寞)을 깬다.

2. 낮달

일주일에 두 번은 양평과 서울을 오가는 생활을 몇 년째 하고 있다. 출근 시간대에 겹치면 정체가 너무 심해 차라리 일찍 하는 마음으로 해가 뜨기 전에 집을 나서는 경우가 많다. 서울과 양평을 오가는 도로는 북한강을 끼고 있어 오가는 길이 지루하지 않다는 것도 어떻게 보면 행운인지도 모른다고 생각했다.

답답한 도심을 오가야 한다면 그것도 고역이리라. 예전 서울 살 때는 북한강변의 풍광에 반해 휴일이면 북한강변을 따라 천서리까지 와서 막국수를 먹고 강변 카페에서 커피도 마시고 돌아가는 것을 낙으로 삼기도 했으니 말이다.

서서히 날이 밝아올 무렵이면 안개가 자욱이 깔린 북한강변 풍광에 넋을 잃게 되기도 한다. 양수리 인근의 북한강은 물안개가 아름답기로 소문난 지역이다.

자동차 전용 도로라는 사실을 잊고 차를 멈추었다가 깜

짝 놀라는 일도 있다. 요즘 들어 주행 중에 차를 세우고 싶다는 충동에 빠질 때가 많다. 이런 순간을 놓치고 나면 한동안 머릿속에 아쉽다는 생각이 지워지지 않는다. 카메라를 늘 가지고 다닐 수도 없지만 요즘은 폰의 성능이 좋아 카메라가 좋다는 노트 8을 무리해서 샀다. "나이 드신 분이 뭘 그런데 욕심이 그렇게"

사실 다른 기능보다는 카메라 기능이 좋다는데 혹해 사긴 했지만, 백만 원이 넘다니 비싸긴 하다.

대개의 경우 두물머리 갈림길 입구쯤 가면 날이 훤히 밝아 여명이 눈부실 때가 많다. 강과 다리와 산, 붉게 타오르는 햇살 이런 것들이 한데 어우러져 빚어내는 조화는 정말 눈부시다. 사진 구도를 머릿속에 그리면 여기가 딱인데 습관적으로 룸미러를 보면 무섭게 질주하는 차들 때문에 감히 세울 엄두가 나질 않아 아쉽다. 한탄하게 될 뿐이다.

어느 날인가 양수리 갈림길을 지나 무심코 쳐다본 하늘에 달이 떠 있었다. 깊이 생각해 본 적은 없지만, 당연히 달이 지고 해가 뜬다고 생각하고 있었는데 해가 환히 뜬 아침나절에 달이 높이 떠 있다는 사실이 새삼 신기하게 느껴졌다. 아마도 해가 더 높이 떠 주변이 환해지면 달은 보이지 않을 것이지만 달이 지고 해가 뜬다는 말은 틀렸다는 사실이 새삼스러웠다.

밤에 켜면 눈부시게 밝던 조명도 해가 뜨면 켜져 있다는 사실을 느끼기 어렵듯이 달은 떠 있지만 우리가 느끼지 못하고 달이 졌다고 믿는 것이다.

그 뒤 유심히 하늘을 보면 낮에도 희미한 빛을 발하며 달이 떠 있는 것을 자주 보게 되었다. 불교 신자는 아니지만, 눈 감으면 없고 눈 뜨면 있다는 단순한 진리가 가슴에 다가왔다. 해가 환한 빛을 발한다고 달이 지고 없는 것이 아니다. 햇빛에 가려 우리가 보지 못할 뿐이다.

세상 사는 이치가 다 이와 비슷하다고 생각해 보았다. 단순화시켜 보면 내가 배부르고, 내가 따뜻한 집에서 편히 살고 있다고 남들도 다 그렇지는 않다. 주변의 행복과 화려함에 가려 느끼지 못한다고 모두가 배부르고 행복한 것은 아니라는 현실을 햇빛에 가려 달을 보지 못하듯 보지 못할 뿐이다.

하늘을 유심히 바라보았다. 어디에도 달은 보이지 않았다. 달이 보이지 않는다고 달이 지고 없는 것인가? 눈에 보이는 것이 다 진실은 아니라는 사실, 낮달을 보며 작은 진리가 새삼스럽다니…

낮달

나고(生) 차고(滿) 지고(滅)
열심히 돌려야
쥐불놀이 불길이 타오르듯

윤회(輪廻) 수레바퀴 거역해 본들
해가 뜨면
졌다가 뜰 일이지
가물대는 존재감이 뭐라고
해가 뜨면 달이 진다잖아
그래도 달이야
낮달

3. 양평 그리고 양평

양평

북한강 주변의 지역 중 평(平)이라는 글자가 들어간 지명
이 여러 곳이 있다. 청평, 가평, 양평이 그러하다. 외국의 도
시나 지역명 중에도 뜻은 몰라도 불리는 이름에서 친밀하고
평화롭다는 느낌이 드는 지명이 있게 마련이듯 평이라고 불
리는 지역에는 왠지 정겹다는 생각이 들기도 한다.

서울에서의 오랜 생활을 접고 새롭게 둥지를 틀려고 맘
먹은 곳이 경기도 양평이다. 위에서도 들었듯이 양평이라
는 지명이 마음에 들어서인지 새로운 주거에 대해 서먹함보
다는 막연하지만 낯설지 않은 정겨움 같은 것이 느껴지기까
지 했다.

예전에는 서울과 지방간의 문화적 격차가 크고 생활 여건이 좋지 않아 지방 생활을 기피하기도 했다. 같은 서울에서도 사대문 안과 밖을 달리 보던 때도 있었으니 하물며 시골은 말할 나위도 없었다. 하지만 경제가 좋아지며 이제는 지방이 오히려 서울 변두리보다 생활 여건이 좋다고들 하는 세상이다.

양평만 해도 면 단위인 옥천면 체육공원에는 날씨에 영향을 받지 않고 즐길 수 있는 전천후 체육시설이 골고루 갖춰져 있다. 비나 눈이 내려도 맞지 않고 운동을 즐길 수 있음은 물론 야간 경기를 위하여 조명 시설까지 잘 갖춰져 있는 것을 보면서 참 살기 좋은 세상이 됐다는 흐뭇함에 빠지게 된다.

손주가 그네 타기를 좋아해서 옥천면 체육공원 놀이터를 자주 찾게 되었다. 공원을 알기 전에는 인근 초등학교에서 그네를 태웠는데, 예전과 달리 요즘은 학교 체육시설을 편하게 이용하기에는 뭔가 심적 불편함이 있었다. 범죄 예방을 위해 그럴 것이라는 생각에 이해는 가지만 휴일 같은 때 그네를 타러 가자고 조르면 빗장 지른 학교에 들어갈 수 없다는 것을 네 살배기 손주에게 이해시키기가 아주 난감하곤 했는데 체육공원을 안 뒤로는 그런 불편함이 없어서 좋았다. 종종 늦은 시간에 그네를 태우기도 하지만 닫아건 문도 없고 눈치 볼 것도 없어 마음이 편하다.

양근(楊根)향교

체육공원을 가는 길에 양근향교라는 안내판이 보여 손주 손을 잡고 향교를 둘러보기로 했다. 서원이나 서당과는 달리 향교는 지금으로 치면 국립 교육 기관에 해당하는 국가에서 관리하는 교육 기관이다. 조선 건국 이후 성리학을 국가 통치의 기본 이념으로 삼아 양민 이상 국민을 대상으로 교육을 하던 시설이 향교이고, 지방관이 부임할 때 향교의 교관(교수 종6품, 훈도 종9품)을 대동하였다고 한다.

조선 후기로 들어오며 관학이라 할 수 있는 향교보다는 사학 기관이랄 수 있는 서원이나 서당이 오히려 교육 기관으로의 위상을 높이기도 했지만, 지금도 웬만한 전통적 기반이 있는 곳에는 향교가 남아있어 옛 교육 기관의 위상을 후대에 전하고 있기도 하다.

옛날에는 과거에 급제해 관직에 오르지 않으면 士, 農, 工, 商의 계층 중 士(선비)에 해당하는 이들이 일할 직장이 아예 없었다. 관직이라 해도 일자리가 많은 것도 아니라 관직에 오른다는 것이 하늘의 별 따기라 할 만큼 문이 좁았다. 과거를 보려면 체계적인 교육도 받아야 하는데, 그 문도 과히 넓지 않았다.

향교의 정원은 작은 행정단위에는 30명 정도, 크다 해도 90명이 넘지 않았고 전국 향교의 정원이 1만 5,330명으로 제한돼 있어 지금으로 치면 종합대학 한 곳의 정원에도 미치지 못했다. 조선 팔도 모두에서 정원 만 오천 명뿐인 향교에 입학한다는 것 자체가 쉬운 일은 아니었을 것이다.

향교의 정점에는 성균관이 있다. 성리학에서 으뜸으로 섬기는 이는 공자이고 성균관이나 향교에서 가장 신성시하는 곳이 공자와 성현들의 위패를 놓은 대성각이라는 배향(配享) 시설이다. 성균관이나 향교는 교육 시설이긴 하지만 공자를 위시한 4성(안자, 증자, 자사, 맹자) 외에 18현을 모셔 놓은 배향시설과 학문을 가르치는 강학(講學) 시설, 교육생들의 숙식과 뒷바라지를 위한 기숙사와 취사 시설 등이 적절히 배치되어 있다.

향교가 평지에 있는 경우 전묘후학으로 배치하고 구릉지인 경우 전학후묘로 시설을 배치하는 게 원칙이라는데, 양근 향교는 구릉지라 대성각이 뒤쪽에 자리하고 강학 시설인 명륜당이 앞쪽에 있는 전학후묘의 구조를 띠고 있었다.
'전묘후학(前廟後學)이란 앞쪽에는 배향시설, 뒤쪽에는 강학(講學) 시설을 배치하는 경우이고 전학후묘의 경우는 이와는 반대인 경우이다.'

양근 향교를 둘러보며 옛 선인들이 참 어려운 삶을 살아오셨구나 하는 엉뚱한 생각이 들었다. 바람막이 전실(前室)

도 없이 외풍에 접한 작은 방에서 지내며 공부하기가 그리 쉽지는 않았을 것이리라! 그나마도 선택된 소수 인재가 누리는 혜택이었으니, 일반 백성의 삶이 어떠했을까?

향교를 돌아보는 내내 이 땅에 살아 온 민초들의 고된 삶이 아프게 다가왔지만 어린 손주는 마냥 즐겁다.

"할아버지 여기서 더 놀자!"

창기야 정말 너무너무 보고 싶구나!

옥천 체육공원 미끄럼틀 바로 옆에 작은 흉상이 하나 서 있다. 체육공원에 갈 때마다 마주치는 곳이지만, 별 관심을 두지 않고 무심히 지나치곤 했었다.

나만 그런 것이 아니라 그곳을 찾는 사람 중 흉상에 관심을 두고 살피는 사람은 아무도 없는 것 같았다. 손주가 미끄럼을 타는 재미에 빠져 있는 모습을 보고 있다가 별생각 없이 흉상 후면에 새겨있는 글귀를 보게 되었다.

> 보고 싶은 아들 창기야!
> 그 누가 너를 그 먼 곳으로 데리고 갔길래
> 그 무엇이 우리를 다시는 만날 수도
> 볼 수도 없게 갈라놓았니
> 아주 짧고 짧은 순간에 너와 생이별을 하고
> 수년이 흐른 지금도 너를 만날 수도
> 볼 수도 없도록 만들었는지
> 엄마는 오늘도 아들 생각에 가슴이 메여
> 찢겨지는구나

창기야 정말 너무너무 보고 싶구나
아들아 우리 다시 꼭 만날 날을 약속하고
하늘나라에서 편히 지내렴,
아들을 너무너무 그리워하는 엄마가...
(비석 내용 전문)

비석에 새긴 비문을 읽으며 가슴이 메어옴을 느꼈다. 며칠만 안 봐도 보고 싶어지는 피붙이를 한순간에 영영 잃어버리고 다시는 만날 수 없는 곳으로 보낸 엄마의 절규가 가슴을 아프게 했다. 아마 자다가도 벌떡 일어나 받아들이기 어려운 현실에 절망하고 피눈물을 흘리셨을 것이다. 고 김창기 준위(원사에서 추서)는 이곳 출신으로 천안함 폭침 시 전사하신 분이라고 기록되어 있었다. 그가 생전에 다녔다는 학교는 서울을 오가는 길에 우뚝 서 있다. 오가다 빤히 쳐다보이는 학교를 보며 얼마나 아들 생각이 간절하셨을까?

웃고 떠들며, 흉상 제단 디딤돌을 놀이터 삼아 뛰놀아도 아무 생각 없이 지켜보던 자신의 무심함이 정말 죄스러웠다. 양평군 옥천면 주민들을 위한 체육시설을 빠짐없이 잘 갖추고 있다는 사실에 더해 옛 향기 가득한 향교를 품고 있기도 하고 나라를 위해 장렬히 목숨을 바친 용사의 기념비도 간직하고 있는 열사의 고장이기도 하니 이곳에서의 삶이 초라하지는 않겠다고 하는 자위를 해보았다.

기념 흉상 앞에 놓인 돌 화병에 꽂힌 꽃이 며칠을 봐도 늘 같은 조화라는 사실이 마음 쓰였다. 면민 체육대회라도 여는지 지척에 자리한 체육시설에서는 함성이 요란했고 음식 쟁반을 든 여자분들이 주변을 분주히 오가기도 했다. 산 자와 죽은 자의 거리가 아득히 멀게 느껴졌다.

문득, '자주는 몰라도 국군의 날이라도 고운 생화를 바쳐야겠다.'

나이 탓인가? 세상을 보는 눈이 착해지는 것 같다. 손주 녀석이 좀 크면 놀이터 삼아 뛰놀던 기념비가 지닌 의미를 자세히 설명해 줘야 할 텐데, 에그! 세월이 기다려 나 줄는지 모르겠다.

4. 달집태우기

해를 기준으로 만든 달력(태양력)에 의존해 살아가는 요즘 세대에게는 달을 기준으로 정한 음력에 대해 해마다 날짜도 바뀌고 체감되는 기온까지 사뭇 다르니 음력은 고루한 구세대의 향수쯤으로 치부할 것이다. 실제로 입춘(2. 4)을 봄이라고 하기에는 너무 추운 것도 사실이고 입동(11. 7)을 겨울의 시작이라고 하기에는 너무 이른 것도 사실이다.

하지만 농사를 짓는 분들이나 어업에 종사하는 분들은 음력을 기준으로 농사 계획이나 어업계획을 세우고 있어 음력이 기재된 달력이 지금도 사라지지 않고 있는 까닭이다. '영덕 게도 달의 영향에 따라 속이 비기도 하고 살이 꽉 차기도 한다.'

달력이 없으면 농사나 어로 계획을 세우기도 불가능하기에 해마다 통치자는 이를 만들어 백성에게 나누어 주는 것이 통치의 중요한 기본이기도 했다. 옛 조선에서는 해마다 중국에 보낸 사신을 통하여 天子로부터 새로 작성된 달력을 받아와 이를 기준으로 만든 달력을 백성에게 배포하여 계절의 기준으로 삼게 하였다.

태양의 움직임을 기준으로 만든 태양력을 쓰는 서구는 해 문화권이라 하지만, 달을 기준으로 만든 달력을 쓰는 우리나라는 달 문화권에 속하는 삶을 살아왔기에 옛이야기들도 달에 관한 얘기가 대부분이지 해에 관한 얘기는 찾기 어렵다. '아이들은 달에 사는 토끼가 계수나무 아래에서 방아를 찧고 있다고 듣고 자란다.'

인공조명이 보잘것없던 예전의 삶에서 어둠은 인간의 활동을 많이 제약하였다. 년 중 가장 밤이 밝을 때를 들라 하면 단연 정월 대보름이라 해도 틀린 말이 아닐 것이다. 실제도

다른 달의 보름달과 정월 대보름의 달이 다른지의 여부를 따지기에 앞서 대보름은 최고의 달이라는 심정적 믿음에는 다른 해석이 없을 것이다. 그만큼 정월 대보름의 달빛은 환하게 누리를 비춰고 있다.

겨우내 추위와 어둠에 외출을 삼가고 움츠렸던 모든 이들은 정월 대보름의 환한 달빛이 반가운 은혜였을 것이고 더구나 달은 나약한 인간에게 기댈 수 있는 신앙의 상징이기도 하니 말이다.

나이 드신 분들에게 가장 기억에 남는 어린 시절의 추억을 들라 하면 정월 대보름의 놀이일 것이다. 정월 대보름날 달이 뜨면 밤이라고 믿기 어려울 정도로 주변이 환하다. 깡통에 철삿줄을 매달아 돌리는 쥐불놀이도 그렇고 달집태우기의 멋진 불꽃도 어린 정서에 고운 추억으로 남을 만한 충분한 볼거리였다.

한 해의 액운을 저 멀리 날려 보낸다는 액막이 연, 액막이 연 날리는 구경도 신나는 볼거리였다. 꼬마들은 아까운 연을 끊어서 날려 보낸다는 것은 생각도 못 할 일이었지만, 어른들이 날려 보내는 연이 가물가물 멀리 사라지는 모습은 보노라면 저 연이 어디까지 날아갈까 하는 상상도 좋은 추억이다.

윷놀이 판의 떠들썩함, 농악패의 신나는 사물놀이, 정월 대보름날은 달이 뜨기까지 신나는 구경거리가 가득한 떠들썩한 축제의 한마당이었다. 추수가 끝난 논이나 밭의 빈 자락은 멋진 놀이의 장을 펼치기에 아주 좋은 장소이기도 했다.

공터 가운데 높이 쌓아 놓은 달집태우기의 나뭇더미에는 온갖 소망을 담은 종이쪽지가 축제장의 만국기처럼 펄럭이며 어린 동심이 더욱 들뜨게 하였다.

'언제 불을 붙이는지, 애타게 기다리게 하던 달집태우기'

아득하던 정월 대보름의 추억을 다시 일깨운 건 새로 삶의 둥지를 튼 양평읍 덕평리에서였다. 편의점에 살 게 있어 다녀오던 길에 달집태우기 준비에 여념 없는 주민들의 떠들썩함을 보고 차를 세우고 물었다. 덕평 1리, 2리, 3리 마을 공동으로 여는 대보름 잔치라 했다.

"몇 시에 달집태우기를 시작할 예정입니까?"

빨리 보았으면 하는 기대에 했던 질문을 까마득한 세월 너머에서 그때와 똑같은 심정으로 물었다.

"7시쯤" 요즘 술을 잘 마시지 않으니 현장에서 멋없이 기다리기가 그럴 것 같아 다시 와야지 하는 마음으로 현장을 떠났다. 운이 좋다는 생각이 들었다. 요즘 세상에 어디서 달집태우기를 볼 것인가!

걸어 내려가려면 15분쯤 걸릴 터이니 하는 마음에 천천히 가려다 혹시나 하는 마음에 좀 일찍 나섰다. 어디에도 달이 보이지 않아 달이 떴더라면 하는 아쉬운 마음에 멀리 보이는 양평읍의 불빛이 곱다고 생각하며 사진도 몇 장 찍었다.

아래로 보이는 달집태우기 현장에서 불을 붙이는 광경이 눈에 들어왔다. 뭐야? 일곱 시라 하더니, 혹시나 하는 마음에 일찍 나서지 않았다면 하늘을 치솟는 성한 불꽃을 놓칠 뻔했다고 생각하며 줄달음을 쳤다.

타오르는 달집을 배경으로 고사상도 보이고 장구 소리에 징, 꽹과리 소리가 흥을 돋우고 있었다. 흥에 겨운 주민 몇 분이 한데 어우러져 춤도 덩실덩실 추고 있었다.

세월의 변화는 농악 소리에서도 느낄 수 있었다. 지금 세상에 누가 장구나 징이나 꽹과리를 배우려 할 것인가? 엇나가는 징 소리와 꽹과리 소리에 서툴다고 하는 생각도 들었지만 아무려면 어떠냐?

타오르는 달집 불꽃을 따라 한해의 액운이 다 스러졌으면 하는 모두의 바람이 간절하지 않은가, 사이렌 소리가 요란하더니 소방차가 여러 대 현장에 도착했다. 방염복에 마스크까지 완전히 갖춘 소방대원이 내리더니 화재 신고로 출동했다며 차를 돌렸다. 인근 도로를 지나던 시민이 차에서 소방서로 화재 신고를 했단다. 현장을 떠나며 소방대원이 남긴 한 마디"도시 사람들은 달집태우기를 몰라요."

험한 세상을 살며 그들이라고 태워 없앨 액이 없지는 않을 터인데...

달집태우기

달랑 빈손으로 왔는데
집요하게 얽어맨 온갖 번뇌(煩惱)들
태고(太古) 이래 늘 그 자리 달님이시여
우러러 비나이다 거둬가소서
기세 좋게 타오르는 달집을 따라

5. 구둔역 이야기를 들어보세요.

구둔역 이야기를 들어보세요.

나이가 좀 드신 분들은 기차 여행의 추억을 지금도 간직하고 계실 것이다. 지금은 살기가 좋아져 나들이하는 방법도 아주 다양해졌지만, 예전에는 웬만한 거리는 걸어 다니고 먼 거리를 이동하려면 대개 기차 편을 이용하는 게 일반적인 이동 수단이었다. 도로 상태도 열악하고 자동차도 많지 않아 자동차를 이용하여 장거리를 이동하는 경우는 드물어 여행하면 기차 여행이었다.

기차도 지금의 기차와는 비교할 대상이 아닐 만큼 속도도 느리고 여행 시간이 오래 걸렸다. 친척 집에라도 갈 양이면 기차표를 사러 정거장에 미리 가서 줄을 서야 했고 기차를 타려면 줄을 서서 대기하는 시간이 서너 시간은 보통이었다. 좌석권이 있는 것도 아니고 보통 2인승 좌석에 3명이 끼어 앉는 것도 호사에 속할 만큼 긴 시간을 서서 가는 사람이 가득한 것이 옛날 기차의 모습이었다.

서울, 부산 정도의 거리를 가려면 하루 밤낮을 꼬박 걸려야 했던 것으로 기억하고 있다. 나중에 급행이니 하면서 서울, 부산을 15시간에 주파한다고 했던 것 같으니 말이다.

기차는 정거장마다 정차해 어떤 역은 지겨울 만큼 정차 시간이 길기도 했지만 다 그러려니 해서 불만을 하는 사람도 없었다. 오히려 긴 정차 시간은 여행의 지겨움을 덜어주는 요소이기도 했다. 기차가 정차하면 주변에 커다란 시장이 형성되곤 해서 인근 주민들이 들고 온 과일이며 밥이며 음료수를 사서 마시는 재미에 지겹다는 생각보다는 행복한 추억으로 기차 여행이 오래 기억되었다.

요즘은 가족 여행을 기차로 하는 경우를 보지 못했다. 아이들은 여행하면 당연히 자가용을 이용한 여행을 떠 올릴 것이고 먼 거리는 당연히 비행기를 탄다고 생각할 것이다. 몸은 편해졌지만, 아이들에게 쌓아 줄 추억이 없다는 사실이 아쉽기도 하다.

이런 기차 여행의 추억 탓에 정동진역의 풍광에 반해 단번에 정동진을 관광지로 탈바꿈시켰지만, 정동진을 가보면 고즈넉한 옛 역사의 모습은 상상에도 남아 있지 않을 만큼 도시화 돼 버렸다.

우연한 기회에 양평 인근의 구둔역을 방문하게 되었고 아득한 추억 너머에 있던 옛 기억을 떠올렸다. 구둔역은 1940년에 지어졌으니 옛 역사의 모습을 그대로 간직하고 있기도 하지만 앙증맞게 작은 역사의 모습을 보면 흡사 동화 속의 무대 같다는 생각이 들 정도로 역사는 옛 자취를 간직하고 있다.

1940년 4월 1일 영업을 시작한 이래 청량리와 경북 경주를 잇는 철도로 강원도 강릉, 태백까지 수많은 화물과 사람을 실어 나르다 세월에 밀려 2012년 8월 16일 폐역이 되어 역사의 뒤안길로 사라진 구둔역은 72년의 역사의 흔적을 풀고 있는 귀중한 문화유산이기도 하다. (근대 등록 문화유산 제296호)

유치원 아이들이 공연과 체험 학습을 하겠다고 버스를 타고 단체 학습을 왔다. 양수리에 있는 양수 어린이집에서 온 50명 정도의 어린이가 동화극을 보며 즐거워했다. 동화극은

'비밀의 시간 여행'이란 아주 유익한 동화극으로 같이 아이들 뒤편에 서서 재미있게 관람하였다. 공연 시간은 40분 정도, 세 명의 배우가 소품을 이용하여 재미있게 연극을 펼쳐 보였다. 간소한 무대와 소품, 적은 배우로도 재미있게 연극을 펼치는 모습을 보고 참 재간 있는 분이라는 생각이 들었다.

구둔역 문화 공간은 9개의 주제를 가진 공간으로 가꾸고 있다고 했다. 아담한 카페도 있고, 5백 년 수령의 향나무에는 소망을 담은 황금빛 쪽지들이 바람에 날리고 있었고 선로 위에는 추억을 담은 옛 기차가 있었다. 재미있는 것은 구둔역에 있는 동물들이 사람을 너무 좋아한다는 것이다. 하얀 돼지는 사람을 보면 만져 달라고 머리를 디밀고 간이 의자에 잠깐 앉은 사이에 새까만 고양이 두 마리가 서로 무릎에 오르겠다고 경쟁을 했다. 토끼도 있고 커다란 개도 있었다. 다 사람을 보면 좋아서 가까이하려 한다. 애들이 좋아하겠다고 생각했다.

역사(驛舍) 안(안이라 해야 정말 연극의 소품같이 작다)에는 옛날 시간표가 그대로 아직 걸려 있다. 매표구 아래로 들여다보니 옛 도시락의 안내가 붙어 있었다. '도시락과 사이다, 달걀' 옛 기차 여행을 행복하게 했던 옛 메뉴 그대로였다. 밖에서 식사하기로 예정돼 있었기에 다음에 한 번 먹어 봐야지 아쉬운 생각이 들었다. 아까 본 유아들이 생각나 관계자에게 물었다. "애들이 도시락을 잘 먹을까요?" 인스턴트 식품에 길들은 애들이 혹시 하는 마음에서였다. "지금 먹고 있는데 다들 아주 잘 먹어요." 녀석들도 옛 정서를 유전으로 물려받았나 보다.

애들이 체험 학습을 하는 동안 역사 안을 둘러보았다. 선로가 저 멀리 펼쳐져 있고 방향을 가리키는 이정표가 아직도 여기저기 붙어 있었다. 부산도 있고 강릉도 보였다. 지금이야 내 집 드나들듯 여행을 하지만, 예전에는 아득한 거리 너머의 미지의 세계였을 것이다. 코스모스가 살랑대는 철길에서 바라본 선로 끝 저 너머를 그렸든 옛 시절이 가슴 저리게 다가왔다. 이것만으로도 구둔역은 충분히 가치 있는 문화 공간이라는 생각이 들었다.

멀지 않은 거리에 있는 구둔역에서 아득히 뻗어나간 선로를 보며 이것만으로도 옛 추억에 흠뻑 젖어 행복을 느끼다니 작은 행복은 그리 먼 곳에 있지 않았다.

구둔역

구둔역에서
마음속 차표를 끊으려다
잠시 망설였다.
부산 자갈치 시장의 왁자한 삶의 소리
강릉 경포대 바닷가의 철 지난 파도 소리
어디가 좋을까?

깜장 고양이가 무릎에 올라
조심스레 손가락을 물었다.
아주 조심스럽게
부산, 안동, 강릉, 망각 된 이정표 너머
파아란 하늘로 잠자리가 날아올랐다.
구둔역의 가을이 높았다.

구둔역의 가을

구둔역에서 프리마켓 행사가 있다고 구경 가자는 전화를
체육관에서 받았다.

운동복 차림으로 외출하는 모양이 별로 좋아 보이지 않는
다고 생각해 오던 차라 한참을 망설이다 화창한 날씨에 모처
럼 나들이하고 생각을 고쳐먹기로 했다.

구둔역에 관해서는 한차례 소개한 바도 있고 잘 되면 좋
겠다는 생각은 해 오던 터라 주차장에 가득한 승용차를 보며
흡족한 생각이 들었다.

평소에 한가롭던 구둔역 역사 주변이 사람들로 붐비고 있
었고 선로가 있는 곳에 아담한 장터가 펼쳐져 있었다. 천막
아래 펼쳐놓은 매대에는 수제(手製)로 만든 물건들이 앙증
맞게 진열돼 손님맞이 준비에 한창이고 한 편에서는 숯불에
굽는 바비큐에서 나는 구수한 냄새가 뭔가 축제장 같은 분위
기가 물씬 풍기고 있어 노랗게 물든 은행나무와 어우러져 좋
은 하루가 되겠구나 느낌이 좋았다.

가을이 짙은 구둔역은 예전과는 분위기가 사뭇 달랐다. 구둔역이 오랜 역사를 품고 있다는 것은 주변에 있는 나무에서 확연히 느낄 수 있다. 향나무야 사철 늘 푸른 나무이니 그렇지만, 거목이랄 수 있는 은행나무와 미루나무가 단풍으로 곱게 물들어 주변까지 환한 느낌이 들었다. 바닥에 깔린 단풍잎까지 더해 가을이 완연한 구둔역은 한 폭의 동화 속 그림을 보는 듯했다.

이번 행사는 지평중학교에서 지원하는 공연이 많은 탓인지 화려한 단풍이 무색할 만큼 풋풋한 생기가 가을의 적막함을 말끔히 거둬낸 느낌이랄까? 더욱 밝아진 가을이다.

옛날 중국 북경 호텔 로비에서 한국 대학생들이 활기찬 모습에 흐뭇했던 기억이 떠올랐다. 체격도 우람하고 잘 생기고 전혀 주눅 들지 않은 우리의 젊은이가 중국인들을 압도한다는 기분 좋은 추억을 다시 떠올렸으니...

지평이라면 시골인데 지평중학교 애들은 키도 크고 이쁘고 세련된 모습들이다. 사물놀이도 하고 댄스팀이 춤도 추고 관악기도 부는 등 펼치는 공연이 진지했고 무엇보다 나이 든 사람 시각에서 보면 전혀 주눅 들지 않은 당당한 모습이 너무 보기 좋았다. 누가 미래를 걱정하는가? 겁먹어 보지 않고 당당히 큰 우리 아이들의 장래는 밝을 것이다.

낙엽이 날리는 구둔역 간이 의자에 앉아 공연도 보고 옛날 도시락도 먹었다. 밥이 맛있으면 반찬 투정을 하지 않는다는 평소의 지론을 다시 확인하며 어린 시절 피난지 부산에서 친구 어머니가 차려 준 하얀 쌀밥을 먹었을 때의 좋았던 느낌 씹지 않아도 저절로 부드럽게 넘어가든 찰지고 감미롭던 밥맛, 탁자 위로 낙엽이 툭 툭 소리를 내며 떨어지고 있었다. 구둔역의 가을은 노란 행복이 가득했다.

　'아쉽게도 구둔역에서 공연하던 팀이 운영난으로 해체됐다는 소식을 들었다.'

6. 두물머리의 물안개

　서울과 양평을 오가려면 한강 기슭을 따라 멋진 강변도로가 펼쳐지고 안개의 고장 두물머리를 지나게 된다. 흔히 양수리로 불리는 이 지명은 우리의 멋진 말 두물머리의 한문 투의 의역 어이다. 양수리까지는 남한강과 북한강이 따로 흐르다가 두 물이 만난다는 지점이 소위 두 물(兩水) 머리(頭)이다.

　강원도 정선, 충북 단양을 상류로 여주 양평을 감돌아 내린 남한강 물이 가평 남양주를 지나 북한강 물과 서로 어우러져 하나가 되는 곳이 두물머리이다.

우리나라는 전 국토의 대부분이 산지로 되어 있다. 이런 지형의 특성상 육로로의 교통수단은 열악했고 '외침을 우려해 도로 개설을 인위적으로 막기도 함' 상대적으로 강을 통한 물류의 이동이 활발해 강에는 이런 물류의 집산지이던 나루터가 번창했다. 두물머리 나루는 한강의 마포나루를 잇는 한강 4대 나루 중의 하나로 꼽히던 곳이기도 하다.

지금은 나루라는 말 자체가 생소한 옛일이 되었지만, 나루터의 흔적은 우리의 정서에 아직 남아 있다. 두물머리는 역사적 흔적이 지워지지 않은 곳이면서도 풍광이 수려한 곳이다. 특히 두물머리 물안개는 많은 이들의 사랑을 받는다. 갈대가 우거진 강가를 감돌아 자욱하게 깔린 물안개는 신비하기까지 하다.

강물은 안개에 덮여 자태를 감추고 갈대만이 안개 사이로 드문드문 머리를 내밀고 있다. 이런 걸 두고 선경이라 하겠구나! 절로 감탄을 하게 된다.

사람은 익숙해지면 무감각해지는 속성이 있다. 힘들고 나쁜 환경도 처음에는 힘들다가도 익숙해지면 그다지 힘들다고 느끼지 않듯 좋은 풍경도 처음에는 와 멋있다! 감탄하다가도 자주 대하면 무덤덤해지게 마련이다. 이런 적응이라는 과정은 인류가 살아남는데 필수적인 요소였을 것이고 이런 적응이라는 과정이 없다면 가난한 아프리카나 동남아의 주민들, 독재에 시달리는 국가에서의 삶은 더욱더 고달팠을 것이다.

양평에 또 하나의 둥지를 틀어 일주일에 두 번은 양평과 서울을 오가게 된다. 처음 얼마간은 강변을 따라 잘 닦아놓은 도로를 달리면서 주변의 멋진 풍광에 감탄하곤 했지만, 반복되다 보니 무심코 지나가게 되는 경우가 대부분으로 강이 있다는 사실조차 잊게 되는 경우가 많다.

지난 입춘 추위에는 강이 얼었던가? 하는 것조차 아리송해 강을 일부러 바라보기까지 했다.

'옛날에는 겨울이면 어김없이 강이 얼어붙었지만, 근래에는 강이 얼지 않는다는 소리를 들었기 때문이다.' 강은 건너편까지 꽁꽁 얼어붙어 있었다.

입춘을 지나고서는 추위가 언제 있었나 싶게 따뜻하다. 얼음은 녹았을까? 양평을 가는 길에 얼어붙었던 강변이 생각나서 문득 바라본 강은 물안개가 자욱하게 깔려 있어 신비롭기까지 했지만, 얼음이 녹았는지는 알 수 없었다.

자동차 전용 도로에서 머뭇거리기도 그렇고 그냥 한참을 더 달리다 샛강 옆 공터에 차를 세우고 조그만 나루터가 보이기에 내려가 보기로 했다.

갈대가 안갯속에 흐릿하게 보이는 샛강의 풍경은 옛 동양화 그림을 보는 듯 신비롭기까지 했다. 나 말고도 차가 여럿 보였고 휴대전화로 사진 찍는 분들의 탄성이 여기저기서 들렸다. "야, 정말 멋있다." 그렇다. 늘 무심코 지나다니던 곳이 이렇게 멋진 곳이라니...

안개가 끼면 모두가 낯설게 보인다. 늘 보던 풍경이고 늘 다니던 길이지만, 안갯속에 흐릿하게 드러난 풍광은 정겹고도 낯설게 마련이다. 낯설다 함은 생소함을 동반하지만, 안갯속의 낯섦은 정겨운 낯섦이다.

안개

불쑥 들어내지만
또, 문득 사라지는
안갯속 풍경처럼 우리 삶이 그러할 진데
햇살에 스러지는 안개지만
허무하다고 하지는 말자
우리 한 번쯤 낯선 눈으로
정겹게
서로 보지 않았는가,

눈과 렌즈의 차이를 실감했다. 안갯속에 드러난 정겨운 풍광을 사진이 담아내지 못했기 때문이다. 핸드폰으로 찍은 사진, 안개는 담아냈지만, 정겨운 느낌을 사진에선 느낄 수 없었다. 물안개, 결국은 가슴에만 흔적으로 담아야 한단 말인가?

물안개

웅크린 강변에
입춘이 입김을 불었다.
겨울은
갈대 뿌리에 성긴 얼음 되어
미련으로 남고
봄은
수줍다고
물안개 뒤에 몸을 숨겼다.
두물머리
겨울도 봄도 흐릿한 꿈속에 있었다.

7. 지평 장터에서 맛본 수제비

요즘은 백화점이나 대형마트가 웬만한 지방 면 소재지까지 들어와 영업하고 있다. 양평에도 하나로 마트를 비롯하여 메가마트 등 대형마트가 네댓 곳은 되는 것 같다.

재미있는 것은 이렇게 상설 시장이 생활 깊숙이 들어와 있고 문만 나서면 편의점을 비롯한 가게들이 즐비한데도 아직 오일장이 전국 방방곡곡에 펼쳐지고 있다는 사실이 놀랍고 더구나 장날을 기다리는 사람들이 아직도 많다는 사실은 더욱더 놀랍다.

시장의 주 기능을 물건을 사고파는 것으로 좁혀서 보면 장날에 사람이 들끓는 현상은 이해하기 어렵다. 시원한 에어컨이 나오고 물건의 가짓수도 많고 잘 정돈된 대형마트에 비하면 오일장의 환경은 초라하기 짝이 없다.

따가운 햇볕에 이마가 따가울 정도의 펼쳐진 공간에 무질서하게 자리 잡은 상인들 하며 물건의 가짓수도 그렇지만 펼쳐놓은 물건의 양도 '저거 다 팔아 봐야...' 하고 측은한 생각이 들 정도로 오일장의 모습은 풍요하고는 거리가 멀다.

쭈그리고 앉아 채소를 다듬거나 껍질을 벗기고 계시는 할머니들을 보면 더욱더 애처로운 마음이 든다. 조그만 소쿠리나 봉지에 담긴 나물이나 잡곡 다 팔아봐야 오고 갈 때 차비를 빼고 나면 손주 용돈이나 주실 수 있을까 싶다.

뙤약볕 아래 간이 의자에서 국밥이나 막걸리를 마시는 분들을 보며 이런 생각을 했다.

'옛 어린 시절 부모님 손을 잡고 찾던 장터의 향수가 그리워서 오일장을 찾으시는구나.'

나도 아버지 손을 잡고 찾던 장터가 늘 그리웠다. 국민학교 뒤편 하얀 모래사장에 펼쳐지던 장의 좌판과 드문드문 서 있던 소나무까지 어린 시절 봤던 장터의 모습은 지금까지 너무도 또렷이 기억에 남아 있다.

아마 딴 분들도 나름의 장터 추억을 간직하고 계실 것이고 추억을 찾아 장터를 찾고 계실 것이다. 양평장이나 이웃 용문장은 지자체에서 관광 거리로 가꾸려는 열의를 가지고 투자를 하고 있고 더욱이 전철로 서울과 연결되고부터는 장터를 관광 삼아 찾으시는 분이 많이 계신다. 그래서인지 양평장이나 용문장은 규모도 대단하다.

세상 이치가 다 그렇듯이 자연적으로 형성된 것이 아니고 뭔가 목적을 가지고 손을 대기 시작하면 편해진 것만큼 옛 맛은 사라지게 되어있게 마련이다. 장터를 찾을 때마다 옛 장터의 맛보다는 현대화된 재래시장을 닮아 간다는 아쉬운 느낌을 지울 수 없었다.

용문 인근의 지평장은 어떨까? 경기도 장이 열리는 날을 살피다 문득 지평장이 가보고 싶어졌다. 부동산 소개 업자가 하던 말이 생각났다.

"양평이나 용문에 비해 땅값이 상당히 쌉니다. 전철만 뚫리면 오히려 양평이나 용문보다 더 좋아질걸요." 결국 낙후됐다는 의미가 아닌가? 낙후됐다는 것은 옛 맛이 살아있다는 의미라고 나름대로 판단을 내리고 나니 지평장이 더욱 가보고 싶어졌다. 1일 6일이 지평장날이란다.

지평은 용문과 지척임에도 분위기가 완연히 달랐다. 우선 장터가 선다는 장소 부근이 어린 시절 보던 읍내 장터의 분위기와 아주 닮아 있었다. 장날임에도 한산한 거리가 무더운 한낮 더위에 졸고 있듯 한가롭게 느껴졌다.

양평이나 용문은 장날 장터 인근에 주차하기가 무척 어렵지만, 장터 바로 옆임에도 맘 편하게 주차할 곳이 많이 있어, 오늘이 장날 맞아? 할 만큼 분위기가 나른하게 느껴졌다.

장터엔 빈 곳이 많아 한산했고 "너무 덥고 휴가철이라..." 장 구경 왔다는 말에 너무 한산한 장이 미안했던지 이렇게 변명했지만, 얼핏 보기에도 오히려 나른한 장터 분위기가 너무 좋았다.

배가 고파 주변을 살펴봤다. 시골 냄새가 확 풍기는 건물 한쪽에 '수제비'라고 써 붙인 정말 작고 허름한 식당이 눈에 띄었다. 수제비, 서울에도 혹 수제비를 취급하는 식당이 있긴 하지만 먹어 보면 늘 실망스러웠다. 다와야 하는데 멋진 식당에 얄팍하게 기계로 저민 듯한 식감 하며 수제비답지 않았기 때문이다.

시골이니 시골답게 먹어보자. 마음을 정하고 식당에 들어섰다. 식탁 서너 개, 열 명도 들어서지 못할 것 같이 협소한 식당 한쪽 주방(주방이랄 것도 없음)에서 할머니 한 분과 아주머니가 열심히 음식을 장만하고 있었다. 수제비가 맛있을 것 같은 분위기였고 옛 시골 맛을 낼 것 같다는 느낌에 호기

있게 음식을 주문했다. "여기 수제비 하나 주세요."

잠시 후 나온 수제비를 보니 짐작이 틀리지 않았다. 호박과 당근, 파를 소로 얹은 수제비의 모양은 투박하고 손으로 거칠게 막 뜯어 넣은 형세가 완연했기 때문이다. 얄팍하고 보기 좋게 기계로 저민 도시스러운 수제비와는 생김새가 달랐다.

수제비를 얇게 뜯어야 한다지만, 수제비의 원래 모양은 그렇지 않다. 아이들까지 달려들어 뜯어 넣은 수제비는 두껍기도 하고 모양도 각양각색이다. 배부른 사람들이 기호로 먹는 수제비와는 차원이 다른 옛 수제비의 맛과 식감은 옛사람이 아니면 모른다.

투박한 수제비를 한입 물고 행복을 느꼈다. "지평장에 오기를 잘했다."

강원도나 경기도 시골 식당에 가면 내오는 김치가 일품이다. 서울의 식당은 단가를 아끼려고 대부분 중국산 김치를 사서 낸다고 한다. 강원도나 경기도 시골 식당은 자신이 담근 김치를 낸다. 중국 김치는 배추가 물러 힘이 없이 쳐져 보이고 씹을 맛이 없지만 시골 김치는 그렇지 않다 배추가 단단해 아삭한 식감이 좋다.

밭에서 딴 청양고추를 다져서 내주는 것과 김치가 반찬의 다이지만 훌쩍거리며 맛있게 먹었다. 나른한 시선으로 주변을 둘러보았다. 이마가 벗어질 것 같은 불볕더위 아래 지평이 졸고 있었다. 아니, 무더위에 아른거리는 옛 시골 거리를 보며 내가 졸았는지도 모르겠다.

더위가 한풀 꺾이면 한 번 더 찾아야겠다고 마음먹었다. 가까운 곳에 옛 시절을 되새김질할 수 있는 지평이 있다는 것도 작은 행복이다.

수제비

지금 세대는 모를 거야
악수하는 손이 표시된 밀가루 포대
전쟁에 살아남은 축하로
미국이 보내준 선물이라나
난로에 불피워
양은 냄비에 물 끓이고
감자, 양파 썰어 넣고 나면 형과 난 웃었어
반죽하며 얼굴에 하얀 분가루 피에로였거든
잠시 집에 들른 엄마
형과 나까지
열심히 반죽을 늘려 뜯어 넣었지
수제비 먹으며 웃었어
막 뜯어 못생긴 수제비 놓고
"이거 네가 뜯어 넣은 거지?"
두꺼워 속이 하얗게 덜 익은 수제비지만
행복했어
그래서 웃었어

쌀밥에 고깃국 먹어도 요즘은 웃지 않아
웃는 근육이 굳었나 봐

전쟁이 끝나고 악수하는 손이 그려진 원조물자가 주변에
흔했다. 잘사는 나라에서 보낸 원조 물자라 했다. 아버지와
전쟁통에 생이별한 어머니는 어린 자식을 굶기지 않으시려
목욕탕에 석탄을 나르는 일을 하셨다. 석탄 기차 운전사가
빼돌린 장물을 목이 휘게 나르셨다.

그 옛날에 간호학교를 나온 인테리 우리 어머니가, 어린
나이였지만 형과 나는 원조받은 밀가루를 반죽해서 점심 준
비를 하고 어머니를 기다렸다. 잠시 짬을 낸 우리 어머니 점
심을 거르시지 않게 하려고...

8. 오일장 이야기

사람은 편리함을 추구하는 본능이 있지만, 때로는 불편
함에 대한 향수도 쉬이 잊지 못하는 속성이 있는 듯하다. 동
네마다 대형마트가 생기고, 계절의 영향을 받지 않고도 편
하게 장을 볼 수 있는 세상을 살면서도 전국적으로 오일장이
아직도 명맥을 유지한다는 사실이 놀랍기도 하다. 대형 마
트에 밀려 동네 구멍가게들이 망한다고 아우성을 친데 비해
오일장은 오히려 점점 활성화되는 기현상을 보이기도 한다.

지역에 따라서는 관광지로 오일장을 내세우는 곳도 많이 있고 장날이면 오일장을 즐기려는 관광객이 넘쳐나기도 한다.

오일장은 인구도 많지 않고 산업화나 도시화가 이루어지기 전의 시장 기능이라 할 수 있다. 한곳에 정착해서 가게를 운영하기에는 경영이 어려우니 5일 정도 시차를 두고 넓은 지역의 구매자를 집결시켜 판매하는 형태가 오일장이라 하겠다.

쉽게 표현하면 이동하는 시장이 오일장이라 할 수 있는데 지금은 인구가 밀집된 도시가 곳곳에 자리하고 있고 판매 시설의 현대화는 물론 취급하는 물건의 종류도 아주 다양하다. 그런데도 길바닥에 펼쳐놓고 파는 원시적 형태의 오일장에 환호하는 현대인의 취향은 이해하기 어려운 측면이 있기도 하다.

아마 대부분의 나이 든 분들은 오일장의 왁자한 분위기와 구경거리에 오일장을 손꼽아 기다리던 추억이 있으실 것이다. 사실 예전의 오일장은 장터의 기능과 더불어 잔칫집이나 공연장의 기능도 겸하고 있었다. 약장수나 장돌뱅이의 입담은 TV나 라디오가 없던 시절에는 놀라운 볼거리였고 온갖 먹거리와 구경거리까지 한꺼번에 펼쳐진 장터는 나들이 장소로 손색이 없었다.

옛, 추억의 장터는 포항 인근의 '도구'라는 작은 바닷가 마을에 자리한 동해 국민학교의 뒷마당이었다. 바닷가인 탓에 바닥은 모래가 깔려 있었던 거로 기억한다.

아버지가 이곳에서 병원을 운영하고 계셨기에 방학을 맞으면 형과 나는 언제나 아버지가 계신 곳에 가서 방학을 보내곤 했다.

무료한 시골에서 장날은 우리 형제가 손꼽아 기다리던 잔칫날과 같았다. 먹거리, 구경거리가 널려있는 장터를 신이 나서 다니던 기억이 엊그제같이 선명하다.

하나 더 우쭐했던 것은 의사인 아버지가 동네 분들의 존경을 받는 분이셨기에 만나는 사람마다 깍듯이 인사를 하곤 해서 아버지 손목을 잡은 나까지 으쓱해진 기분이 들었던 기억이 뚜렷하다.

지금도 여행을 하다가 장날인 곳을 지나게 되면 꼭 차를 세우고 구경을 하게 된다. 어린 시절의 장터가 추억 속에 자리한 탓이다. 아마 다른 분들도 나름의 장터에 대한 추억이 오일장을 존속시키는 배경이 아닌가 싶기도 하다.

딸이 양평에 자리 잡고는 내 서재까지 멋있게 꾸며 주었다.

"아버지 이제 양평에서 편하게 글 쓰세요." 하지만 도시에 길든 습성은 아직도 서울을 떠나지 못하고 양평을 오가고 있다. 처음 한동안은 조용한 분위기가 오히려 글을 쓰기 어렵게 하기도 했다.

이곳 양평은 3일과 8일이 장날이다. 장날이 되면 추억을 찾아 장터를 찾게 된다. 양평은 서울 변두리보다 더욱 편의 시설이 잘 갖춰져 있지만, 장날 장터의 규모도 대단하다. 한 가지 단점이 있다면 장터가 한곳에 몰려있지 않고 넓게 퍼져 있다는 점이다.

이웃 용문의 장터(5일, 10일)는 아주 짜임새가 있다. 용문역을 중심으로 동선이 편리하게 T자 형태로 자리하고 있어 차를 두고 기차를 타면 바로 장터 앞에 내리게 되어 많이 걷지 않아도 된다.

장터에 앉아 막걸리 한잔 기울이는 낭만을 맛볼 수 있기에 용문장을 자주 찾게 된다.

오일장의 매력은 상품이 고전적이라는 점과 할머니들이 들고 나오는 소박한 채소들을 만나게 된다는 즐거움이다. 다 팔아봐야 몇 푼이나 될까 싶은 나물이나 곡물들을 길거리에 펼쳐놓은 할머니들을 대하면 마음이 그렇게 편할 수가 없다. 세월을 거슬러 어린 시절의 이웃을 만나는 느낌이 든다고 할까!

개 쑥떡, 개구리튀김, 개고기 팝니다. 도시에서는 낯선 상품들이 오히려 정겹기까지 하다. 이곳에서 베개도 사고, 침대 깔게도 샀다. 백화점보다 오히려 기분 좋은 쇼핑을 즐기곤 한다. 전을 앞에 놓고 막걸리도 마시며 세월을 훌쩍 지나 옛 시절로 돌아간 행복을 맛보았다. 계획하지 않던 물건들을 이것저것 사다 보면 보따리가 커진다. 얼큰하게 취기가 올라 보따리를 들고 기차를 타고 오면서 생각했다.

'아마도 오일장은 추억의 보관소로 우리 곁에 오래 존재할 것이라고…'

장터

노천 주막에 앉아 막걸리를 마셨다.
土酒(지평막걸리)를 집어 드니
"서울분들은 서울 막걸리만 찾아서…"
고개를 저었다.
시골 장터에서 서울 술을 마셔서야
꼬치에 꿰인 참새구이를 먹다가
문득
이거 병아리 아닌지 몰라
시골 장터에 앉아
시골 술을 마시면서
그놈의 의심
서울 사람 아니랄까 봐

9. 길거리 음악회

예전에는 음악다방이 성업을 이루고 있었다. 조그마한 박스 안에는 음악 신청도 받고 음악도 소개하는 DJ가 흥에 겨워 머리를 흔드는 모습도 보였다. 조금 규모가 큰 음악다방은 커다란 피아노를 홀 안에 놓고 시간마다 피아노를 연주하기도 했다. 젊은이들은 이런 다방에서 음악을 신청해 듣기도 하고, 커피도 마시고 담소도 나누던 젊은이들의 사랑방 같은 곳이 이런 음악다방이었다.

명동인가 기억은 확실치 않지만, 동전이라는 꽤 유명한 음악다방에서 커피를 마신 적이 있었다. 홀에 놓여 있는 피아노는 시간마다 연주자가 나와 한 시간 정도 곡을 연주하고는 얼마간의 휴식 시간을 두고 다시 연주하는 형태로 운영되고 있었다.

이층 앉은 자리에서 바라보면 연주자의 얼굴이 정면으로 마주 보여 그의 표정이 읽힐 정도로 가까이서 연주자를 본 적이 있었다. 처음에는 무심히 음악을 듣고 있었지만, 한 시간이라는 연주 시간이 짧지 않다는 생각이 들었고 문득 나도 모르게 연주자의 표정을 살피게 되었다. 곡 연주가 중노동이라는 생각이 들었기 때문이다.

선입견일 수도 있지만, 연주자의 표정에는 '억지로'의 권태감이 강하게 배어 있었다. 이후로 좋아하는 일을 직업으로 하면 소중함을 잃는다는 생각이 강하게 각인되었다.

가을 햇살이 너무 따사롭고 좋아서 집안에만 있기가 아깝다는 생각에 양평 장터를 찾았다. 사람은 나면 서울로 보내고 말은 제주도로 보내라는 말이 틀렸다는 것을 양평에 머무는 시간이 많아지며 느낄 때가 많다. 조그만 양평 읍내임에도 곳곳에 공연을 위한 간이 무대가 마련되어 있어 주말이면 작은 음악회가 펼쳐지곤 한다.

따뜻한 햇볕 아래 해바라기를 하며 음악을 듣는다는 행복을 이곳에서 처음으로 맛보았다. 햇살이 아쉬워지는 계절에 따사한 햇살을 받으며 향내 짙은 커피 한잔을 앞에 두고 행복한 음악에 흠뻑 젖어 드는 진정한 행복이다.

글 쓰는 사람은 글을 쓰며 과장을 피하는 게 미덕이다. 하지만 행복이란 단어를 반복해서 쓰는 과장을 마다치 않고 강조하고 싶다.

좁은 양평 바닥에 그렇게 음악을 사랑하고 재능있는 분들이 많다는 사실에 놀랐다. 무대는 한정되어 있고 출연할 팀들은 많으니 팀당 주어진 시간이 그리 길지 않았기에 저마다 분주히 악기를 운반하고 조율하고 무대 주변이 시끌시끌했지만, 음악을 사랑하는 분들의 대가 없는 공연은 활기가 가득했다.

음악적 소질이 없는 사람이 악기를 다루는 경우는 거의 없다. 많은 팀의 공연을 보며 상상해 보았다. 아마 학창 시절 음악에 미쳐 부모님 속깨나 썩이지 않았을까? "딴따라는 안 돼!" 악기가 부서지기도 했을 것이고, 이런저런 사정으로 음악을 떠났을 것이다. 각자의 삶터에서 열심히 일하다 문득 음악에 대한 애정을 잊지 못해 피곤한 몸을 이끌고 다시 모인 진정한 음악인들이 펼치는 공연이 가을 하늘에 정겹게 퍼지고 있었고 관객을 행복하게 했다.

공연자가 행복한데 어찌 듣는 이가 행복하지 않을 수가 있단 말인가? 돈 받고 출연한 시간이 돈인 공연자와 제 돈 들여가며 좋아서 공연하는 공연자 어느 쪽이 행복할 것인가? 극명하게 드러나는 차이점을 확실히 보았다. 앙코르! 앙코르! 앙코르가 고마워 감격하는 공연자의 모습은 신선해 보였다. 모두가 손뼉을 연신 쳤다. 앙코르!

소운은 축구 관련 카페에 고정 칼럼을 기고하고 있다. 안타까운 것은 소질과 현실 사이에서 고민하는 많은 선수와 부모들의 좌절에 별다른 도움을 주지 못함이다. 앞에 장황하게 쓴 글도 이런 분들에게 도움이 되었으면 하는 마음에서 쓴 글이라고 이해해 주셨으면 한다.

진정으로 좋아한다면 좋아하는 것을 후회 없이 한 것만으로도 후회는 없어야 한다. 진정으로 좋아하는 것은 직업으로 하지 말라는 말도 그냥 듣기 좋게 또는 위로로 드리는 말씀이 절대 아니다. 강제로 받으면 기합인 것도 하고 싶어 하면 돈을 주고 해도 취미 생활이고 행복이 된다.

각자의 생활 터전에서 삶을 영위하고 여가에 광장에 나와 드럼을 두들기는 분의 진정한 행복을 보았기에 드리는 말씀이다. 돈 받고 출연해 시간이 지겨운 프로보다 앙코르가 고마운 삶이 보람 있지 않은가? 행복한 취미 생활이 더욱 값진 것이라는 생각이 틀리지 않았으면 좋겠다.

나. 사모곡

1. 어머니

　나이가 들면서 아주 예전에 돌아가신 어머니가 자주 꿈에 나타나신다. 어디가 아프려나? 꿈에서 깨면 늘 이런 생각을 하게 된다. 아마 내가 아프면 하늘에서도 걱정하실 것 같다는 생각이 들어서 그런 생각을 하게 되나 보다. 고집스레 종교 집단의 골방에서 외롭게 돌아가신 어머니, 당신의 신념이라지만 병원 한번 못 모신 후회가 늘 가슴에 응어리 되어 남았다.

　밥도 먹고 웃기도 했다.

　　부음을 받고 달려갔다
　　운명하신 지 하루가 지나서
　　아파트 어두운 방에
　　잔뜩 웅크리고 가셨다.
　　냉장고 옆 쌀통엔 쌀이 가득했고
　　냉장고 열어본 누나가

"야채 캔 하나만 마시고 가셨나 봐."
가슴이 울컥했다.
쌀 남은 거 방앗간에 맡겨 떡으로 뽑았다.
장지까지 배웅해 준 이웃들
식당에 모셔 음식을 대접했다.
떡도 나눠 드리고
가진 건 없어도 늘 주길 좋아하시던 어머니
흉내 내보았다.
"참 깔끔한 분이셨는데..."
가신 어머니 덕담이 만발했다.
웃기도 했다.
밥도 먹었다.
낳고 기르시고 정말 사랑 주신 분인데
아무 일 없듯 지나가는 일상인 듯
밥이 넘어가다니
웃다니

2. 개나리 예찬

봄소식을 가장 먼저 전하는 꽃이 개나리이다. 매화나 산수유가 꽃망울을 터트렸다고 매스컴에서 꽃소식을 전하기도 하지만, 이런 꽃들은 우리가 흔히 볼 수 있는 꽃들도 아니고 남쪽 지방에서나 흔히 보는 꽃들이다.

개나리는 우리나라 어디에서나 잘 자라고 우리 주변에서 너무나 흔히 볼 수 있는 꽃이다. 아파트 단지 주변 울타리나 석축에 덩굴처럼 가지를 늘어뜨리고 있다. 너무 흔한 꽃이기에 관심을 끌진 못하지만 단연 봄소식을 전하는 꽃의 전령이다.

아주 오래전 피난지 부산에서 국민학교엘 들어갔다. 그 당시의 또래들은 하도 콧물을 흘려 콧물 수건을 가슴에 매달고 다니던 시절이다. 엄마 손에 끌려 약간은 겁먹으며 따라가던 학교 앞 길가엔 양쪽으로 개나리가 따사한 봄볕 아래 환하게 피어 있었다. 벚꽃이 필 때도 마찬가지지만 개나리가 활짝 필 때도 주변이 환하게 보이기 마련이다.

어린 시절 그때의 환하고 따사롭던 느낌이 평생을 가슴에서 떠나지 않았다. 또 국어 교과서엔 비록 누렇고 질 낮은 종이일망정 컬러로 인쇄된 개나리와 병아리 떼의 선명한 노란색은 어린 마음에 오랫동안 각인되었다. "나리나리 개나리 입에 따다 물고요 병아리 떼 뽕 뽕 뽕 봄나들이 갑니다." 이 글이 내가 태어나 처음 배운 글이다.

개나리와 병아리와 선명하던 노란색의 따사함과 함께...

대개의 꽃들은 잎이 피고 나서 꽃망울이 맺히게 마련인데 목련과 개나리는 꽃이 먼저 핀다. 언제 움이나 틀까 싶은 마른 가지에서 화사한 꽃을 피운다.

그것도 노란색으로 노란색은 중용의 색이기도 하다. 모두를 아우르는 색이다.

우리는 귀한 것엔 참이란 말을 붙인다. 상대적으로 덜 귀하고 흔한 것에는 개 자를 붙인다. 참기름, 참나물, 참 두릅 등 개나리는 개 자가 붙었다. 나리는 나린데 흔해 빠진 나리란 뜻이리라 그래서 개나리에 더욱 정감이 간다.

꺾어 아무 곳에 꽂아도 가지가 늘어져 땅에 닿기만 해도 뿌리를 내리는 그래서 누가 가꾸지 않아도 스스로 피어 방방곡곡 이 강산을 노랗게 물들이는 꽃 개나리, 개 자가 붙으면 어떠하랴.

개나리가 기지개를 켜는 것을 보았다. 며칠만 있으면 활짝 피리라. 봄볕의 따사함과 함께 어린 시절 엄마 손에 이끌려 가던 학교 길의 추억 속의 개나리처럼...

3. 팔베개

봉평장에 들러 메밀 베개를 하나 샀다. 사람은 하루 중 거의 삼분의 일을 자야 하니 의식이 깨어 있는 시간은 그리 길지 않은 편이다.

잠을 뒤척이는 이유 중 하나가 베개 탓이라는 글을 본 적이 있듯 편하게 자려면 우선 베개가 편해야 한다. 이런저런 베개를 바꾸다 보니 메밀 베개가 제일 편하다는 것을 알게 되었다. 더구나 메밀껍질은 머리의 열을 식히는 기능까지 있다니 옛 분들이 메밀 베개를 즐겨 사용한 이유를 알 만하다.

잠을 못 잔다는 지인에게 메밀 베개 하나를 선물했더니 베개가 무척 편해서 잠이 잘 온다고 고마움을 전해오기도 했다. 잠자리 바뀌면 숙면이 힘든 이유도 베개가 낯설어서인 경우가 대부분이다. 메밀 베개가 좋다지만, 여러 배게 중 으뜸을 들라 하면 단연 팔베개라고 자신 있게 말하고 싶다. 어린 시절 엄마가 내어 주던 팔베개는 수면제와 같아 아무리 환경이 나빠도 품에 안기면 세상의 어떤 어려움도 느낄 수가 없는 안온한 피난처였으니 말이다.

참 신기한 게 팔베개이기도 하다. 팔을 내어 줄 때와 팔 베었을 때의 느낌이 전혀 다르기 때문이다. 팔을 내어 줄 때는 보호 본능이 발동하여 한없이 감싸주고 싶지만, 팔을 베고 누우면 한순간에 어린아이 같이 보호받고 있다는 안온함을 느끼게 되니 말이다. 안길 때와 안을 때의 감정이 이렇게 다를까 싶다니 나만 그런 건 아닌지 모르겠다.

어린 시절 유달리 엄마 품을 밝혀 식구들의 미움을 많이 받았다는 소리를 듣고 컸다.

예전 며느리들은 새벽에 일어나 우물물을 길어다 부엌의 장독을 채워야 했다. 추운 겨울에는 잠든 자식이 추울까 안 쓰러워 몰래 떼어놓고 나오면 채 한 동이도 긷기 전에 울음

소리가 새벽을 흔들었다니 어른들 잠 깨실까 걱정되어 얼마나 난감하셨을까? 당황스럽고 급한 마음에 궁둥이가 다 나오게 둘러업어도 엄마 등에만 매달리면 전혀 보채지 않아 엄마 마음을 아프게 했다고 추억하시곤 했다.

내 어린 시절 별명은 눈 감고 밥 먹는 아이였다. 흉보는 게 싫어 눈을 감고 먹여주는 밥을 다 먹었다고 친척들이 붙여준 별명이고 성장한 이후에 어쩌다 뵙게 되는 어른들이 "눈 감고 밥 먹던 아이가 이렇게 컸어?"라는 소리는 듣기 싫은 옛 얘기이기도 했다.

쑥스러운 얘기지만 초등학교 5학년까지 엄마 품을 떠나지 못하는 막둥이였는데 어쩌다 술이라도 한잔하면 어린 시절 엄마 품에 안겨 듣던 심장 소리가 무척 그립다. 이미 가시고 없는데...

팔베개

자다 깬 천둥소리
전생의 죄 두려움인가
파고든 따뜻한 품
심장 소리 자장가 되어
꿈길마저 편하더니
한잔 술에
옛 추억 갈증 되어
팔베개가 그립고

묻어둔 사진첩 찾듯
팔베개 베어본다.
흘러간 세월 저편
그 모습 그대로인데
俗世의 때 켜켜이 무게 되어
여린 팔 버거워하네
못다 푼 속세의 연(緣) 또다시 윤회인가

4. 사모곡

"호미도 날이긴 하지만 낫같이 들지 못합니다. 아버지도
부모이지만 어머니같이 사랑을 주지 못합니다."고려 시대
어느 작가가 쓴 어머니를 그리는 글을 대충 요즘 글로 표현
해 보았다. 누구나 아버지에 대한 애정보다는 어머니께 받은
사랑을 평생 안고 살다 가는 게 인생인가 보다.

어머니에 대한 많은 추억 중 가슴 깊은 곳에 아련한 아픔
같은 기억을 몇 가지고 있다. 오랜 세월이 지나고 또 이미 돌
아가셨지만, 어머니 하면 떠오르는 추억이 언제나 뚜렷하다.
6.25 전쟁 와중 피난길에, 인파에 밀려 가족 모두와 아버지
가 헤어지게 되었다는 사연은 이미 밝힌 바 있듯 어린 자식
들만 어머니가 모두 떠안고 그 힘든 피난길을 걸어서 부산까
지 가게 되었다.

철도 변에 C-레이션 박스로 지은 집은 하늘이 쳐다보이

고 비만 오면 그릇으로 새는 물을 받던 힘든 시절이었다. 지금 생각하면 어린 자식들을 어머니 혼자 힘으로 무슨 수로 먹이셨는지 궁금하기만 하다.

아픈 추억 하나

어느 날 시장 점포주가 우리 집에 무슨 박스 같은 걸 잔뜩 맡겨 놓고 갔다.

며칠이 지난 후 우연히 엉성한 판자 사이로 꼬챙이를 넣어 쑤셔보니 뜻밖에도 군용 건빵이 잔뜩 든 상자였다. 그 시대엔 흔히 있던 소위 빼돌린 물건으로 우리 집에 숨겨 놓았다가 잠잠해지면 가져다 팔려고 맡겨 놓은 물건이었다. 배고프던 시절이라 형과 나는 야금야금 손닿는 구멍마다 건빵 꺼내 먹는 재미로 한동안 행복했다.

며칠 더 지난 후 거래가 이뤄진 점포주가 사람을 데리고 와 박스 모두를 실어 가면서 우리 형제의 불행이 시작되었다. 물건을 산 사람이 물건을 팔려고 상자를 열어보니 여기저기 건빵이 빠져나간 뚫린 봉지들, 집으로 찾아온 점포주의 항의는 거칠었고 상황을 헤아린 어머니는 속수무책 빌 수밖에 없었다. 범인으로 지목된 형과 나는 엄청 두둘겨 맞고 쫓겨났다.

먹고 살기 힘든 시절 조그만 잘못도 엄한 벌이 내리던 시

절이다. 해가 지고 나니 약간 추웠던 거로 봐 아마도 늦가을
이었을 것이다. 날은 어둡고 춥고 배고픈 우리 형제는 감히
집에 들어갈 엄두를 못 내고 눈치를 살필 겸 창문가에 숨어
서 방안의 동정을 살피기로 했다. 엄마 화가 얼마나 풀리셨
나 하고 어머니가 동네 아줌마들 앞에서 울고 계셨다. 어린
것들이 얼마나 배가 고팠으면 건빵을 꺼내 먹었겠냐고 그런
애들을 때려 내쫓은 정말 모진 어미라고 위로하는 이웃 아줌
마들도 같이 어렵던 시절이라 동병상련 같이 울먹이고 계셨
다. 어머니 하면 떠 오르는 평생을 지우지 못한 어머니의 우
시던 모습이다.

아픈 추억 둘

군에 입대 후 단기 하사 코스를 지원해 원주 1군 하사관
학교에서 교육받던 때이다. 당시 하사관 학교는 인간 재생
창이라 할 만큼 혹독한 훈련을 시키던 곳이다. 어머니 당신
은 고생하셨지만, 나름대로 자식은 험한 꼴 안 보고 곱게 기
른 셈인지라 어머니께선 훈련 중인 내 몰골을 보고는 울고
가셨다.

자식이 눈에 밟혀 한시도 편하셨을 리 없는 어머니께선
먹거리를 잔뜩 준비하셔서 주말마다 면회를 오셨다. 대개 면
회를 오면 저녁에 외박을 허락했기에 먹을 것을 인근 숙소
에 맡기신 어머니는 나를 데려가실 요량으로 면회를 신청하

셨는데 그날이 훈련 출동 일이라 검열이 한창 단 5분 면회가 허용됐을 뿐이었다.

허둥지둥 인사만 하고 돌아서는 자식을 보고 어머니께서 정말 황당해하셨다. 그러곤 뛰기 시작하셨다. 먹거리를 갖고 와 자식에게 먹이려고 숙소로 달려가신 거다. 교육생 전체가 중요한 평가를 받는 훈련 출동이라 나 개인의 형편은 어디 하소연할 데도 없고 감히 말도 꺼낼 분위기가 아니었다. 자신의 근무 평점이 걸린 포대장의 눈에 핏발이 섰다.

철모를 눌러쓴 병사들이 가득 탄 트럭이 줄줄이 정문을 빠져나갈 때, 아! 어머니가 숨을 헐떡이시며 나를 찾고 계셨다. 나는 엄마를 보았지만, 철모를 눌러쓴 또래의 수백 명 병사 중에 어찌 나를 찾으실 수 있을까? 트럭이 다 빠져나갈 때까지 어머니는 애타게 음식 보따리를 드신 채 망연히 서 계셨다.

어머니께선 외롭게 돌아가셨다. 사이비 종교의 교리에 충실히 따라 도저히 사람이 이렇게 마를 수 있을까 싶게 마르신 어머니가 내게 유언을 남기셨다. "평생을 믿고 따른 종교이니 혹 의식을 잃더라도 병원엔 데려가지 마라. 신념에 따라 행복하게 죽겠다."라고 어머니께선 자식의 가슴에 못을 박고 당신은 행복하게 가셨다.

병원엘 가면 죽어서 지옥에 간다는 전도관(후일 천부교)의 교리에 따라 어머니께선 천당으로 가셨을 줄 믿는다.

봄, 여름, 가을 그리고 겨울

봄
콧물 수건 가슴에 달고
엄마 손 놓칠세라
종종걸음 하던
초등학교 입학하던 날
노랑 개나리 활짝 반기고
봄날같이 따사롭던 엄마의 손

여름
품 떠난 자식
물가에 내놓은 아기인 양
고장 난 카세트 반복하듯
차 조심해라, 밥 잘 챙겨 먹어라
시원한 음료 먹이시려
동네 부잣집 냉장고 눈치 보시더니
콧잔등에 땀방울, 주름진 어머니 미소

가을
남들 다 가는 군대
면회 와 울고 가시더니
주말마다 두 손 가득 목메이는 사랑
외출 금지, 비상에 어깨 떨구시고
수십 번 되돌아 눈에 담고 가시려는 듯
가녀린 어깨 들먹이며 가시던 길

길가에 가득하던 서러운 코스모스

그리고 겨울
자식 다 키워 어깨 가볍다시며
애써 고개 돌려 신께 의존하던 삶
남은 생 여한 없으시다더니
자식 걱정 못 놓으셨나
눈 감을 때 눈가에 맺힌 한 방울 이슬
"어허 자식 고생 안 시키시려
날 풀릴 때 가셨네" 그렇게 가셨구려

5. 친구

옛 친구 김희영 시인이 전화해 왔다. 문자는 간혹 오기도 하지만 전화는 뜻밖이다.

전화를 받았더니, "전화 정말 잘 받으시네. 옥희가 서울 왔어요. 만나 보셔야죠?" 사실 평소에는 전화를 잘 받지 않는 편이다. 솔직히 표현하자면 기다릴 전화가 딱히 없기 때문이다. 돈 없는 걸 어떻게 아는지 대출이 어떻고 가 아니면 통신사 이동하면 현금 얼마를 준다는 뻔한 거짓말 전화가 대부분이기 때문에 오는 전화엔 관심이 없기 때문이다. 나만 그런 게 아니라 나이가 들면 세상의 흐름에서 비켜서는 게 사는 이치이기도 하다.

옥희, 고등학교 때 친구를 반세기나 지나서 연락이 닿았다는 게 신기하기도 하고 곱던 소녀의 모습이 어떻게 변했을까? 하는 궁금증도 더해 당연히 보자고 했다. 발산역 4번 출구 앞 한 번도 가보지 못한 낯선 곳이기도 하고 꽤 멀겠구나 하는 생각이 들었다. 전화를 끊고 컴으로 조회해보니 생각처럼 먼 곳은 아니었다.

석계역에서 한 시간 남짓 나이 들고 보니 내 삶의 터전이 주류에선 한참 비켰다는 것을 요즘 절실히 느낀다.

아는 직장 동료들은 대부분이 일산이니 과천이니 분당 등 잘 나가는 동네에 살고 있고 만남의 장소는 변두리 인생인 내가 가기에는 늘 부산만큼 먼 곳에 정해지기에 요즘은 모임도 거의 피하고 있다.

처음 보는 사람과 얼굴을 마주하는 장소에 가면 사실 시선 둘 곳이 마땅치 않다. 대표적인 게 전철이기도 하지만 다행히 요즘 전철 안에서 시선을 의식할 필요는 없다. 전철 안을 돌아보니 거의 100%라 해도 틀리지 않을 만큼 모두가 폰에 시선을 두고 있었다.

몇 정거장이나 남은 거리가 궁금해 폰을 꺼내 인터넷 조회를 했다. 출발지 석계, 도착지 발산, 중간에 공덕역에서 갈아타라는 안내에 더해 소요 시간까지 친절하게 알려준다. 혹시 외계인이 우리의 모습을 본다면 이놈들이 도대체 뭘 저렇게 열심히 하지? 생각하니 피식 웃음이 나왔다. 너나없이 모두 폰 중독이 실감 나는 현장이 전철이기도 하다.

커피숍에서 김희영 시인과 옛 얘기를 하며 옥희를 기다렸다. 커피숍을 들어서는 중년을 훌쩍 지난 두 여인, 아! 세월에 바래지 않은 것은 추억뿐이구나. 아마 딴 곳에서 만났다면 전혀 알아보지 못하고 무심히 스쳤을 것이다. 다소곳하던 소녀의 모습을 더듬어 보려고 한참을 애썼다. 아마 옥희도 그랬을 것이다. 잔잔하게 웃을 때 곱게 주름진 눈가에서 옛 모습의 그림자가 얼핏 반갑게 스쳐 갔다.

서로의 얘기 중 기억하는 것도 못 하는 것도 있었지만 모처럼 웃고 떠드는 행복을 맛보았다. 당시 중학생이었던 옥희 동생이 우리 기억에 없는 얘기를 많이 들려줬다. "오빠, 마르고 키 크고 잘생긴 얼굴이었는데…" "정말?" 모두가 그렇단다. 스스로 잘생겼다고 생각해 본 적이 없으나 낯간지러운 덕담에 기분은 좋았다.

"우리 일 년에 한 번이라도 보자. 서울 오면 연락할게." 일 년에 한 번이라도? 몇 번이나 더 보게 될까? 어깨를 걸치고 사진을 찍으며 왠지 모르게 가슴이 아렸다. 이렇게 살다 가는 게 인생인가?

석양

요즘은 서울에서 자는 일이 드물다. 푹신한 침대에 환경이 잘 갖춰진 양평에서의 생활이 몸에 익은 탓인지 어쩌다 서울 집에서 자려면 불편하게 느껴지기도 한다. 하지만, 모임이 있거나 한 날은 서울집에서 자는 경우가 많다. 이럴 때 느끼는 일이지만, 해가 떨어지기 전에 집에 들어서려면 막연한 외로움이 밀려와 문을 열고 들어설 때의 느낌이 싫어서 밖에서 술을 마시게 되기도 한다. 옛 친구와의 만남은 점심을 같이하고 한참을 수다 떤 것으로 끝났다.

"어디 가서 차라도..."했으나 선약이 있다고 다음을 기약하자고 했기 때문이다.

석계역 근처는 술 마실 곳이 많다.

집에 가기는 이르고 고래 고깃집? 한참을 망설이다 안주를 사서 집에서 마시기로 했다. 집에서 혼자 마시는 거야 그렇다 쳐도 술집에서 혼자 술 마시는 모양은 그림이 그렇다. 석계역에서 집에 가려면 주민들의 조깅 코스인 도로를 지나야 한다. 차가 다니지 않는 길이라 운동하는 분들을 많이 보게 된다.

무심히 앞을 보니 할머니 대여섯 분이 앞에서 걷고 있었다. 하나같이 관절이 닳아 오다리가 되어 구부정한 자세로 걷고 있었다. 석양빛이 할머니들의 등을 환하게 비추고 있었다.

카톡! 김희영 시인에게서 문자가 왔다.

"옥희가 미안하다고 전해 달라네. 한의원 예약 시간 때문에 차 한 잔 못 하고 헤어졌다고..."그래, 이제 한약도 먹어야 하고 병원도 다녀야 할 나이이지.

참치통조림에 막걸리를 마셨다. 알딸딸하게 취해서 팍 자야 하는데...

세월

유행가 가사가 떠올랐다.
고장 난 벽시계
세월은 고장도 없다는 한탄
시간 여행을 했다
반세기 세월 저편으로
곱던 소녀는
고장 난 벽시계 되어 추억 속에 있었다.

6. 낮술

허리를 다쳐 한동안 외출을 삼간 채 칩거 해야만 했다. 무슨 심한 운동을 하거나 일을 한 것도 아닌데 텃밭에서 굽혔던 허리를 펴는 순간 뜨끔 하는 느낌과 함께 찾아온 통증 때문에 거동할 수가 없었다. 허리가 아프면 잠자리에서 돌아눕기도 어렵다는 사실을 새롭게 느끼며 잠이 깨곤 했으니 허리의 소중함을 새삼 느꼈다고나 할까?

공재룡 시인에게서 연락이 왔다. 시인님께서 아프시니 위로도 드릴 겸 최상근 박사와 같이 찾고 싶은데 좀 어떠시냐고? 언젠가 최상근 박사와 양평이나 용문 장날 만나서 막걸리라도 한잔 나누자고 한 약속도 있고 해서 5일이면 용문장이니 용문역 앞에서 만나는 게 좋겠다고 약속 날짜를 잡았다.

다행히 치료를 열심히 한 탓에 걷기에 지장이 없고 의사 말로는 가볍게 걷는 것이 오히려 허리에 좋다고 걷기를 권장도 받은 터라 가벼운 마음으로 약속 날짜가 기다려지기도 했다.

예상보다 시간이 덜 걸렸다는 공재룡 시인의 전화를 받고 서둘러 용문역으로 나갔다. 기차를 타고 올 것으로 생각했는데, 차를 가지고 오셨다 해서 아마도 공 시인님 애인 때문에? 아니나 다를까 차 문을 열자 잽싸게 내려 꼬리를 흔드는 녀석을 공시인은 대견한 듯 쓰다듬는다.

"애를 집에 혼자 둘 수가 없어서…"

이 녀석 전생에 얼마나 선 업(業)을 많이 쌓았기에 이런 호강을 하나 싶은 마음에 녀석을 다시 살펴보았다. 얼마나 잘 거둬 먹였는지 통통하게 살이 오르고 털에서 윤기가 반지르르하게 흘렀다. 사람이나 개가 역시 주인을 잘 만나야 팔자가 좋다는 말이 맞긴 하다.

최상근 박사가 도착했다. 공시인이 시계를 보며 한마디 했다.

"얼마나 늦었나 봅시다." 사실 공시인과 얘기를 나누느라 시간이 지났다고 생각하지 않았지만, 시계를 보니 한 십여 분 늦은 것 같다. "지각 한 죄로 오늘 비용은 제가 다 쏘겠습니다." 이렇게 세 명 문인의 용문 장터 탐방은 처음부터 죽이 잘 맞았다고나 할까!

장터에서 제일 먼저 시작한 일은 철판 위에서 노릇하게 익은 개떡을 하나씩 사 먹는 일이었다. 공시인이 장터에서 개떡을 보자마자 하나 사 먹자 한 것을 최 박사 온 다음에 같이 사 먹자고 미뤘던 일이다. 종이컵에 하나씩 담아 준 개떡을 먹으며 신나게 장터 구경에 나섰다.

요즘 세상에 장터가 무슨? 할 분이 계시겠지만, 장터는 장터만이 가지고 있는 매력이 있다. 장터를 돌아다녀 보면 아직도 이런 물건을 만들어? 할 만한 옛날 물건들이 눈에 많이 뜨인다. 과자나 사탕도 우리가 어렸을 때 먹던 그런 것들이고 개떡이나 메밀전은 그렇다 쳐도 대장간에서 두들겨 만든 투박한 연장이 눈길을 끌기도 한다.

저런 옷을 누가 사 입을까 싶은 여자 옷도 옷걸이에 걸려 시선을 끈다. 고무줄도 굵기 별로 다양하게 걸려 있는 곳이 장터이다. 고무줄은 몸배라 하여 여인들이 집에서 만들어 입던 허리춤에 넣던 요긴한 물건이지만, 장터가 아니면 볼 수가 없다.

"언제 한 번 물건 사러 와야겠네요." 최상근 박사는 장터가 신기한 모양이다.

새가 방앗간을 그냥 지나쳐?

장터의 진미는 장터 주막이다. 세 사람은 장터 주막에 자리 잡고 막걸리를 주문했다. 안주는 통닭이다. 웬 통닭 하실지 모르지만, 장터 통닭은 도시에서 파는 그런 세련된 통닭이 아니라 기름 솥에 거칠게 튀겨낸 통닭이다. 한 마리를 순식간에 먹어 치우고 한 마리를 더 주문했다. 술은 백 년 전통을 자랑한다는 지평막걸리이다. "막걸리 날짜 오래된 거 있으면 주세요."

"요즘 분들은 출고 날짜 따져서 조금만 오래되면 안 마시는데, 술맛을 아시는 분이네."

주모께서 글 쓰는 글쟁이가 술이 익어야 맛있다는 정도도 모를 리 없다는 사실을 모르시다니...

"온 김에 용문사 들러서 점심 겸 한 잔 더 합시다."

누가 먼저 꺼낸 말인지 확실치 않은 것을 보면 아마도 셋이 동시에 같은 생각을 했을 법하다. 현대인은 가까운 지인이라도 만나기가 쉽지 않다. 모처럼 만났는데 이렇게 헤어지기가 아쉽다는 생각을 모두가 같이했을 것이다. 한 가지 미안한 것은 공재룡 시인께서 운전 때문에 술을 마시지 못한다는 것이다. 술을 마시지 않으면서 술자리를 같이한다는 것이 어렵다는 것을 잘 알기에 공시인에게 미안한 생각이 들었지만, 공시인은 조금도 싫다는 내색을 하지 않았다.

용문사 입구 식당 식탁에 앉아 무슨 두루치기인가 안주로 술을 마시며 입담들을 실컷 풀었다. 현대인은 말할 기회가 거의 없어 말할 기회가 궁한 법이다. 왜? 들어 줄 사람이 없기도 하지만 서로가 필요한 말의 수요 공급의 원칙이 맞지 않기 때문이기도 하다.

최 박사는 영문학 박사 출신이고 공재룡 시인은 고운 서정시를 쓰는 분이고 나는 잡학가(雜學家)이니 서로 들어줄 말이 많은 셈이라 간 만에 말하고 싶은 갈증은 해소시킨 좋은 시간이었다.

술은 맘이 맞는 사람과 마시면 많이 마셔도 탈이 없고 숙취도 없다. 꽤 마셨지만, 최 박사도 나도 별로 취하지 않았다. 귀갓길에 휴게소에 들러 찬 커피를 마셨다. 공재룡 시인께서 천 원짜리 하시더니 7백 원짜리 소시지를 세 개 사서 개에게 까 먹였다. "애도 더운데 오늘 고생했어요." 하기야 우린 술이라도 마셨지만, 공시인이 챙겨 준 커다란 오가피 술병을 안고 오며 하늘을 쳐다봤다. 아직 저녁별은 뜨지 않았다. 참 좋은 하루였다.

낮술

　　글쟁이 셋이 모여
　　용문 장터에서 낮술을 마셨다.
　　술이 고픈 게 아니라
　　말이 고팠나 보다
　　언어를 엮어내는 글쟁이들이
　　할 말이 오직 많을까만
　　귀는 없고 입만 가득한 잘난 땅이니
　　"막걸리 거품 없이 따르는 법"
　　막걸리 병 주둥이 잡고 빙빙 돌리며
　　최상근 시인이 웃었다.
　　공재룡 시인도 웃었다.
　　나도 따라 웃었다.
　　용문 장터에서 낮술 마시고
　　아비는 알아보게 취했다.

7. 떠나는가?

　날은 저무는데 둥 둥 둥 북소리는 죽음을 재촉하네. 저승 길에는 주막도 없다는데 오늘 밤은 어디서 묵어갈까? 어떤 충신이 처형 직전에 지었다는 시구의 부분을 옮겨 보았다.

　역적으로 처형받는 죄수에게 시 쓰라고 기회를 줬을 리 만무하지만, 죽음을 앞두고도 삶에 연연하지 않는 선비의 꼿

꼿한 모습이 사실 여부를 떠나 후세의 우리에겐 감동을 주는 모습으로 그려진다.

죽음이란 온 곳이 어딘지를 모르는 까닭에 갈 곳이 어딘지를 모르는 인간에겐 원초적 불안과 공포를 주게 마련이다. 죽음 앞에 초연한 사람을 보면 존경심이 절로 생긴다. 국적이 어디이든 심지어는 적일지라도 존경을 받게 된다. 우리가 영웅이라 존경하는 모든 이들은 죽음 앞에 초연한 자세를 보인 분들이 대부분이니 말이다. 반대로 삶에 연연한 사람은 후세에 경멸을 받게 되는 경우가 많다.

중반의 나이가 지나면 주변에서 세상을 떠나는 이들이 하나둘 생기게 마련이다. 가족일 수도 친지일 수도 있다. 가까운 이웃의 사별은 커다란 충격으로 다가오게 마련이다. 그 죽음에 자신을 비춰 보기 때문일 것이다. 어린 시절 죽음을 대할 때와는 사뭇 다른 까닭은 자신도 죽음 앞에 예외일 수가 없다는 평범한 진리를 깨닫기 때문이다.

가까운 분의 죽음을 보았다. 내가 모시던 직장 상사로 내 인생에 많은 영향을 주신 분이셨다. 그분은 오십 대 초반 무렵에도 대장암 수술을 받은 적이 있었다. 병문안을 갔을 때 사모님께서 복도에서 울고 계셔서 우리는 아주 숙연한 마음으로 긴장되어 병실 문을 열었다. 병문안의 경우 상태가 심각하면 문병하는 사람도 난감한 법인데 뜻밖에 본인께서는 남의 말을 전하듯 아주 태연하게 병세를 우리에게 설명 하셨다.

"야, 대장 한 30㎝ 잘랐다는데 밥 먹으면 똥 빨리 나오는 거 아니냐? 장이 짧아져서…"

우린 다 함께 웃었고, 숙연하고 어색하던 분위기는 한 번에 가셨다. 그리고 그분 대단하신 분이라는 인상이 깊게 새겨지기도 했다. 나 같으면 죽을까 봐 엄청 겁먹었을 거라는 생각 때문이다. 그분 십여 년 세월을 우리와 더 함께하시고는 돌아가셨는데, 췌장암으로… 돌아가시기 전 몇 번을 찾아뵈웠다.

직장도 고만두시고 췌장암이 얼마나 경과가 좋지 않다는 걸 아는 우리는 무거운 마음으로 생전에 그분을 한 번이라도 더 보자는 착잡한 마음이었다. 죽음 앞에 당당하던 그분의 예전 모습을 그렸다. 그분은 내 머릿속에 자리한 작은 영웅이었기 때문이다.

사람이 이렇게 마를 수 있을까! 웅크리고 계신 무릎은 정강이뼈가 앙상했고 배에는 호수가 박혀 연결된 링거병에 노랑 액체가 고여 있었다. 아 얼마 못 사시겠구나! 죽음의 그림자가 짙게 드리워져 있는 그분을 보니 위로도 할 수가 없었다. 참담한 마음으로 말을 잊은 우리에게 전혀 뜻밖의 말씀을 하셨다. 미국에서 의사로 있던 조카 딸이 귀국했는데 병을 고칠 수 있다고 했다시며 삶에 대한 애착이 간절해 보였기 때문이다.

긍정적인 나의 답을 바라는 맘이 가슴 아프게 다가왔다. 담즙을 뽑아내는 호수가 막혀 세 번씩이나 수술해 이젠 더 이상할 수도 없다는데 배에 호수와 링거병을 매달고도 살 수 있다는 희망의 끈을 놓지 않는 그분이 예전의 그분이라니 믿어지지 않았다.

한 보름을 더 사시고 그분은 돌아가셨다. 죽음 앞에 인간이란 어떤 존재인지 의문을 남기신 채, 한동안 그 충격에서 벗어나기 어려웠다. 죽음을 전혀 두려워하지 않던 맘속의 작은 영웅이 허무하고 초라한 모습으로 가시다니... 내 끝은 어떤 모습일까?

삼가 고인의 명복을 빕니다.

떠나는가

여행길에도 배웅이 있는데
영원한 길 떠남에
어찌 애끓는 만류가 없을까
때 절은 옷 벗듯
세월에 찌든 육신 두고
북망산천 어디쯤인지?
색(色)과 공(空)의 경계선에서

망자(亡者)야!
부르는 소리 아득하고
세월을 되돌릴 수만 있다면
놓고 갈 사연들 가득하니
가본 적 없는 미지의 불안
피해 간 이 없다는데
망자야! 소리쳐 부르는 절규
인연 끊기는 소리만
허공에 메아리 되어 흩어지는가

8. 치과 이야기

우리가 세상을 살며 세월을 재는 기준을 六十 甲子에 두고 있는데 한마디로 세월의 좌표라 할 수 있다. 甲乙丙丁戊己庚辛壬癸의 천간과 子丑寅卯辰巳午未申酉戌亥의 지지를 묶어 짝지어 甲子, 乙丑, 이런 식으로 돌아가다 보면 60번째 계해(癸亥)를 끝으로 다시 갑자을축으로 되풀이되게 된다. 쉽게 말해 60년을 주기로 한텀(term)이 끝나는 것이다.

옛말에 인생 육십 고래 희란 말이 있다. 사람이 육십갑자의 한 바퀴를 돌기가 쉽지 않다는 뜻이다. 장수한다는 기준을 육십으로 보면 사람이 선천적으로 가지고 태어난 모든 인체 구조는 60년을 사용 가능 연한으로 책정돼 있지 않나 하는 생각해 보았다. 60년 정도만 살고 간다면 닳아서 새로 보강하거나 갈아 끼워야 하는 어려움은 덜할 듯하다.

대표적인 것이 우리의 치아이다. 하루도 쉬지 않고 60년을 썼으니 마모는 당연하고 기계라 한다면 대단한 내마모성을 가진 좋은 재료로 제작된 것이 인간의 이가 아닌가 싶기도 하다. 수사자가 이빨이 상하거나 발톱이 상하면 무리에서 쫓겨나 어렵게 살다 생을 마감하게 된다. 사람의 수명이 길어지다 보니 필연적으로 이빨이 상하게 마련이고 연장된 수명을 살기 위해서는 이빨을 수선하거나 새로 만들어 넣어야 한다. 다행이라 할까, 이빨이 상했다고 인간의 무리에서 추방되지는 않지만, 적지 않은 경제적 부담이 뒤따르게 된다.

육십갑자를 넘긴 사람은 필연적으로 이빨을 손봐야 여생을 무난히 살 수가 있으니 치과는 인류가 존재하는 한 살아남을 좋은 직업이라 할 만하다.

병원 좋아하는 사람이 있을까만은 특히 치과는 드나들기가 꺼려지는 곳이기도 하다. 대개의 치과는 한 곳에 죽 환자를 몰아놓고 의사가 옮겨가며 치료를 하게 마련이다. 그러다 보니 옆에서 이를 갈아대는 소름 끼치는 소리를 들어야 하고 소리만으로는 무슨 선반공장에 들어와 있지 않나 하는 생각이 들 정도로 치과는 소리로 기죽이는 곳이기도 하다.

치과용 의자는 환자를 눕혀 놓고 치료하기 쉽게 만들어져 있다. 눕는다니 환자 편하여지라고 눕히나 하지만, 환자를 위한 것이 아니고 의사가 앉은 상태에서 편하게 이를 들여다 보기 위해서 눕히는 것이다. 환자를 위해 마음을 쓰는 치과 는 좀 편하게 환자를 눕히지만(머리를 약간 높여) 어떤 병원 은 누워 있는 것만으로도 고통이 느껴질 만큼 거꾸로라는 느 낌이 들 정도로 의자를 눕힌다. 의자 눕히는 정도만으로도 병원의 서비스 질을 알 수 있다는 게 치과를 드나들며 얻은 경험이라면 경험이다.

나는 상대방을 못 보는데 상대방만이 나를 본다면 일단 기가 죽게 되어 있다. 죄인을 심문할 때 불빛을 얼굴에 비쳐 심문하는 사람을 보지 못하게 하는 것도 심리적 압박이듯 치 과에 가면 일단 입 부위만 뚫린 보자기를 얼굴에 씌워 놓고 시작한다. "아 하세요! 더 크게, 힘 빼시고" 이빨 갈아대는 소리가 여기저기서 들리면 저절로 주먹이 쥐어지고 힘이 들 어가게 되어 있지. 힘을 빼라니 어디 그게 맘대로 되는가. 입 을 최대한 아 벌린 상태에서 장시간 있다 보면 왜 이빨이 오 복의 하나인지 절실히 실감한다.

마취제를 잇몸에 놓을 때는 "따끔합니다" 미리 알려주는 친절을 베풀기도 한다. 문제는 입안을 헹구라고 하는 때이 다. 마취가 돼 있으니 물을 입에 물고 입가심을 한 후 물을 뱉으려 하면 물이 뱉어지지 않고 턱을 따라 줄줄이 흘러내려 옷을 적시게 된다. 아 사람 꼴이 말이 아니구나! 치과에 가면 일단은 체면을 지키기 어려워진다.

다른 사람은 어떤지 몰라도 내 경우는 입을 벌린 상태에서 코로 숨이 쉬어지지 않는다. 코안에 뼈가 많이 휘었다고 수술을 권하는 걸 무시했더니 치과에서 톡톡히 대가를 치르는 셈이다. 숨이 막혀 속절없이 쏘아대는 물을 삼키는 수밖에... 나마 간호사가 능숙하게 물을 빼주면 고통이 덜하지만 그렇지 않은 경우가 더 많으니 치과는 역시 드나들기 괴로운 곳이다.

사람의 수명은 자꾸 늘어나는데 치과는 별로 발전이 없는 것 같다는 생각이다. 수명이 백 살을 넘기면, 이를 두 번쯤 손봐야 하지 않을까? 그런 세상이 오면 자신의 이빨도 키웠다가 미리 바꿔 끼우는 세상이 올지도 모른다. 이래저래 과도기에 사는 삶이 힘들다는 건 어쩔 수 없나 보다. 오도독뼈를 자랑삼아 씹던 버릇이 이를 상하게 하고 뒤늦게 아껴 보려 하지만 쉽지 않다. 밥 먹다 왜 이렇게 큰 돌이? 이가 깨져 나오는 그런 일이 다시는 없었으면 좋겠다.

이빨

마른오징어 다리를 단번에
뚝 잘랐더니
와! 이가 정말 튼튼하시다.
상추쌈에 밥 먹다가
웬 돌이?
뱉어보니 깨진 이빨

금으로 씌우면 사십 만원
세라믹은 육십 만원 대
흘깃 눈치를 살폈더니
"보이는 이를 어떻게 금으로 해요"
이(齒) 상한 사자는 무리에서 쫓겨나는데
사람으로 태어나서
휴! 정말 다행이다.

9. 만든 것은 언젠가 버려진다.

　나이가 들면 눈도 어두워지고 손이 둔해져 웬만한 일상도 불편한 경우가 많다. 요즘 우리가 먹는 식품은 공장에서 생산된 것을 사다 먹는 경우가 대부분이다. 이런 상품들은 여러 단계의 복잡한 과정을 거쳐 식탁에 오르게 되다 보니 내용물을 보존하려는 노력의 일환으로 포장이 아주 야무지게 마련이다.

　이런 먹거리를 뜯으려면 이리저리 한참을 들여다봐야 하는 것은 물론이고 뜯으려 해도 쉽게 뜯어지지 않는 경우가 많다. '자식들 뭘 이리 단단하게 포장을 한 거야?' 짜증을 내면 항상 돌아오는 주변의 반응은 핀잔이게 마련이다. '나이 들면 사람이 유순하고 느긋해지셔야지.' 맞는 말이긴 하지만, 생산자가 상품의 파손과 보존에만 신경을 쓰지 쉽게 뜯는 것엔 신경을 쓰지 않는다는 불만은 지울 수가 없다.

아주 간단한 곳에서도 선진국과 소위 신흥국이라는 우리와는 많은 차이가 있다는 걸 항상 느낀다. 치킨을 시키면 주는 무절임은 그냥 뜯으려다가는 옷 버리기가 십상이다. 이런 것은 영세한 업자니까 그렇다 치고 아주 사소한 것에서도 쓰는 쪽의 입장을 배려하지 않는 무신경함이 많이 발견되어 안타까운 마음이 든다. 식당의 휴지통을 한번 유심히 보시라 너무 꽉 눌러 채워 처음 쓰려는 사람은 종이가 뽑히지 않는다. 쓰는 사람의 입장에서가 아니라 채우는 사람이 한 번에 많이 채워서 귀찮은 일감을 줄이자는 마음이 엿보여 씁쓸하다.

선진국의 물건을 보면 쓰는 사람의 입장에서 만든 성의가 곳곳에 배어 있는 걸 보게 된다. 캐러멜만 한 치즈도 뜯기 좋게 빨간 띠 줄이 붙어있고, 당기면 깨끗이 먹기 좋게 알맹이가 기분 좋게 쏙 나온다.

다른 나라는 어떤지 모르지만, 우리나라는 택배 천국이 아닌가 싶게 택배가 생활에 깊숙이 들어와 있다. 택배를 받으면 신경 쓰이는 게 있다. 포장이야 어차피 칼이나 가위가 없으면 뜯기가 어렵다는 생각이니 그렇다 치고 붙어있는 주소가 영 신경 쓰이게 마련이다. 버려지더라도 아무개 번지의 누구라는 이름과 전화번호가 같이 붙어있으니 요즘 같은 세상에 자신의 정보를 이렇게 내 돌려도 되나 싶어서 불안한 마음을 지울 수 없다.

이걸 손톱으로 뜯어내려면 이 작업이 영 만만한 게 아니다. 전체가 눌어붙어 있어 긁어내다시피 해야 정보를 지울 수 있다. 이름과 동 호수, 전화번호 뒷자리 이 정도는 지워야 마음이 놓이니...

다니던 회사에서는 해마다 달력도 보내오고 수첩과 책자도 보내온다. 받는 이의 주소는 스티커로 붙여 놨는데 봉투를 버리려고 주소를 뜯으니 아주 쉽게 떨어졌다. 처음부터 뜯어내는 것을 고려해 뜯어내는 구조로 별도로 제작한 것이었다. 작은 배려지만 참 고맙다고 생각하게 되었다.

우리도 차분히 버릴 때도 생각하는 문화적 사고를 길러야 할 때가 되지 않았나 생각해 보았다. 아주 오래전에 작은아버지와 옥상에 시설물을 같이 만든 적이 있다. 못을 박으시며 못대가리를 조금씩 남겨 놓으시길래 여쭤보았다. 왜 못을 끝까지 박지 않느냐고 '다시 뺄 때도 생각해야지.' 그 말씀은 바로 적중했다. 일이 끝나기도 전에 부분적으로 다시 뜯어야 할 일이 생겼기 때문이다.

세상을 살며 그때의 경험을 자주 떠올리게 되었다. 다시는 고칠 일이 없을 거라는 생각에 튼튼하게 만든다고 한 것도 얼마 지나지 않아 튼튼한 것이 잘못되었다는 경험을 되풀이하면서도 늘 시행착오를 겪으니 말이다.

나는 글을 쓰는 사람이니 글에서도 비슷한 경우를 만나게 된다. 글도 물건이나 다를 바가 없다. 작자의 손에서 써진 글이 일단 발표되면 이것도 하나의 물건과 같다고 생각된다. 어떤 편견이나 순간적인 기분에 고착되어 글을 쓴다면 쉽게 회수하여 고치거나 하기 어렵기는 마찬가지이기 때문이다.

어렵게 꼬아서 쓴 글은 복잡하게 과포장된 물건과 같지 않을까? 쉽게 뜯어서 내용물을 즐기고 편하게 버릴 수 있어야 하듯 글도 그래야 하지 않을까?

우리가 음식을 먹으면 소화가 되고 음식물 자체는 세상에서 없어지지만, 그 자양분은 몸 안에 남아 우리의 생명을 지켜주듯 쉽고 편하게 읽고 책은 버려도 좋은 내용은 정신적 자양분이 되어 정신을 살찌우는 글 이런 글을 써야 할 터인데...

책을 지인에게 주며 사인을 할 때 문득 이런 생각을 했다. 어차피 언젠가는 버려질 터인데, '이름이 있다는 게 불편하겠구나.' 하는 생각, 성경이나 불경이나 사전이 아닌 책은 어차피 버려지게 마련이다. 쉽게 읽히고 버려진다 해도 단 한 줄의 글귀라도 읽는 이의 머리에 남아 기억되었으면 읽는 이의 머리에 남아 좋은 자양분이 된다면 좋겠다.

다. 말 보러 가요

1. 말 보러 가요.

애들을 데리고 놀아보면 애들은 아무리 재미있는 일도 오래 집중하지 못하는 특징이 있다. 애를 잘 보려면 애들의 이런 특징을 잘 살펴 놀이의 방법을 미리미리 바꿔 주어야 한다. 애를 보는 입장에서는 귀찮은 일이지만, 애가 좋아한다고 한가지 놀이로 시간을 끌려 하면 애가 짜증을 내거나 하던 놀이를 팽개치고 다른 놀이를 스스로 찾게 마련이다.

또 하나, 어른이 생각할 때 아주 재미있어 할 것이라는 예상과 애의 반응은 아주 다르다는 것이다. 장난감도 비싼 돈을 주고 사 준 것은 쉽게 싫증을 느끼면서 하잖은 일상의 물건을 아주 흥미 있게 가지고 노는 것을 보게 되기도 하니 말이다. '원격 자동차 시동키를 빼서 총이라고 쏘는 흉내를 내며 노는데, 가기만 하면 주머니에서 키를 꺼내 이 사람 저 사람 겨누며 쏘는 시늉을 한다.'

근래 들어 둘째 손주를 데리고 노는 일이 잦아졌다. 집안에서 지내는 일이 많다 보니 바깥 구경을 시켜주는 할배를 보면 그렇게 반가워할 수가 없다. 으레 제 외출복을 꺼내 와서 입혀 달라고 하거나 어디를 가자고 통사정을 하기도 하는데 그 목소리가 그렇게 간절하고 이쁠 수가 없다. 애를 달랠 때 쓰는 어른들의 말투를 그대로 따라 하는데 부탁할 때는 그런 말투로 해야 한다는 애 나름의 처세인 듯해 더욱 안쓰럽다.

하지만, 녀석의 말이 늦다 보니 표현이 서툴러 새겨들어야 어디를 가자는 지 알 수가 있다. "공차고 미끄럼 타러 가자 아!" 이건 제 형이 다니는 학교 운동장에 가서 놀고 싶다는 뜻이고 "총 쏘러 가자 아!" 하는 건 한국 콘도나 대명 콘도에 있는 오락실에 가자는 의미이다. "이모 집에 가서 개 보자 아!"라고 하면 이모 집에 가서 텃밭에서 놀고 싶다는 표현이다. '부탁할 때는 말끝을 길게 빼며 그렇게 부드러울 수가 없다.'

앞에서도 얘기했지만, 애들은 같은 놀이를 오래 하지 않으려는 특징이 있다. 손주를 데리고 나올 때는 시간을 계산해 어디서 뭘 할 것인가를 미리 생각해 두어야 한다. 한 곳에서 싫증을 느끼기 전에 다음 놀이로 바꿔 주어야 애가 계속 재미있게 놀게 되기 때문이다. 애를 데리고 나올 때는 제 엄마나 할머니가 그동안이라도 쉬게 하자는 뜻도 있어 가능하면 충분히 놀게 하려고 노력도 한다. 애도 충분히 놀았다는 생각이 들지 않으면 집에 가기 싫다고 떼를 쓰기도 해 이런 경우 우는 애를 떼 놓고 와야 하는 내키지 않는 일이 생기기도 한다.

웬만하면 실컷 놀게 해 주려고 하지만, 녀석이 뭘 먹지 않으려 해 끼니를 지난 시간까지 데리고 놀려면 배가 고프지 않을까 마음이 쓰여 그것도 어렵다.

"할아버지 말 보러 갈까 아!" "아빠 말 보러 가요."

'녀석은 아무리 할아버지라고 하라 해도 시킬 때만 할아버지 했다가 바로 아빠로 호칭이 바뀐다.'

언제부터인가 말을 보러 가자고 했지만, 아무리 생각해도 말을 보러 갈 곳은 없었기에 "그러자 아" 대답은 했지만, 도무지 감을 잡을 수가 없어서 답답하기만 했다.

"대한아! 말 보러 가는 게 어디야?" 묻긴 했지만, 녀석이 어디라고 대답할 리가 없지 않나? 돌아온 대답은 "아빠 말 보러 가요." 답답함 만 더할 뿐이었다.

집에서 자다가 갑자기 애가 말하는 말 보러 가자는 곳이 어디인지가 떠 올랐다. 양평군에서 만든 휴양 시설에 〈쉬자파크〉라는 곳이 있다. 군에서 공을 들여 산책 코스를 잘 가꿔 놓은 곳으로 언젠가 애를 유모차에 태워 산책도 하고 놀게 한 적이 있었다.

돌아오는 길에 인근에 승마장이 있었던지 말을 탄 사람들이 외승(外乘)을 나온 듯 도로로 몰려나왔고 잠시 차를 세우고 그들이 지나가기를 기다린 적이 있었다. 쉬자 파크에 들렀다가 순간적으로 지나간 일이기에 깜빡 잊고 있었는데, 애는 쉬자 파크를 말과 연관 지어 생각하고 있었던 듯하다.

미끄럼틀도 있고 조형물도 있고 나무를 잘 깔아놓은 산책로도 있어 잘 놀았는데, 애 나름 이곳이 좋았다고 생각해서 다시 가보자고 했지만, 말은 쉬자 파크와 관련이 없기에 손주가 말 보러 가자는 말을 알아듣지 못했던 것이다.

어디인지를 알았으니 바로 가기로 했다. "대한아! 말 보러 갈까?" "할아버지 말 보러 가자 아" 녀석이 그렇게 좋아할 수가 없었다. 쉬자 파크에 있는 카페에서 빵도 사 먹이고 딸기 쉐이크도 사 먹였다. 유모차를 타지 않고 걷겠다고 해 맘껏 뛰게 했다.

태어난 지 만 3년이 갓 지나 표현이 서툰 손주와 삶의 한 甲子를 훌쩍 지난 할아버지가 뜻이 통해 말 보러 가자고 왔지만 말은 물론 없었다.

봄 햇살은 따사했고, 비탈길에 혹시 넘어지면 하고 잡은 손주의 손도 따뜻했다. 내가 행복했으니 녀석도 행복했으면 좋겠다. 말(馬)은 없었지만, 할아버지도 손주도 말을 찾지 않았다. 말은 교감의 매개였을 뿐이니까. 훗날, 따사하던 봄날 할아버지와의 추억을 곱게 떠올렸으면 좋겠다.

2. 아빠와 할아버지

예전에는 결혼 상대를 고를 때 나이 차이를 대단히 중요시했다. 남자가 3살 정도 많은 것을 선호했고 5살 이상 차이가 나면 결혼을 꺼리기도 했다.

특히, 연상녀의 경우는 극히 드문 일로 사실이 알려지면 주변에서 수군대는 얘깃거리가 될 정도였다. 지금은 나이 차이에 대한 기준이 흐려진 것은 물론 남자 나이가 한참 어려도 별 화제는커녕 "그럴 수도 있지."정도로 넘기는 세상이다. 장가 못 간 시골 노총각이 나이 어린 동남아 여자를 신부로 맞이하는 일이 잦은 것도 이런 현상을 부추긴 측면이 있을 거라는 추측이다.

'일부 나라에서는 나이 차이가 정도 이상이면 국제결혼을 금하는 법도 생겼다고 한다.'

얼마 전 동네 목욕탕에서 머리를 깎다 한 갑을 넘긴 노인이 서너 살 어린애를 데려왔기에 손주가 있는 할아버지들이 흔히 그렇듯 아이가 참 귀엽게 생겼다며 몇 살이냐고 말을 걸었지만, 힐끗 쳐다보고는 아무런 대답을 하지 않아 "뭐야 이 친구!"하는 마음에 기분이 상한 적이 있다. 옆에서 지켜

본 이발사가 나중에 슬쩍 귀띔 한 말은 손주가 아니고 아들이며, 28세의 부인은 필리핀 출신으로 낮에는 식당 아르바이트를 나간다고 했다. 노인이 어린애를 아들이라고 하기가 멋쩍어 누가 물으면 대답을 꺼리는 것이니 기분 나빠 하지 말라며 이해를 구했다.

이런 세상이니, 요즘은 노인이 아이를 데리고 다녀도 손주인지 아들인지 선뜻 말하기가 꺼려진다. 딸이 둘째 아이를 낳고 나서는 관심이 둘째에게 쏠려 며칠 만 보지 못하면 안달이 난다. 고슴도치도 제 새끼는 이뻐한다는데 내 손주이고 이쁘기까지 하니 이뻐 하는 건 너무도 당연하다.

이런 둘째에 대한 애착이 옆에서 보기에는 편애로 보이는지 때로는 핀잔으로 돌아오기도 한다. "큰손주도 아이인데 상처 입으면 어쩌려고..." 둘째는 아직 어리니까 그렇다는 변명으로 대충 넘기긴 하지만 녀석이 노는 모습을 들여다보고 있으면 너무 이쁘다는 생각이 절로 드니 무의식중에 편애할 수도 있겠다는 생각이 들어 의식적으로 그러지 않으려고 노력도 한다.

둘째 손주는 할아버지를 보면 반갑다는 표시를 확실히 해 더욱 정이 붙게 만든다.

할아버지를 보면 겉옷을 벗으라고 성화이다. 옷을 벗으면 가지 못한다는 아이 나름의 생각인 듯하다. 외출하고 싶으면 제 옷을 꺼내 와 입혀 달라거나 양말을 신겨 달라고 발을 내밀기도 하는데 녀석의 의사 표시를 보노라면 할아버지와 같이하고 싶은 간절함 같은 것이 느껴져 뿌리치기도 어렵다.

만날 때 반기는 것까지는 좋은데 아이를 떼어놓고 올 때는 마음이 편치 않은 과정을 거쳐야 한다. 아이의 시선을 딴 곳으로 돌리게 한 후 살짝 빠져나와야지 간다는 걸 알면 울고 난리를 친다. 혹시 가족에게 전화할라치면 어떻게 아는지 할아버지를 외치는 아이의 소리가 수화기 너머로 쨍쨍해 그럴 때마다 마음이 찡하다.

나이가 들면 삶의 장에서 소외되게 마련이다. 이런 할아버지를 좋아하고 못 가게 울고 매달리는 손주가 세상에 있다는 사실이 얼마나 행복한 일인지 모르겠다.

아이를 길러 본 분들의 얘기를 들어보면 남자아이는 말 배우기가 늦다고 한다. 눈빛이 초롱초롱한 아이가 머리가 나쁠 리는 없는데 하면서도 손주의 말이 늦어 걱정되기도 했다. 얼마 전까지만 해도 아무리 할아버지라고 알려 줘도 발음이 어려운지 늘 아빠, 아빠! 다. 아이를 데리고 마트에라도 가면, 아빠! 아빠! 하며 큰 소리로 불러 대는 통에 예전 목욕탕에서의 일이 생각나 자신도 모르게 주변을 돌아보게 된다. 이 나이에 '세살 배기가 아들이라니...'

애들은 하루가 다르게 성장한다는 말도 있듯, 어느 날부터인가 아빠가 할아버지로 변했다. 그런데, 할아버지 하다가도 기분이 좋을 때나 애정을 표시하고 싶을 때는 할아버지가 아니라 아빠로 호칭이 바뀌곤 한다. 어쩌면 세상에서 제일 좋은 신뢰의 호칭이 아빠이고 신뢰의 표시로 아빠로 불러야 한다는 나름의 의사 표시일 수도 있다는 이해에서 녀석의 아빠!는 정겹기까지 하다.

종종 아이를 집에 데려와 실컷 놀게 하며 노는 모습을 지켜보는 즐거움을 맛보기도 한다.

생각 같아서는 썰매를 만들어 태워 주고도 싶지만 요즘 애들은 싸서 기른 탓인지 조금만 찬 바람을 쐬면 감기에 걸려 아이를 데리고 나올 때면 신신당부를 듣게 마련이다. "애 찬 바람 쐬지 마세요."도 모자라 "아무거나 먹이지 마세요." "애가 너무 뛰어놀면 땀이 나니 등에 손 넣어보고 땀을 흘렸으면 내복을 꼭 갈아입히세요." 등 주문도 많다.

바람도 쐬고 험한 것도 먹여야 면역력이 생기지 하는 마음은 있지만, 혹시 아프기라도 하면 하는 우려에 등에 손을 넣어보게 된다.

누룽지 삼계탕을 같이 먹자는 전화를 받고 "대한이도 데리고 오는 거지?" 물었다.

녀석 아빠 손을 잡고 식당을 들어서다 발을 멈추고 기다리더니 할아버지 손을 다른 손으로 꼬옥 잡았다. 제 아빠가 있을 때면 아빠 손만 잡는 게 미안한 듯 꼭 할아버지 손도 잡으려 한다. 듣는 이들은 무슨 애가? 하지만 손주가 할아버지에게 애정을 보이려고 한다는 느낌은 확실히 전해진다. 나이 들면 애가 된다는데 녀석 할아버지 노년에 좋은 놀이 친구가 돼 줘서 정말 고맙고 행복하다.

3. 망태 할아버지

흔히 떼쓰는 아이들을 어를 때 쓰는 말로 "망태 할아버지 온다."라는 말이 있다.

망태 할아버지란 말은 한국 전쟁 즈음해서 생긴 말이 아닌가 생각되니 그리 오래된 사연을 가진 말이 아니다. 전쟁으로 폐허가 된 땅이라 할 수 있는 직업이 많지 않던 시절 커다란 광주리를 메고 다니며 갈고리로 휴지나 고물을 찍어 광주리에 담던 고물 수집상이 소위 말하는 망태 아저씨인데 젊은 청장년이 대부분이던 그들의 호칭이 왜 할아버지로 바뀌게 되었는지는 알 수 없는 일이다.

남루한 복장에 커다란 광주리를 메고 다니며 겁주는 갈고리로 고물을 찍어 어깨 너머로 던져 넣던 망태 아저씨는 아이들을 겁주기에 충분한 존재였다. 망태 아저씨가 망태 할아버지로 명칭이 바뀔 때쯤 겁주던 갈고리를 쓰지 못하게 하고 대신 집게를 쓰게 했다.

망태 할아버지 이전에 아이들을 겁주던 단어는 "아비 온다."였다.

떼쓰는 아이를 달래다 듣지 않으면 "너 말 안 들으면 아비가 와서 잡아간다."였고 대개의 경우 아이들은 겁을 먹고 떼쓰기를 멈추거나 말을 듣게 마련이었다. 망태 할아버지는 실체가 있지만 "아비가 뭐야?" 묻는다면, 뭐라고 정의하기 어려운 막연한 공포의 대상이 아비였던 셈이지만, 그래도 아비가 뭐냐고 따져 묻는 아이는 없었고 오랫동안 아비는 무서운 존재로 아이들의 떼쓰기를 멈추는 구실을 충분히 해 온 셈이다.

'아비가 뭔가?'에 대해 궁금증을 갖고 여러 사례를 찾아보았지만, 딱히 와닿은 정의가 없었다. 우리를 공포에 떨게 한 존재를 역사에서 찾는다면 노략질을 일삼던 왜구가 떠올라 왜구에 대한 여러 기록을 찾아보았지만, 아비란 단어를 왜구와 연결할 만한 연결고리가 없었다. 옛 아버지들의 존재가 무서워 아비 온다는 것에서 유래된 말이라는 설도 있지만, 아무리 그렇기로는 제 아비를 공포의 대상으로 아이들을 얼렀을 것으로는 무리가 있고 커다란 구렁이를 업이라 하는데 아비는 업이라는 말에서 유래했다는 말도 설득력이 떨어지기는 마찬가지이다. 옛 초가집이나 기와집에 살던 구렁이는 집을 지키는 수호신적 존재로 적대적인 존재가 결코 아니었으니 말이다.

유튜브를 보다 보니 임진왜란 때 조선인의 코를 베어오라는 풍신수길의 명에 따라 왜군들은 전쟁에서 사살한 군인들의 코를 베어야 하지만 공을 과장하고자 조선인을 만나면 무조건 코를 베어 가는 통에 졸지에 코를 잘린 조선인들에게는 그야말로 공포의 대상이 아닐 수 없었을 것이고, 임란 초기에 베던 귀(耳)와 임란 후기에 코(鼻)를 합쳐 귀이 코비란 말에서 아비란 어원이 생겼다는 그럴듯한 설명이 있었지만, 일본의 만행에 대한 분노로 심정적 동조는 가지만 역시 설(說)일 것이다.

'일본 교토에는 소위 귀 무덤이라는 게 있는데, 에도 시대 유학자 林羅山이라는 자가 코 무덤은 너무 잔인하다 하여 귀 무덤으로 바꿔 부르자고 하여 귀 무덤으로 불리는 10만 개 정도의 코가 묻힌 무덤이 있다.'

일본에도 아이들을 어르는 아비란 말과 비슷한 말이 전해오고 있다. 소위 '모쿠리 고쿠리'라는 말인데, "모쿠리 고쿠리 온다."라 하면 아이들이 겁을 먹고 때를 멈춘다고 한다.
모쿠리 고쿠리는 몽골군과 고려군을 일컫는 말이다. 일본

정벌을 위해 일본에 상륙한 여몽군이 너무 잔인하게 일본인을 다룬 탓에 그 공포는 오랜 세월이 지났지만 지워지지 않고 유전되어 계승되어 온 것이다.

우리에게 공포의 대상이었던 왜구뿐만 아니라 여진구나 신라구에 대한 공포는 일본의 기록에 남아 있다. 서로의 아픈 기억을 후세에 물려 적대감을 심기보다는 머리를 맞대고 상생의 지혜를 찾았으면 좋겠다. 공포의 전래는 멈추어야지.

다섯 살배기 손주가 할아버지와 자고 싶다고 안달을 하는 게 딱해서 금요일만 데리고 자기로 했다. 날짜에 대한 개념이 없는 녀석은 "오늘 금요일이야?"를 매일 되묻고는 한다.

녀석 데리고 자려니 밤이 늦어도 영 자려고 하지 않고 놀자고 하는 통에 난감해서 겁주기를 해 보았다. "대한아, 밤에 잠 안 자고 떠들면 망태 할아버지가 잡으러 와." 녀석 망태 할아버지가 뭐야 묻지를 않고 대뜸 휴대폰을 들더니 음성 인식 기능으로 "망태 할아버지"를 찾아 부지런히 망태의 존재를 검색하기 시작했다.

흘깃 곁눈으로 보니 무서운 망태 할아버지가 아이들을 잡아 가둔 그림이나 겁주기 좋은 영상들이 여럿 올라 있었다. "할아버지 이 형은 왜 여기 매달려 있어?"로부터 "왜? 왜?"가 이어졌고 할아버지의 과장된 설명에 눈망울이 점점 커지며 겁을 먹은 기색이 역력하더니 "할아버지 대한이 자면 망태 할아버지 안 오지?" 묻고는 눈을 감고 한동안 뒤척이며 잠을 청하는 듯싶더니 잠시 후 가볍게 코 고는 소리가 들리기 시작했다. 녀석 혹 무서운 꿈을 꾸지 않았으면 좋겠다.

지금은 지구촌 시대에 살고 있다는 것을 코로나에서 절실히 실감하고 있다. 지구촌 한 곳에서 발생한 불행은 순식간에 국경을 넘고 결코 나 혼자만 행복할 수는 없는 세상을 살고 있다. 이웃에게 준 아픔은 잊지 않고 반성도 해야 하지만 적대감을 대물림하는 일은 없어야 한다.

"아비 온다."라거나 "망태 할아버지 온다." 말고 긍정적일 말로 애를 달래는 방법은 없을까?

밤은 깊어 오는데 잠이 영 올 것 같지 않다. 이러다 망태 할아버지나 아비가 날 잡아간다라고 할 것 같다.

4. 손주와 원숭이

나이 들고 쇠(衰)해지니

다시 아이가 되었다.

수준이 같아지면 주파수도 같아지는 법

손주와 나, 찰떡궁합이다

녀석은 시간이 되면 창문에 붙어 할배를 기다리고

할배는 녀석이 보고 싶어 아침부터 안달이다

한여름 무더위에

어린이 대공원을 찾았다

녀석이 태어나 동물원에 간 적이 없어

그게 늘 마음에 걸렸다

사람 말고도 많은 생명이 사는 세상인데

개, 고양이 말밖에 본 게 없으니

녀석 코끼리를 보더니

와 크다!

사자나 호랑이를 보더니

할아버지 무서워! 품에 안겨들고

커다란 뱀을 보고는 징그러워!

세상에 태어나 배운 어휘에 할배는 마냥 대견하다

원숭이 우리에서

손주의 반응이 궁금했다

진화론에서 우리의 선조라는 놈들이니

뭔가 영감이 오가지 않을까?

손주가 다가가자

원숭이 한 마리가 날렵하게 다가와

유리를 사이로 얼굴을 맞댄다

그렇게 한참을 서로 말없이

손주가 원숭이를 살핀 것 같기도 하고

원숭이가 손주를 관찰한 것 같기도 해서

누가 누구를 본 건지 아리송하다

할배가 물었다

"대한아! 원숭이가 뭐라 그래?"

"할아버지 원숭이 이뻐!"

녀석, 대답하고는

원숭이에게 물을 수도 없고

나이 든 할배는 답답하기만 하다.

5. 코로나와 손주

뜻하지 않게 중국 우한에서 발생한 역병은 우리의 삶 자체를 송두리째 흔들고 있다. 직업에 따라서는 밥줄이 끊겼다는 최악의 상황을 주변에서 어렵지 않게 볼 수 있기도 하다. 경제적 일선에서 한발 물러선 입장이긴 하지만, 이런저런 여파가 삶을 어렵게 하는 게 오늘의 현실이라 이런 상황이 빨리 끝나기를 바라는 마음이 할 수 있는 일의 전부라는 사실이 안타깝기만 하다.

서울에서의 생활을 접으며 웬만한 세상사와는 거리를 두기로 하고 양평에 둥지를 튼 지도 몇 년의 세월이 흐른 듯하다. 하지만 사람이라는 속성은 하나를 버리면 다른 하나에 마음이 가게 마련이라는 사실을 새삼 깨우치고 있기도 하다. 요즘은 막내 손주를 돌보는 일이 일상의 전부라 해도 과언이 아닐 정도로 손주와의 소통에 온통 정성을 쏟고 있으니 말이다. 녀석도 창문에 붙어서서 할아버지를 기다리는 게 일상이 되었으니 소통이라는 단어가 어색하지 않다. 녀석이 고집이 세고 의사 표현이 확실한 탓에 다른 식구에게는 혼나는 일이 자주 있기도 하지만, 고집을 부리거나 떼를 쓰는 모습이 오히려 안쓰럽게 보여 마음이 짠하기도 한 것은 아이를 가까이 하며 겉에 드러나지 않은 내면을 보게 된 까닭이기도 하다.

　　어린아이를 가깝게 세밀히 살피며 같은 눈높이로 놀아 준 것도 막내 손주가 처음이니 새롭게 깨닫는 것도 많을 수밖에 없고, '아이가 속마음은 여리다'는 이해가 생긴 것도 아이를 살핀 소통의 결과이기도 하다 하겠다.

　　요즘 아이들이 다 그렇듯 밖의 세상은 위험하다는 인식 탓에 손주도 거의 갇혀 지내다시피 하는 게 측은해 보여 매일 새로운 경험을 찾아 아이를 데리고 다니는 것이 코로나 이전의 일과였다.

　　양평 인근의 놀이터를 비롯해 가볼 만한 곳은 안 가본 곳이 없었고 전철을 타고 가다 내리고 싶다는 곳에 내려서 마음껏 놀게 하거나 시골 버스도 태우는 등 "대한아 오늘 뭐하고 싶어?"로 시작해서 하고 싶다는 것을 해 주는 것을 낙으로 삼았었다.

'어느 날 갑자기 할아버지가 변했다.'
손주로서는 이렇게 생각할 것이다. 놀이를 위한 모든 나들이가 한 번에 끊겼으니 말이다. 일주일에 한두 번은 꼭 가던 키즈 카페도 콘도의 오락실도 "절대 안 돼!"로 못 가는 이유를 5살 꼬마에게 설명하는 것 자체가 불가능에 가까웠다. "대한아 거기 가면 아야! 하는 사람이 많아서 문 닫았어."이런 구차한 설명이 계속되다 보니, 어떤 때는 무의식중에 놀러 가자고 말을 꺼냈다가 얼른 스스로 답을 하고는 한다. "할아버지 사람들 아야 다 나으면 가자!"녀석 의젓하게 현실을 받아들이는 것을 배운 듯하여 귀여우면서도 한편으로는 안 되기도 했다.

코로나 이후 할아버지를 따라와 봤자 제집보다도 좁은 집에서 할 수 있는 놀이가 많을 리 없다. 답답하고 지겨운 할아버지 집에서의 놀이이지만 그래도 으레껏 할아버지를 따라나서는 손주가 대견하다. "대한이 형아랑 아빠랑 집에서 놀고 싶어?" 물으면 어김없이 "아니, 대한이 할아버지랑 놀 거야!"이러니 손주가 이쁘지 않을 수 없다. 미안한 마음에 "

대한아, 사람들 아야 다 나으면 기차도 타고 키즈 카페도 가고 재미있게 놀자!"바람대로 손주의 이쁜 소망이 빨리 이뤄졌으면 좋겠다.

코로나 이후 좋아진 걸 들라 하면 막내 손주가 6살 터울의 제 형과 친해진 것이다.

형이 학교에 갈 때는 같이 놀 시간이 별로 없어 친해질 계기가 없었지만, 코로나 사태로 형이 학교에 가지 않으며 같이 놀 시간이 많아지고부터는 제 형을 무척 따르게 되었다. 지금은 새로운 것을 하려 하면 제 형을 꼭 챙기곤 한다. 예를 들어 "자전거 타러 갈까?"하면 "형아랑 같이 가야지 할아버지."하는 식이다.

예전에는 차를 타고 이동할 때면 할아버지 무릎을 떠나지 않던 애가 요즘은 뒷좌석에서 형하고 노느라 떠들썩하고 너무 시끄럽다고 제재를 받을 때가 많을 정도로 제 형과 노는데 재미를 붙이기도 했다.

인류가 세상을 살며 겪은 고난은 끝도 없이 많고 늘 이를 극복해 왔듯 코로나도 극복될 것이다. 사람은 환경이 바뀌면 이에 적응하려는 본능이 작용하게 마련이다. 어려움을 극복하는 과정에서 잃는 것도 많지만 얻는 것도 있게 마련이다. 옛날 같으면 한 곳에서 발생하고 그칠 질병도 지금은 순식간에 전 세계로 확산하는 걸 막을 길이 없는 세상이다. 앞으로 무슨 일이 생길지 아무도 미래를 장담할 수 없다. 코로나를 극복하는 과정에서 생긴 사회적 시스템 변화가 선순환의 구조로 정착되는 기회가 됐으면 좋겠다.

코로나 이전에 막내 손주는 할아버지 곁을 떠나려 하지 않았다. 종일 놀고도 제집에 데려다줄 때면 안 떨어지겠다고 한바탕 울고 난리를 치는 통에 시선을 딴 곳에 팔리게 하고는 도망치듯 와야 했고 여행을 갈 때도 할아버지 곁을 떠나려 하지 않았다. 지금은 제 형하고도 잘 놀고 시간이 되면 할아버지와 떨어져 제집으로 가야 한다는 것도 이해한 듯하다. 이제 좀 있으면 유치원도 가야 하고 학교도 가야 할 터인데 '할아버지하고 만'은 바람직하지 않다.

순순히 "할아버지 바이 바이!" 손을 흔들며 집에 들어가는 아이를 볼 때 한편으로는 소중한 것을 잃은 듯 허전하기도 하지만, 녀석 세상의 어려움과는 상관없이 나름 성장한 것이 대견하다. 삶이 어렵다고 하지만, 해가 뜨고 달이 뜨고 여름이 가면 가을이 오듯 세월의 흐름에 달라지는 것은 없다. 희망만 놓지 않으면 아픔의 상처도 딱지가 되어 흔적으로 남을 것이다.

코로나와 손주

다섯 살배기 손주는
걷는 법이 없고
늘 뛴다.
보는 것마다 신기한 듯
"저거 뭐야?"
"왜 그런데?"
늘 바쁘고 궁금한 것도 많은 건
그가 봄인 까닭이다.
코로나라고 잡아두려니
설명이 궁해
"대한아, 어야 가면 아야 해서 죽어"
"할아버지 죽으면 어떻게 돼?"
"눈도 못 뜨고 숨도 못 쉬고 코 자는 거야."
녀석 또, 왜? 왜?
죽음의 의미를 어떻게 설명해야 할지
"대한아! 죽으면 깜깜한 곳에 혼자 가는 거야."
"엄마도 아빠도 할아버지 할머니 형아도 없고..."
조금만 어두우면 무섭다고 안겨드는 아이인데
피붙이의 의미를 막 깨우쳐 볼을 비비는 아이인데
"할아버지 무섭다"
죽음의 공포를 알게 하다니
몹쓸 놈의 코로나

6. 동행

손주 녀석과 놀다 저녁에 데려다주고 나면 나른한 피로감이 몰려오곤 한다. 놀던 아이는 집에 가자면 안 간다고 떼를 쓰고 이를 달래려면 인근 콘도의 오락실에 가자고 타협안을 제시해야 한다. "대한아 우리 총 쏘러 갈까?" 어떤 때는 "할아버지 조금 더 놀고..." 하거나 "그러자!" 라면서 흔쾌히 따라나서기도 한다.

애들은 사물을 받아드리는 능력이 뛰어나다는 사실을 새삼 깨달았다. 총 쏘는 시늉을 하고 놀면서 리로우드, 리로우드 하길래 자세히 보니 실탄을 장전하라는 reload를 듣고 배운 것이다. 오락실에서 총을 쏘고 자동차 운전까지 하고 나서도 집에 데려가 인계하는 과정이 만만치 않다. 할아버지 손을 꼬옥 잡고 같이 들어가자고 떼를 쓰는 아이를 떼어 놓고 돌아서려면 늘 마음이 짠하다. 끌려 들어가며 할아버지의 도움을 바라는 모습은 한동안 지워지지 않는 잔상(殘像)으로 남게 마련이다.

아이를 떼어 놓고 집에 돌아오면 아이가 놀고 간 흔적이 방 안에 가득하다. 주변에 보이는 모든 물건을 모두 꺼내 늘어놓고 놀다 간 흔적을 치우는 게 그리 싫지만도 않다. 화장실 바닥에 놓인 앙증맞고 작은 슬리퍼를 보면 행복감이 들 정도로 손주의 흔적은 모두 흐뭇하다. 대충 치우고 나면 나른한 피로감이 느껴지며 술이라도 한잔하는 욕구가 슬그머니 솟게 마련이다.

저녁을 거의 먹지 않는 습관이라 막걸리나 맥주를 마시는 거로 대신하는 경우가 많다.

전화벨이 울려 받았더니 딸이 갑자기 두통이 심해져 병원에 간다며 운전을 해 달라고 했다. 술을 마셔 운전이 어렵다고 대신 애들을 데리고 자겠다고 보내 달라고 했다. 잠시 후 초등학교 4학년 형과 막내 손주가 떠들썩하게 집안에 들어섰다. 녀석들 엄마가 아파서 병원에 간다는데 아랑곳없이 할아버지 집에서 잔다는 사실이 즐거운 모양이고 들떠 있었다. 정리해 둔 장난감들을 다시 바닥에 펼치며 신나있는 손주의 모습을 보며 또 마음이 짠했다.

녀석들 피붙이도 주변에 별로 없는데 막내가 고등학교 정도까지는 할아버지가 살아있어 줘야 한다는 생각이 들고 쇠잔(衰殘)해지는 체력을 돌아보니 착잡했다.

"그만 놀고 자야지" 음악을 틀어주고 불을 끄고 얼마 안 있어 가볍게 코 고는 소리가 들렸다. 혹 이불을 차내 감기라도 들까 하는 마음에 쉬이 잠을 잘 수가 없어 거의 뜬눈으로 밤을 새웠다. 차낸 이불을 덮어주며 자는 모습이 너무 이뻐서 꼭 안아 주며 볼을 맞대 보았다. 이쁜 손주를 주셔서 노년의 할아버지를 외롭지 않게 하고 좋은 동행을 주신 하늘에 감사한 마음이 들었다.

　오래 녀석의 주변을 지켜 줄 동행이어야 하는데 자신의 여명(餘命)을 걱정하기도 처음이다. 할아버지의 걱정을 알기나 할까? 녀석들 노느라 피곤했는지 가볍게 코를 골았다. 수면 음악으로 튼 빗소리 음악과 코 고는 소리가 섞여 잔잔히 퍼져나갔다. 이미 여명이 밝아오는데 아! 졸리다.

7. 교보문고를 가다.

　주말을 이용해 큰손주와 교보문고를 찾았다.
　배고프던 시절을 겪어 본 대부분 한국인은 먹는 것에 대한 아픔이 가슴에 깊이 남아 있다. 그렇게 성장한 세대가 살기가 나아진 환경에서 자식을 위해 할 수 있는 제일 큰 사랑은 맛있는 음식을 맘껏 먹게 하는 것이라는 생각은 당연한지도 모른다. 왜냐하면 맛있는 음식을 맘껏 먹어봤으면 하던 어린 시절의 꿈이 응어리져 있기에 내 자식만큼은 그런 아픔을 안기고 싶지 않다는 강박관념이 남아 있기 때문이다.

　그런 의미에서 돌아보니 손주와의 외출도 대부분이 맛있는 음식을 먹이기 위한 식도락 외출이 전부였다. 자식에게 베풀 사랑 중 가장 중요한 것을 들라 하면 단연코 식도락은 아니라고 생각한다. 세상을 살아가기 위한 여러 경험과 지식이 책이란 형태로 손쉽게 접할 수 있는 좋은 세상에 우리는 살고 있고 애들에게 책을 읽게 하는 것이 최상의 사랑이라고 자신 있게 권하고 싶다. 심하게 표현하자면 돼지나 소 열 마리 먹이는 것보다 한 권의 책을 읽게 하는 것이 더 소중하다고 확신한다.

가만히 앉아서 전 세계 곳곳을 다녀 볼 수도 있고 물고기가 되거나 새가 되어 하늘을 날아 볼 수도 있고 예술가가 되어 예술의 세계에 빠져 볼 수도 있다. 심지어는 죽어 볼 수도 있는 것이 책의 세계이다. 큰손주는 학교에서 공부도 상위권이고 컴퓨터도 잘 다루는 똑똑한 아이이다. 하지만 얘기하다 보면 아는 게 많지 않다는 생각이 들고는 한다.

옛 시절을 돌아보니 어렵던 시절을 살았지만 책을 좋아하던 누나의 영향으로 정말 책을 많이 읽었고 책을 통한 다양한 지식의 습득으로 애치고는 아는 게 많다는 소리를 들었다.

책을 가까이하게 된 동기가 누나였듯 애에게도 동기 유발이 필요하다는 생각에서 우선 교보문고에 데려가 책에 대한 흥미를 느끼게 해야겠다는 생각에 손주의 손을 잡고 나들이에 나섰다.

교보문고를 가려면 피맛골을 지나야 한다.

옛 피맛골의 흔적은 찾을 수 없지만, 피맛골을 유래를 알려주었고 피맛골에 남아 있는 옛 흔적을 손주는 흥미 있게 살펴보기도 했다. 따뜻한 손주의 손을 잡고 거리를 걸으며 행복한 생각을 했다. 이 녀석이 커서 오늘의 나들이를 기억하겠지. 역사적 흔적을 설명하던 할아버지도 떠 올리고 갈빗집에서 갈비를 굽고 소주나 마시던 할아버지의 모습보다는 할아버지 덕에 책을 가까이하게 된 동기로 할아버지를 떠올렸으면 좋겠다.

교보문고에는 괜찮은 식당도 있었다. 탕수육에 자장면도 먹이고 아이스크림도 사 먹었다. 어마어마하게 많은 책을 보며 손주는 놀란 듯하다. 좋아하는 동물 책을 한 권 사더니 읽느라 정신이 없다. 과학 도서나 역사 도서로 읽히고 싶은 책이 너무도 많았지만 처음부터 좋은 책을 읽게 한다고 애를 압박할 필요는 없다는 생각이다. 경험으로 보면 만화책에서 시작한 책 읽기가 어느 단계에 가면 만화가 시시하게 느껴져 더 어려운 책을 찾게 되던 자신을 돌아보았다. '옛 어른들은 만화책을 못 보게 하는 것도 모자라 들키기라도 하면 사정없이 찢기도 해 원망도 많이 했다. 대개의 경우 빌려 온 책이기에...'

교보문고에 쌓여 있는 책을 보니 기가 죽었다. 책을 많이 읽었다고? 산더미 같이 쌓여 있는 저 책 중에 몇 권이나 더 읽고 생을 마감하게 될까? 나이 들면 눈이 나빠져 책을 읽기도 어려우니 젊어서 더 많이 읽지 못한 것을 아쉬워한들 무슨 소용이겠는가! 손주에게 동기 유발을 주자고 한 교보문고 나들이에서 초라한 존재를 탄식하게 되다니...

교보문고를 가다.

손주 손을 잡고 나들이를 했다.
겨울답지 않게
따사한 햇살이 살갑던 주말에
길모퉁이에는
누더기 이불을 편 노숙인도 보였고
요란한 마이크 소리
감방에 간 대통령 석방하라는
태극기도 펄럭이고
서대(書臺)에 가득한
삶을 살아가는 여러 사연
돈 잘 버는 법, 공부 잘하는 법, 요리 잘하는 법까지
손주가 집어 든 책
-멸종된 동물의 싸움 순위-
존재도 하지 않는 동물
알아서 뭐 하려고?
大路를 메운 다툼의 아우성
길바닥에 널브러진 이불속의 露宿 人
진열대를 메운 이기며 세상 사는 법
이걸 깨우치라고 안달을 떨다니
북적이는 교보문고에서
아이스크림의 달콤함이 현실인 녀석의 손을 잡았다.
손주의 손은 따뜻했다.

8. 형제

煮豆燃豆其 콩대를 태워서 콩을 삶으니

豆在釜中泣 가마솥 안의 콩이 우는구나

本是同根生 원래는 같은 뿌리에서 났거늘

相煎何太急 삶아 댐이 어찌 이리 급박한가,

삼국지에 나오는 칠보의 시를 발췌해 보았다.

조조가 죽고 나자 대를 물려받은 조비(曹丕)가 아우 조식(曹植)을 불러 일곱 걸음 안에 시를 짓지 못하면 벌을 내리겠다고 겁박하자 뛰어난 文才였던 조비는 단순에 시를 지어 바쳤지만 동생을 제거할 목적이었던 조비는 재차 형제를 제목으로 시를 짓되 형(兄)이나 제(弟)라는 단어는 쓰지 말고 시를 지으라 했다.

이때 조식이 울며 지었다는 칠보(七步)의 詩가 위에 소개한 시이다. 조비도 시를 보고 같이 울며 동생을 벌하지 않았다는 야담(野談)이 전해 온다. 세상에 부모 다음으로 가까운 혈육이 형제자매라는데 이의가 있을 수 없다. 하지만 형제간에도 다퉈야 할 권리나 재물이 많으면 무자비한 다툼이 발생하게 마련이다.

근래에 발생한 김정남 암살 사건이나 롯데가의 형제간 싸움, 삼성의 이건희, 이맹희 씨 간의 다툼 등을 예로 들지 않더라도 역사를 거슬러 올라가 보면 피로 얼룩진 형제간의 다툼이 너무나 많다.

이런 비극을 보면 부와 권력이 반드시 행복을 가져다주는 절대 조건은 아닌 것 같다. 보통의 우리 이웃은 대부분이 오손도손 형제에 의지하는 고운 모습을 보이며 살고 있다.

어려운 일을 당하면 그래도 의지할 곳은 혈육뿐이니 형제는 많을수록 든든하다는 생각을 모두가 하고 있다. 하지만 요즘은 아이를 많이 낳지 않으니 부모 입장에서는 자식을 볼 때마다 안쓰러운 생각이 드실 것이다. 자신의 세대가 가고 나면 세상에 달랑 던져질 아이의 모습을 생각하면 걱정스럽지 않을 수 없고 형제간의 우의가 더욱 절실해지는 세상을 우리는 살고 있다.

그러기에 형제의 소중함을 아이들에게 심어줘야 할 절박함을 모두가 안고 있는 셈이다.

얼마 전에도 형제간의 우의에 대해 글을 쓴 적이 있고 형제간의 우의는 집안 내력인 것 같다고 한 것 같다. 그 후 이

문제에 대해 곰곰이 생각해 보니 형제간의 우의는 유전과는 무관한 후천적 생활 환경에 따라 형성된 것이라는 사실에 무게를 두는 게 옳다는 쪽으로 생각이 바뀌게 되었다. 윗세대가 애들 앞에서 보이는 동기간을 대하는 행동이 아이들의 눈에도 그대로 비쳐 동기간의 관계에 대한 정서가 형성될 것이기 때문이다.

엄마 아빠가 끔찍이 동기를 위하는 것을 보며 성장한 아이는 자신의 형제도 같은 시각으로 보게 될 것이고 제 것을 지키려 아웅다웅하는 모습을 보고 자란 아이는 자신의 형제에 대해서도 같은 정서가 자리 잡게 될 것이기 때문이다. '자식이 외롭지 않게 세상 살기를 원한다면 어떻게 해야 할까?'

큰딸이 둘째 손주를 낳고 나니 집안에 활력이 넘쳐나는 것 같고 무엇보다 큰손주가 외롭게 살지 않아도 된다는 사실에 마음이 놓인다. 둘째가 태어나기 전에는 큰손주 혼자 노는 것을 보면서 걱정이 되기도 했다. 험한 세상에 형제 하나 없이 세상을 혼자 살아가게 될 것을 생각하면 너무 외로울 것 같다는 생각이 늘 머리에 있었지만, 이제는 꼬맹이 동생을 곧잘 데리고 노는 모습에 한결 마음이 놓이기도 한다. 더욱 다행인 것은 형제간에 사이가 아주 좋다는 점이다.

큰손주는 외국 여행 중에도 동생이 보고 싶다고 할 정도로 동생을 무척 이뻐하고 시간만 나면 동생을 잘 데리고 논다. 둘째도 제 형만 보면 얼굴에 웃음기가 가득한 것을 보면 형이 좋은 모양이다. 물론 부모 마음대로 되는 세상은 아니지만, 애들 부모는 애들 진로를 두고 크게 그린 그림이 있다. 하나는 돈을 버는 쪽으로 하나는 학문 쪽으로 목표를 두고 기르겠다고 했다.

뜻이 있는 곳에 길이 있다고 했으니 형제 중 한 명은 돈을 열심히 벌어서 학문하는 형제를 지원하고 한 명은 열심히 학문에 열중해서 뭔가를 일궈내 보람을 나눠 갖는 멋진 미래를 기대해 본다는 것은 욕심은 아닐 것이다. 어린 시절부터 아이에게 자신이 나아 갈 방향을 확실히 해 주는 것이 시행착오를 줄이기도 하지만, 형제간에 경쟁보다는 서로 돕는 상생의 역할 분담도 될 것이라 믿음 때문이다.

큰손주가 아끼는 그림책을 동생이 찢기도 하지만, 제 것이라고 뺏거나 크게 탓하지 않는 형의 모습을 보며 작은 녀석도 커서 제 것을 형에게 기꺼이 내주는 모습을 보였으면 하는 기대를 해 봤다.

늦게 철난다더니 혈육이 다 가고 난 지금에야 동기간이 살아 있었더라면 하는 아쉬움이 크다. 할아버지 대에 이루지 못한 형제간의 우애를 꼬맹이 손주들이 잘해 줬으면 외롭지 않게 서로의 버팀목이 돼 주었으면 하는 간절한 소망으로 손주를 보는 행복을 누리고 있다. 녀석 할아버지를 보면 비명에 가까운 소리를 질러 반가움을 표시한다. 이래서 세상은 대를 이어가나 보다.

형제

걱정은 덜었다.
마주 보고 깔깔대는
녀석들
형제의 의미를 알기나 할까
기댐의 소중함을
삶이 고달프니
만나면 늘 좋기야 할까만
힘들고 지치고
엄마 아빠 그리울 때
서로 보고 웃을 수 있을 거야
그리움이 두고 간 흔적
넌 엄마 닮았고 난 아빠 붕어빵 하며

9. 미리내에서의 승마 체험기

말은 인류 역사를 바꾸는 데 한몫을 한 동물이다. 말이 없었다면 보병만으로는 먼 곳에 있는 이웃과의 전쟁이 어려웠을 것이고 역사도 달라졌을 것이다.

세계를 제패한 몽골 제국도 말이 있었기에 위세를 떨칠 수 있었지 말이 없었다면 초라한 유목민으로 사막을 떠도는 존재 없는 집단으로 끝났을 것이다.

기병과 보병과의 싸움은 결과가 뻔하다.

병자호란 당시 청나라 기병 삼백 명에게 4만의 조선 병사가 추풍낙엽같이 흩어져 패한 쌍령전투는 조총으로 무장한 조선군 보병이 기백 기마병의 돌격 앞에 허무하게 무너진 전투였다. 전쟁사에 기록될 만한 이 싸움은 기병 앞에 보병이 얼마나 무력한가를 보여주는 사례라 하겠다.

총이 나오기 전까지 일본 최강의 무력 집단도 강력한 기마 군단을 보유한 다케다 신겐이었다. 노부나가 조총부대에 허무하게 무너지기 전까지는 기병이 최고의 힘이었지만 화약이 나온 후에 말이 전쟁의 승패를 가르는 시대도 막을 내렸다.

군마의 존재 가치가 없어지며 말은 그저 경마장에서나 보게 되는 존재로 잊혔지만 근래 들어 스포츠로서의 승마가 되살아나고 있다.

여가 선용을 위해 부담 없이 즐길 수 있는 스포츠가 무엇인가를 생각하는 사람이 많아졌다. 꾸준히 운동해 온 사람이 아니라면 운동을 시작할 때 많은 망설임이 따르게 마련이다.

특히 나이 드신 분을 위해 운동 종목 선정 시 고려해야 할 사안을 몇 가지 정리해 보았다.

－체력 부담이 너무 크거나 고도의 기술이 필요한 운동은 나이 드신 분이 입문하기에는 무리이다.

－남과 경쟁해야 하는 운동은 스트레스를 오히려 유발한다.

운동 결과가 수치화되는 것은 피하는 것이 좋다.

－갖춰야 할 장비가 고가이거나 다른 사람과 팀을 이뤄야 가능한 종목은 운동이 행사가 돼 오히려 부담스럽다.

－시간을 너무 뺏기거나 경제적 부담이 큰 운동도 오래 즐기기에는 적당하지 않다는 생각이다.

위에 열거한 조건으로 따져 보면 승마가 해 볼 만한 스포츠 종목에 드는 것 같다.

승마는 원래 귀족 스포츠였다. 개인이 말을 기른다는 것은 상당히 어려운 일로 경제적 부담이 만만치 않기에 집안에 많은 하인을 거느린 귀족이나 가능한 스포츠였지만 지금은 말 관련 산업이 국가적 지원으로 상당히 활성화되어 있고 승마장을 갖춘 승마 클럽을 주변에서 어렵지 않게 찾을 수 있다.

지금 머무는 양평 인근에도 승마장이 여러 곳 있다.

초등학생인 큰손주에게 뭔가 운동 한가지는 시켜 보려고

태권도 도장에 넣어봤지만 흥미를 갖지 못하는 것 같았다. 검도는? 너무 어려서 체력에 무리가 올까 봐 애 엄마의 반대가 있어 승마를 시켜 보고 하겠다면 시켜 보자는 마음으로 가까이 있는 승마 클럽을 찾았다.

승마하면 왠지 경제적 부담이 상당할 것이라는 막연한 선입관이 있었는데 막상 그렇지는 않았다. 체험 승마를 해 보고 말을 무서워하거나 흥미를 느끼지 못하면 그만두기로 했는데 예상외로 손주는 승마에 흥미를 느꼈다. 그렇게 해서 일주일에 두 번씩 승마장과 인연을 맺게 되었다.

말 타는 동안 우두커니 기다리는 것도 그렇고 해서 같이 승마를 배워 보기로 했다. 소운도 최고의 자격을 갖춘 체육인의 한사람이지만 운동에 소질이 없다는 것이 솔직한 고백이다.

"할아버지보다 손주가 더 자세가 좋습니다. 한번 보세요."

리듬을 찾지 못해 헤매는 것을 보고 코치가 핀잔을 준다. 괜히 시작했나? 하지만 승마는 남자가 해 볼 만한 스포츠라는 게 평소의 생각이다. 한마디로 말 등에 앉으면 남자로서 표현하기 힘든 그런 묘미가 있다고나 할까.

처음에는 균형을 잡으려고 자꾸 고삐를 당기게 되니 말이 갈피를 잡지 못하는 것 같았다. 가라는 신호를 연신 주며 고삐를 당기니 말도 짜증을 낼만 하다.

'서툰 승마 자는 말이 먼저 알아본다. 말이 사람을 깔본다는 느낌이 강하게 들었다.'

무릎 안쪽도 몇 번까지고 이제는 발로 균형을 잡는데 어느정도 익숙해지고 말과 리듬도 어느 정도 잘 맞는 것 같다. 옆에서 나이 드신 분이 능숙하게 구보를 하는 모습을 보니 너무 부러웠다. "그래 나도 구보까지는 배워야지."

경기도 양평군에는 지평리 '미리내 승마 클럽' 외에도 더 가까운 곳에 한 곳 있긴 한데 미리내같이 확 터진 해방감이 느껴지지 않아 미리내 승마 클럽에서 배우기로 했다. 아직은 엄두도 못 내지만 미리내에는 외승 코스가 아주 잘 갖춰져 있다. 실력에 따라 A, B, C 세 등급의 코스가 있는데 산을 한 바퀴 도는 외승 코스는 생각만 해도 가슴이 두근거린다.

처음에는 클럽에서 주는 대로 생각 없이 말을 탔지만 지금은 내가 타는 말과 교감을 하려고 노력한다. 자세히 보면 말마다 다 특징이 있고 성격도 다르다고 한다. 어떤 분은 말이 보고 싶어서 승마장을 찾기도 한다고 들었다. 말이 홍당무를 좋아한다기에 홍당무를 사다 주기도 했다.

모든 운동은 자신과의 싸움이다. 하지만 유일하게 승마

는 자신 외에 말이라는 생명체와 호흡을 같이 하는 스포츠이다. 아마 아직은 잘 모르겠지만 말과 교감하며 이뤄가는 실력의 향상은 정말 빠져드는 매력이 있을 것이다. 하지만 검도를 하며 얻은 교훈은 목검 하나를 가지고 평생을 연마해도 뭔가 이루기가 어렵다는 사실이다. 생명이 없는 죽도나 목검을 다루는 것도 그런데 하물며 살아있는 말과의 교감을 이룬다는 게 쉬울 리가 없을 것이다.

골프는 별로 해 보고 싶다는 생각이 처음부터 없었다. 옛날 아는 분이 귀하다는 골프채 세트를 주며 같이 하자고 했지만 하지 않았다. 비싼 골프채, 호사한 패션 자랑, 캐디가 따라다니며 시중을 한다는 부담 반드시 지고 이기는 점수가 있다는 사실, 팀을 꾸려 시간을 잡고 하루를 꼬박 낭비하는 것 등이 싫었기 때문이다.

승마는 혼자 하는 운동이고 같이할 동료가 필요치 않다. 장비나 패션을 자랑하지 않는다. 최소한의 장비만 갖추면 끝, 옷 자랑해봐야 말이 웃는다.

시간? 내가 원할 때 사전에 알려만 주면 된다. 이보다 편한 스포츠가 없다.

'내 유일한 도토리 키재기 상대는 초등학생 큰손주 녀석이다.'

라. 겨울 여행

1. 겨울 여행

문득 여행이 가고 싶어졌다.

겨울 여행, 따뜻한 남쪽 바다를 떠올리며 겨울의 우울함으로부터 벗어나 보고 싶었다. 회색의 계절 잔뜩 웅크리고 주변을 둘러보면 어디에도 생명의 흔적을 보기 어렵다. 언제 새싹이 돋기나 할까 싶은 초목이 안쓰럽기까지 하다. 막상 떠나려니 행선지를 어디로 할지가 막막하다.

선택의 자유가 너무 주어지니 선택도 어렵다. 바닷가 푸른 파도와 텅 빈 모래사장이나 갯벌 비스듬히 반은 누운 초라한 목선, 상상일 수밖에 없다. 전북 고창, 성(城)도 있고 미당의 시비(詩碑)도 있고 선운사 동백도 있으니 고창을 찾기로 했다.

전라도, 삐딱한 친구들도 많지만 잔정도 많고 사람 냄새가 나는 고장이 전라도이다. 어디를 가도 음식이 좋고 족자에 걸린 그림이나 글씨, 분재 등 생활 속에 예술의 흔적이 넘치는 곳이 전라도이다. 가히 예향(藝鄕)이라 할 만한 땅이 전라도가 아니겠는가.

대중교통을 이용한 여행은 처음이라 출발부터 애를 먹었다. 동서울 터미널엔 고창 행 버스가 없었다.

고속버스 터미널, 라면 한 그릇에 8,500원, 몇 바퀴를 돌아도 마땅한 먹거리가 없어 할 수 없이 선택한 메뉴이다. 일본어 명칭을 붙인 이름값치곤 너무 비싸다.

어둠이 깔리는 저녁 무렵에 고창 터미널에 도착했다. 눈발도 휘날리고 혼자만의 여행을 더욱 실감 나게 하는 분위기이다. 재래시장을 찾았다. 허름한 주막집을 기대하며 손님이 끊긴 겨울 저녁 장은 좌판을 거두어들이는 파장 분위기이다.

어렵게 주막다운 식당을 찾아 그나마 다행이다. 순대국밥한 그릇 소주 한 병을 시켰다. 진로 소주를 갖다주기에 이 고장에서 생산한 고창 술을 달라니 주모가 한마디 한다.

"서울분들 꼭 참이슬만 찾아서..." 하이트 소주 한 병을 기분 좋게 마셨다.

고장 막걸리 맛 좀 보자니 선운사 막걸리를 가져다준다. 한 병 두 병 고창의 밤이 취해간다. 한잔 술에 취하니 행복해지고 이웃한 자리에서 술을 마시던 친구가 같이 한잔하잔

다. 형님, 아우, 허풍도 떨고 곱상한 주모와 사진도 한 장
찍어 봤다. 비틀거리며 여관을 찾았다. 맥주 몇 병을 사 들
고... 전라도 소주는 하이트란다. 전라도까지 가서 진로 마
실 수야.

시비에 핀 동백

선운사를 찾았다.
펑펑 내리는 흰 눈 속에
입춘이
江南의 절기라는 걸 잠시 잊고
매서운 북풍 기세에 눌려
웅크리고 또 둘러보면
온통 회색 숨죽인 동면뿐
눈 속에 핀 붉은 동백 연정을 그렸나 보다.
사월에 피는 동백을 두고
미당(未堂), 이 땅의 시인일 진데
봄을 그리는 맘이야 어찌 다를까
휘날리는 눈발 속에
시비(詩碑)가 외로이 서 있다.
주모(酒母)의 육자배기 목쉰 소리 배경음악 되고
동백은 시비 속에 가득 꽃망울 피운다.
고운 시어(詩語)만 가득 담아서

2. 곡선이 좋더라

여행을 다녀보면 우리나라가 산악국가임을 새삼 실감하게 된다.

중국은 말할 것도 없고 일본만 해도 화산 분지에서 사방을 바라보면 아득히 먼 곳에 산이 아물거렸다. 우리나라는 어디를 가도 시야에 산이 없는 곳은 눈을 씻고 찾아봐도 없을 듯하다. 최고의 명찰이라는 부석사 무량수전에서 바라보면 말 그대로 만산이 겹겹이 끝없이 펼쳐져 보인다.

수도 서울만 해도 놀랄 만큼 많은 산을 품고 있다.

개운산, 개웅산, 개화산, 관악산, 구룡산, 굴봉산, 금호산, 낙산, 남산, 남한산, 노고산, 대모산, 대현산, 도봉산, 매봉산, 배봉산, 백련산, 벽오산, 봉화산, 북악산, 북한산, 불암산, 삼성산, 성산, 수락산, 아차산, 안산, 오패산, 와우산, 용마산, 용왕산, 우면산, 우장산, 응봉산, 인릉산, 인왕산, 일자산, 천마산, 처장산, 청계산, 초안산, 호암산 '같은 이름의 산은 제외' 등 서울에 이렇게 많은 산이 있다는 사실을 우리는 잊고 산 셈이다.

도시에 살면서도 맘만 먹으면 오를 수 있는 산이 바로 앞에 있다는 사실을 우리는 의식하지 못하고 살지면 한국을 찾은 외국인들은 우리의 자연적 혜택을 부러워한다고들 한다.

이렇게 많은 산인데 산만 덩그러니 있다면 뭔가 썰렁할 것 같다. 웬만큼 이름난 명산에는 반드시 명찰을 품고 있게 마련이다. 조선이 건국되며 기존 권력층의 종교인 불교를 억압하고 신진세력의 힘을 키우려는 숭유억불(崇儒抑佛) 정책에 의해 산으로 절이 숨어들긴 했지만, 역사적 자취를 돌아보면 절이 산중에 있으며 나름의 역할을 충분히 해냈다는 것을 알 수 있다.

전란이 발생하면 인근 산성으로 백성을 모두 대피시키고 마을을 비우는 게 우리의 방어 수단이었으니 졸지에 맨몸으로 피신한 딱한 처지에 놓인 백성의 삶은 기댈 곳이 없었을 게 뻔하다. 그런 어려운 처지에 온전한 터전을 보존한 절이야말로 난을 극복하는 기지 역할을 톡톡히 해낸 셈이고 백성들의 의지처가 되었을 것이다. 예술의 맥을 잇고 국난극복에 앞장선 절을 산에 오르면 응당 만나게 되어있다.

왕조 시대에는 왕권의 권위를 높이기 위해 민간인이 집을 크게 짓는 것을 엄히 금했다.

옛 마을이 보존된 한옥촌의 집을 보면 처마가 거의 머리에 닿을 정도로 낮은 것을 보게 된다. 高家建築禁止法 이라 하여 집을 높게 짓지 못하게 했고 궁궐과 절을 빼고는 둥근 기둥도 쓰지 못하게 할 뿐 아니라 단청도 칠하는 것을 금했다. '요즘 드라마에 나오는 높은 집이나 화려한 색의 옷

은 대부분 사실과 다른 허구의 설정이라는 것을 아시고 봐
야 한다.'

여행을 많이 다닌 분들은 중국이나 일본, 동남아의 옛 건
축물들을 보며 우리 것과 비교하게 된다. 솔직히 표현하면
우리의 옛 건축물이 덜 정교하고 규모 면에서도 왜소한 것에
실망도 하셨을 것이다. 하지만 자세히 들여다보면 문화는 자
연의 영향에서 벗어날 수 없을뿐더러 우리의 것은 우리의 자
연에 가장 순응하는 합리적인 선택이었다는 것을 이해하게
되어 우리의 문화가 다시 보일 것이다.

이번 여행에서 향일암, 쌍계사, 화엄사 등을 둘러보았다.
어느 곳이든 절의 산문에는 무슨 山 무슨 寺라는 현판이 걸
려 있게 마련이다. 반드시 무슨 산이라는 산 이름이 먼저 표
기되는 것에서 보듯 명산과 명찰은 서로 각각이 아닌 하나
의 인연으로 묶여 무슨 산의 무슨 사라는 것을 자랑스레 내
걸고 있다.
　부처님과 내가 하나라 했고 너와 내가 하나이듯 산과 절
은 하나인 것이다.

절에는 여러 의미를 지닌 크고 작은 건물들이 자리하고
있다. 규모가 큰 건물은 전(殿)이라 하고 작은 것은 각(閣)
이라는 명칭을 부여한다. 규모가 큰 특히 측면이 여러 칸인

건물은 바닥이 마루이거나 전돌이 깔려있어 별다른 난방 시설이 없고 난방(온돌)이 필요한 건물은 측면의 칸수가 왜소하다는 사실에 주목해야 한다. 우리의 난방 수단은 온돌이 유일하다. 온돌은 아궁이와 굴뚝이 마주해야 하고 둘 사이의 거리가 멀면 불길이 닿지 않아 난방 효과가 떨어지게 마련이다.

대궐의 왕이나 왕비의 처소도 측면이 왜소한 것은 아궁이와 온돌 때문이다.

'일본의 저택이 칸을 여럿 덧댄 거대한 규모인 것도 난방 수단이 다다미와 고다쓰(난로)이기 때문이다.'

드라마에 나오는 왕이나 왕비의 처소도 실제로는 지금 웬만한 아파트 안방 규모와 비슷한 정도이다.

절에 있는 건축물을 유심히 살펴보면 직선이 거의 없다는 것에 눈이 간다. 기둥도 구불거리고 건물 내부의 서까래도 곡선이고 건물마다 모양이 다 다름을 알 수 있다. 반듯한 것은 창이나 문의 덧살이 유일하고 나머지는 다 자연 그대로의 생긴 대로의 것을 그대로 썼다. 하지만 창문의 덧살이 반듯함으로 곡선으로 구성된 건물이 바르게 보이는 중심 역할을 제대로 해내고 있다.

곡선 멋의 일미(一味) 그랭이 질

우리나라 고건축의 특징은 위에서 든 곡선 외에도 비 규격화를 들 수 있겠다. 규격화 측면에서 일례를 든다면 옛집의 대들보가 대표적 예에 속한다. 한옥의 가장 중요한 구조재인 대들보를 올릴 때 상양식이라 하여 입주 상양(기둥을 세우고 보를 올림)을 날짜와 함께 기록하여 올리고 제를 올리는 풍습이 있다 이렇게 중요한 대들보이지만 그 많은 가옥 중 같은 대들보는 아마 한 곳도 없을 것이다. 적당히 휜 나무를 자연 그대로 활용하기 때문에 같은 대들보는 없는 게 당연하다.

또 하나, 눈여겨봐야 할 부분은 주춧돌이다. 주춧돌로 다듬지 않은 막돌을 그대로 사용하는 탓에 같은 건물임에도 주춧돌은 제각각이다. 돌 표면의 요철에 따라 밑동을 파내 직선으로 기둥을 세우고 높이를 맞추는 것은 대단히 어려운 일이다. 지붕의 무게로 건물을 지탱하는 구조에서 주춧돌과 맞물린 기둥은 구조상 대단히 안정적일 뿐 아니라 곡선으로 구성된 구조물에 자연 그대로의 주춧돌로 건물을 떠받쳐 구조적 안정과 멋스러움을 살려낸 것은 자연에 순응하는 옛 분들의 자연 친화적 지혜이다.

우리 선조는 일 년에 반 가까이 군불을 지펴야 하는 추운 땅에 삶의 터전을 잡았다. 혹독한 추위에 잘 자라지 않는 나무는 단단하긴 하지만 휘어 곡선이고 곧고 훤칠함과는 거리가 멀다. 추위를 견디려면 온돌이 필요하고 방이 커 아궁이와 굴뚝 사이가 멀면 난방 효과가 급격히 낮아진다. 왜소해 보이는 온돌방, 멋대로 휜 기둥과 서까래, 자연에 순응한 우리의 질박한 삶의 흔적을 여행길 절에서 여러 번 마주했지만 초라해 보인다는 생각은 하지 않았다.

같은 치수로 자르면 쉬운 기둥 하나하나를 그랭이 질로 다듬어 주춧돌에 올리던 정성을 가볍게 봐서는 안 될 것 같다. 창살을 곧고 반듯하게 다듬고 하얀 한지를 바르던 정성을 어찌 폄하(貶下) 할 수 있는가? 둥글둥글한 산세와 구불구불한 소나무가 가득한 이 땅에, 설사 곧고 키가 큰 나무가 있다 한들 자로 잰 듯 각이 선 절이 버티고 서 있는 산사의 풍경은 상상에서도 싫다. '곡선이 좋더라!'

여행길 마주한 산사에서 또 하나의 깨우침을 얻었다. 깨우침이 있으면 부처가 된다는데 부처는커녕 미꾸라지 붕어에도 미치지 못하니...

3. 통영 이야기

충무라는 지명으로 불리던 시절에도 옛 이름 통영을 고집하며 쓰는 사람들이 있었다. 충무라는 지명은 충무공 이순신 장군을 떠 올리게 하고 아마도 충무공과 연관하여 지은 지명이 맞을 것 같고 옛 이름 통영도 수군 통제영이 있던 고을에서 연유된 것이 아닌가 막연히 생각하지만, 사실 여부는 확인하지 않았다.

충무공 이순신 장군과 관련된 고장은 통영 말고도 여수가 있고 그곳도 이순신 장군과 관련된 여러 유적을 보존하고 있다. 수군 본영의 중심 건물이라는 진남관은 대단한 규모의 목조 건물로 진남관 바로 앞까지 바닷물이 들어왔다는 안내판이 있듯 통영에도 이와 유사한 세병관이라는 대단한 규모의 목조 건물과 부속 건물들이 어우러진 수군 본영 터전이 자리하고 있다. 이곳도 예전에는 바로 앞이 군선을 대는 선착장이라고 하니 세병관과 진남관은 같은 이미지로 혼재된 채 남아 있어 한참을 더듬어 생각해야 구분이 될 정도로 세병관과 진남관은 분위기가 유사하다.

세계 3대 미항을 시드니, 부에노스아이레스, 리우데자네이루라고들 한다.

외국 미항을 가보진 않았지만 한국의 해안도 이에 못지않은 아름다운 미항이라고 믿고 있다. 한국의 아름다운 미항을 꼽을 때 통영과 여수는 으뜸을 다툴 만큼 아름다운 곳으로 늘 가고 싶은 곳이기도 하다. 굳이 두 곳 중 한 곳을 택하란다면 상대적으로 도시화가 덜 돼 아기자기한 맛은 통영이 윗

길이 아닐까 하는 생각이 들 만큼 통영은 언제 가도 참 아름답다고 생각하게 하는 미항(美港)이기도 하다.

젊었을 때는 피난 시절을 보낸 부산이 고향 같은 곳이라 휴가 때만 되면 늘 부산을 찾았다. 그때마다 부산으로 바로 가기보다 충무(당시)에 들러 머물다 쾌속선을 타고 부산으로 이동하는 과정을 택할 만큼 충무는 내게 각별한 곳이기도 했다. 당시에는 연안 도서를 오가는 여객선이 내항 깊숙이 자리하고 있고 선착장 바로 앞 노점에 그 유명한 충무 할매김밥 집이 있었다.

형편이 넉넉지 못한 승객이나 선원들이 종이에 싸 주는 김밥과 오징어 섞박지는 말 그대로 서민들의 서서 때우는 한 끼 식사였지 버젓이 대접받는 식당 메뉴는 아니었다. '음식이 쉬는 걸 방지하려고 아무것도 넣지 않은 김밥에 섞박지를 따로 주기 시작한 것이 오늘날 충무김밥의 시초라고 한다.'

다시 찾은 충무는 지명도 통영으로 바뀌어 있었고 도시 풍광도 예전과는 사뭇 다른 모습이었다. 내항 깊숙이 들어오던 연안 여객선은 자취를 감추고 없었고 노점에 자리했던 충무 김밥집은 지명의 변경에도 불구하고 충무김밥이라는 옛 이름을 지키고는 있었으나 길거리 서민 음식이 아닌 이곳저곳 여러 곳에 휘황찬란한 불빛을 밝히며 통영을 대표하는 음식으로 대접받고 있다는 점이 새삼스러웠다.

김밥 하나로 저 많은 식당이 영업 가능할까? 싶을 정도로 통영에는 많은 김밥집이 있다. 놀랍게도 전국 택배 가능이란 문구도 버젓이 내걸려 있을 만큼 충무김밥은 명성을 얻고 있었다.

옛 추억을 되살려 충무김밥을 먹어보려 하니 너도나도 원조집이라 내세우는 통에 기억을 한참 되살려 예전에 먹었던 김밥이 뭐였는지를 떠 올릴 수 있었다. "온 김에 충무김밥을 실컷 먹고 가자." 어촌 동네 바다가 보이는 정자에 앉아 김밥을 펼쳐놓고 옛일을 떠 올리며 맛있게 먹었다. 역시 타 도시에서 먹는 충무김밥과는 맛이 달랐다. 달라진 게 있다면 오징엇값이 비싸서인지 어묵을 섞어 만든 섞박지였지만 맛 차이는 느낄 수 없었다.

통영의 또 달라진 모습 중 하나는 꿀빵이 통영을 대표하는 먹거리로 자리하고 있다는 사실이다. 김밥집이 그러하듯 꿀빵집이 사방에서 다양한 형태의 꿀빵으로 손님을 부르고 있다. 여러 재료를 활용하여 이웃집과 차별화한 꿀빵을 보며 같은 꿀빵도 이렇게 다양할 수가 있다니 하는 감탄을 하게 된다.

버려두었던 판잣집에 좁은 골목길, 비탈에 자리한 초라한 옛 자취가 아기자기한 추억의 풍광으로 거듭나는 모습을 보며 별것 아닌 것도 관광상품으로 변신시킨 통영의 달라진 모습이 대견스럽기만 하다. 동파랑이니 남파랑이니 서파랑이니 하는 통영의 볼거리들은 다 예전에는 초라하고 불편했던 삶의 흔적들이다. 그렇지만 지금은 따사롭고 정겨운 추억이 되새김질을 돕는 훌륭한 통영의 볼거리들이다.

통영에선 포장마차를 보지 못했다. 대신 다찌라는 선술집이 포장마차를 대신하고 있었다. 다찌가 어디서 온 형태냐는 설은 여럿 있지만 아마도 일본과 연관이 있을 거라는 정도만 이해하고 몸으로 느껴 보자는 마음에 다찌를 찾았다. 다찌는 일 인당 삼만 원에서 오만 원 사이의 술값을 내면 기본 술(소주 2병 정도)에 안주는 정식 코스 나오듯 여러 안주를 맛볼 수 있어 안주 선택에 따로 신경 쓰지 않아도 되는 묘한 술집이다.

주방장이 내는 안주는 그날의 재료와 주방장의 실력에 따라 다찌의 질이 결정되며 경쟁이 치열하다고 한다. '삼만 오천 원짜리를 먹었는데 양은 다 먹지 못할 정도였고 맛 또한 수준급이었다.'

콘도에서 지어먹지 않는 한 관광지에서의 아침 식사는 부실하기 쉽지만, 통영에서의 아침은 그렇지 않았다. '시락국 백반' 통영에서만 맛볼 수 있는 멋진 맛집이 시락국 집으로 허영만의 식객에 소개될 만큼 이미 명성을 얻고 있다는 것을 식당 벽면에 커다랗게 붙여 놓은 허영만의 사진을 보고 알게 되었다. 허영만의 식객 방영 이후 손님이 많아져 예전보다 불친절하다는 소리를 듣는다고 누가 얘기했지만, 글쎄? 특별히 불친절하다는 느낌을 받지는 않았다.

통영 서호 시장통에 있는 시락국 백반은 값도 싸지만 (6천 원) 강한 맛의 남도 음식을 좋아하는 분에게는 훌륭한 맛집이기도 하다. 뷔페식으로 차려진 반찬이 20여 가지가 될뿐만 아니라 푹 끓여 부드러운 시락국의 맛은 통영이 아니면 맛볼 수 없는 음식이라 통영을 들르시는 분께 권하고 싶다.

통영 좋은 곳이다.

천혜의 비경에 더하여 관광지가 갖춰야 할 여러 요소를 골고루 갖춘 곳이 통영이기도 하다. 케이블카에 모노레일에 루지까지 애들이 좋아할 놀이 시설을 갖췄으니 가족 여행지로 손색이 없다. 가서 살고 싶은 곳을 들라 하면 나는 단연 통영이라고 말하고 싶다. 한 달 살아보기 프로그램이 있다고 하니 한번 신청해 보려고 한다.

4. 선암사 해우소(解憂所)

변소를 일컫는 명칭 중에 가장 멋진 것을 들라 하면 단연 해우소(근심을 더는 곳)가 아닌가 싶다. 뜻글을 소리글로 옮겨 뭔 소리인지 모를 불경을 주문 읊조리듯 합창하는 불교계에서 '부처님 오신 날'이라는 산뜻한 소리글 표현과 해우소라는 오묘한 뜻글을 찾아낸 것은 박수받을 일이다. 좀 상스러운 표현이긴 하지만 잘 먹고 잘 자고 잘 싸면 건강하다는 말은 틀린 말이 아니다.

질량 불변의 법칙에 따라 먹은 음식 중 영양소로 쓰이고 남은 찌꺼기는 반드시 배출시켜야 하고 이 과정은 은밀하고 편안한 가운데 이뤄져야 한다. 집이 아닌 장소에서나 주변이 시끄러우면 해우를 못 해 고생하시는 분들이 많다는 사실은 먹는 것 못지않게 싸는 일도 중요하다는 사실을 새삼 깨닫게 한다. 지금은 화학비료가 널리 쓰이는 탓에 말 그대로 똥이나 오줌은 가치 없는 똥오줌일 뿐이다.

대한민국이 건국되기 전 농사일에 종사하신 분들만 해도 자제분들은 학교 다녀오면 망태기를 들고 개똥을 주우러 다녔다고 한다. 아무리 급해도 남의 뒷간에 똥을 싸고 오면 호되게 꾸중을 들었던 추억을 새기시는 걸 흔히 듣기도 했다. 한국전 당시 피난지 부산 인근 촌락에서는 아침마다 드럼통

2개를 이어 만든 똥통 마차가 똥을 사러 몰려오곤 했다. "똥 파이소!" 피난지 부산의 아침을 깨우는 소리 중에는 똥 팔라는 소리도 있었다. 똥은 버려야 할 더러운 물건이 아니라 귀한 자원이었던 셈이다.

자연은 순환이고 이 원칙이 깨지면 부조화에 따른 각종 피해를 피해 갈 수 없는 게 자연의 이치이다. 똥을 완전히 썩히면 기생충이나 세균이 소멸하고 훌륭한 비료가 되어 선순환의 한 축이 되는 셈인데 심산에 자리한 절집에서 식량 자금을 위하여 농사도 지어야 했고 똥은 쓰레기가 아니라 훌륭한 자원으로 재순환에 기여한 귀중한 존재였지만, 차가 절집까지 오르지 못하면 신도가 모이지 않아 절 보존이 어렵다는 세상이 되었으니 멋진 포장도로가 절집 코앞으로 이어지고 수세식 변소는 뒷간의 기본이 된 지 오래다.

절집과 뒷간과 관련된 얘기는 우스갯소리로 여럿이 전해지기도 한다.

어느 절에 뒷간은 하도 높아서 똥 떨어지는 소리가 1년 후 들린다는 허풍도 있고 비만 오면 물웅덩이로 변하는 뒷간에서 똥물이 튀는 것을 막는 비결을 스님들이 자랑하는데 그네에 올라앉아 오가며 똥물을 피한다는 스님 얘기에 빙그레 웃던 큰 스님 왈, "튀어 오르는 똥 위에 정확히 다시 한방" 하셨다니 고수는 뭘 해도 역시 고수답다 아니 할 수 없다. 일

년 열두 달 쉬는 날 없이 일해야 했던 옛 분들은 쉬는 시간
인들 넉넉히 주어졌을 리 없다. 해우소에 쭈그리고 앉은 시
간이야말로 자유롭고 근심을 덜던 혼자만의 짧은 행복의 시
간이 아니었을까?

선암사 해우소

지금은 어디에서도 푸세식 해우소를 만나기 어렵다. 여
행길에 만난 선암사의 해우소는 "아직 이런 곳이?" 하는 반
가움에 더해 낯설지도 어색하지도 않았다. 나만의 감상인
가 하는 의문을 떨치려는 듯 해우소 벽면에는 어느 시인님
의 멋진 시구가 걸려 있었다. 뒷간에 시가 걸려 있다는 사실
은 뜻밖이기도 하지만 해우소와 시인과 만남이 전혀 서먹하
지도 않았다.

선암사 / 정소승 시인의 글

눈물이 나면 기차를 타고
선암사로 가라
선암사 해우소에 가서
실컷 울어라
해우소에 쭈그리고 앉아
울고 있으면
죽은 소나무 뿌리가
기어 다니고
목어가 푸른 하늘로 날아다닌다.

풀잎이 손수건을 꺼내
눈물을 닦아주고
새들이 가슴속으로 날아와
종소리를 울린다.
눈물이 나면 걸어서라도
선암사로 가라
선암사 해우소 앞 등 굽은
소나무에 기대어 통곡하라

눈물이 나면 걸어서라도 선암사 해우소로 가서 실컷 울라 했는데 좋아진 세월 탓에 편하게 승용차를 타고 산사에 올랐고 너와 나는 하나라는 일주문의 의미가 무색하게 너, 나의 간격은 2m 그것도 못 미더워 마스크로 눈만 빠꿈, 사는 게 참 그렇다. 바라보면 온통 부처님과 극락세계가 가득 펼쳐진 절집에서 해우소에 쪼그리고 앉아 고개를 떨구면 버려진 근심들이 또 가득하나니.

　－南無阿彌陀佛－

5. 성이 평화롭다니

"두 발 달린 생물이 어딘들 못가나?" 사람의 나다님을 억압하기 어렵다는 의미로 쓰이는 말이다. 우리나라는 옛날부터 통행의 자유를 억압한 적이 없는 나라이고 발 달린 자유를 맘껏 누리고 살아 온 민족이다. 갓 태어난 아기 엉덩이

에 퍼런 몽고반점은 우리가 유목민의 후손임을 나타내고 있
지 않은가.

'일본만 해도 다이묘(大名)가 다스리는 번(藩)이라는 울
타리를 벗어날 자유가 개인에게는 주어지지 않았다.'

중국 무안에서 발생한 코로나19라는 역병이 우리의 발목
을 단단히 잡고 꼼짝달싹 못 하게 한 지가 벌써 여러 달째이
다. 사람은 사회적 동물이라 사람 곁을 떠나서는 살아가기
가 어려운데도 사람이 모인 곳에는 가지 마라. 최소한 2m
이상 거리를 두고 악수도 하지 말라. 등 겪어보지 못한 삶을
강요당하고 있다.

원래 여행을 좋아하는지라 벌써 여러 번 다녀왔을 여행을
한 번도 못 한 것도 모자라 감옥이나 진배없는 생활을 하다
보니 '아! 파란 바다가 보이는 남도라도 한번 가보고 싶다.'
이런 탄식이 절로 나왔다. 여행은 역시 남도!

이런 판국에 무슨 여행을? 주변에서 걱정하는 소리도 들
렸지만 인명은 재천인데 좋게 생각하기로 했다. 첫날 목적지
는 순천으로 하기로 하고 순천만 갈대밭이 보이는 멋진 펜션
에 예약도 해 두었다.

순천은 꽤 먼 곳이지만 탁 트인 갈대밭의 정경과 나지막
한 성곽에 에워싸인 낙안읍성의 초가마을이 다시 보고 싶기

도 했고 까칠해진 입맛을 되찾아 줄 남도 음식의 풍미가 그
립기도 했기 때문이다.

'터덜터덜 걷다 보면 나른한 피로감이 몰려오고 낯선 여
행지에서 대하는 막걸리를 곁들인 남도 음식의 감칠맛은 여
행의 행복이기도 하다.'

인명은 재천이라는 평소의 생각이 과히 틀리지 않다는 것
을 또다시 느낄 일이 생겼다. 순천 약간 못 미쳐 있는 고속도
로 휴게소에서 커피를 마시고 다시 고속도로에 들어 선지 얼
마 지나지 않아 운전대 쪽 앞바퀴에서 털털거리는 소음이 요
란해 차를 갓길에 세웠다. 다행히 뒤를 따르는 차가 없었다.
고속도로라 상태를 살피기도 위험이 느껴질 정도로 곁을 지
나는 차들의 기세는 차가 흔들릴 정도로 대단했다. 얼핏 보
니 앞바퀴가 주저앉아 휠이 바닥에 닿아 있을 정도로 타이어
는 완전히 구겨져 있었다. "펑크다."

"어휴 이거 타이어가 완전히 맛이 갔어요." 레커차에 이
끌려 들린 정비소에서 타이어를 보더니 혀를 찼다. 타이어가
찢어진 것을 지나 푸석푸석 조각이 나서 너덜거렸다. 자세히
보니 타이어 홈이 하나도 보이지 않을 정도로 닳아 있었고
타이어는 탄성을 잃어 딱딱하게 굳어 부서져 나갈 지경이었
다. 이런 차를 타고 고속도로를 100㎞ 이상 속도로 달렸다
니 믿어지지 않았다. "타이어 4개 전부 갈아 주세요." 망설

일 것도 없이 펑크 난 타이어 외에도 전부 폐기하기로 했다. "먼저 정비소에서 타이어가 정상이 아니라고 갈아야 한다고 는 했어요." 에그, 그 말을 이제 하다니...

우리나라는 산성(山城)의 나라이다. 평지에 있는 읍성은 흔치 않다. 낙안읍성, 고창읍성, 해미읍성이 우리나라를 대 표하는 읍성이고 그중에서 사람이 사는 곳은 낙안읍성이 유 일하기도 하지만 성벽에 의지해 옹기종기 모여 있는 초가가 그렇게 정겨울 수가 없는 곳이 낙안읍성이기도 하다. 성이라 면 전쟁을 위한 시설이라 살벌하게 느껴질 법도 한데 낙안읍 성은 전혀 그렇지 않다.

도움닫기를 해서 뛰면 건너뛸 것도 같은 실개천 같은 해 자 하며 목말을 타면 손이 닿을 것 같은 나지막한 성벽 하며 아무리 봐도 전쟁의 살기는 느껴지지 않았다. "평화롭다." 이게 적절한 표현일 듯싶다. 성주 일가만이 아니라 읍민 모 두를 살리겠다고 쳐 놓은 울타리 같은 성벽 하며 옹기종기 모 여든 백성들 "이걸 어떻게 쳐? 그냥 가자!" 성을 바라보는 적 들은 이런 심정이었을 듯싶은 성이 낙안읍성이다.

낙안읍성은 병자호란 당시의 용장 임경업이 군수로 재직 중 폐허로 버려진 성을 복구했다고 한다. 병사 오천만 주면 청나라의 수도 심양을 기습으로 역공해 청 태종의 발길을 돌 리게 하겠다던 임경업, 간계에 말려 장에 맞아 죽으며 "할 일이 많은데 죽이시나이까?" 했다고 한다.

6. 여행은 외로워야 한다.

　예전에 직장에서 모시던 상사분께서 여행에 관하여 하신 말씀이 있다. 여행은 혼자 다녀봐야 여행의 참맛을 느끼게 된다고, 일정에 얽매이지 말고 일어나면 나는 대로 버스를 타고 가다 문득 내리고 싶은 곳이 있으면 내려서 장터에서 국밥도 사 먹고 시골 한적한 정거장에서 무료하게 버스를 기다려 보기도 하고 여의치 않으면 터덜터덜 지칠 때까지 걸어도 봐야 혼자라는 외로움이 주는 홀가분함까지 더해 여행의 참맛을 느끼게 된다고 그때는 그분의 말씀을 이해하지 못했다. 이해는커녕 오히려 궁상맞게 혼자서 여행을 다닌다는 사실을 받아들이기 어려웠다고 할까.

　언젠가 몹시 추웠던 겨울에 문득 여행을 혼자 가보고 싶다는 생각이 들어 짐을 꾸려 혼자 여행길에 나선 적이 있다. 고창 인근, 눈길을 헤치며 성터에도 올라보고 고인돌 무덤도 찾아보고 그분의 말씀대로 정말 외롭게 여행하노라니 그분의 말씀이 새삼 가슴에 와닿았다. 선술집에서 혼자 막걸리도 마시고 맥주 몇 병을 사 들고 여관을 들어설 때면 혼자라는 생각에 가슴이 저리기도 했다.

그 후 일본을 혼자 다녀온 적이 몇 번 있고 그중 아주 한적한 미사사(三朝) 온천이라는 곳에 대한 좋은 기억은 오랫동안 머리에서 지워지지 않았다. 공항에서 내려 호텔에서 마중 나온 버스를 달랑 혼자 타고 갈 만큼 외지고 한적한 온천 마을이 미사사 온천이다. 저녁에 술이라도 한잔 하는 마음에 나서보니 온 천지가 깜깜해 길이라도 잊으면 하는 걱정이 들 정도로 한적한 마을이라 길을 걸으면서도 돌아올 걱정에 온 길을 눈여겨봐 둬야 할 정도로 한적한 마을이었다.

어둠 속에 자그마한 간판을 단 선술집에서 취하도록 마시고 한국 아줌마 같은 주모와 되지도 않는 일본어로 손짓 발짓을 섞어가며 유쾌하게 떠들다. 혼자 비척거리며 여관을 찾던 기억은 두고두고 좋은 추억으로 지금까지 남아 있다.

단체 여행은 여행의 맛을 느끼기 어렵다. 일행을 놓칠까 하는 조바심과 소변까지도 미리 챙겨 둬야 하는 속박에 더해 어디를 가든 관광지 특유의 상업적 환경이 여행의 흥미를 잃게 하기 때문이다.

갑자기 일본 나가사키(長崎)를 단체 여행에 끼여 다녀오게 되었다. 손주 녀석이 나가사키 네덜란드 테마파크(하우스 텐 보스) 조명 축제를 보고 싶어하기에 개학 전에 다녀오려면 서둘러야 하는 여행이었다. 여행을 다녀보면 계획에 없던 여행이 오히려 좋았던 적이 많았으니 하고 편하게 마음먹

었다. '단체 여행은 여행의 묘미는 없지만, 상대적으로 머리 쓸 일이 적긴 하다.'

그동안 자신을 위한 여행을 여러 번 다녔으니 이번 여행은 손주 녀석 위주로 하자고 마음을 미리 정했다. 어쩌면 단체 여행에 대한 기대가 처음부터 없었기 때문이라는 표현이 맞는지도 모르겠다. 남과 어울려 다니다 보면 볼 때는 좋았던 것 같은데 시간이 지나면 기억에 남는 것이 별로 없다. 다녀온 곳에 대해 대화를 하게 되면 뚜렷이 기억되는 것이 없거나 여러 기억이 서로 얽혀 있기도 해서 모른다고 하기도 그렇고 남들 말에 건성으로 머리를 끄덕이는 경우가 대부분이다.

그런 어설픈 기억력이지만 이상하게 혼자 다닌 여행은 시간이 지나도 지워지지 않는 추억으로 오래 남았다. 곰곰이 기억을 더듬어 보면 혼자 간 여행지는 상대적으로 한적한 곳이었고 혼자라는 것, 외롭다는 느낌이 절실히 가슴에 닿았던 곳이 대부분이었던 것 같다.

이번 여행은 손주를 동반한 번잡한 여행이라 생각하고 나 자신이 여행에서 뭘 얻겠다는 생각은 처음부터 하지 않았는데, 예상외로 아소산 고원에서의 하루는 신선한 느낌으로 다가왔다고나 할까.

혼자 다니던 여행이 주변이 낯설고 분위기가 호젓해 혼자라는 느낌이 가져다준 잔잔한 충격이라면 이번 여행에서 느낀 호젓함은 820고지에 자리한 큐주코켄코티지(久住高原 cottage)라는 숙소가 자리한 터전의 의미가 무겁게 다가왔다는 표현이 적절한지 모르겠다. 우리가 머무는 세상의 時空은 기껏 千年 세월을 아득하게 생각하는데 十萬 年, 千萬 年의 세월을 품은 땅 위에 그것도 화산 봉우리가 신화처럼 두르고 있는 신비의 땅에서 감회가 없을 수는 없지 않은가?

아소산 盆地 가운데 섬처럼 달랑 위치한 쿠슈코켄코티지가 주는 분위기는 경험해 보지 못한 自覺이었다. 사방으로 아득하게 펼쳐진 초원만 보일 뿐, 멀리 분화구 주변에 형성된 봉우리가 바깥 세계와의 경계선같이 둘러쳐져 있어 흡사 사막에 고립된 느낌이 이러지 않을까 하는 생각이 들기도 했다. 아마, 숙소 건물이 집약된 고층 구조였다면 안에서는 호젓한 분위기를 느끼지 못했을 수도 있다.

나지막한 단층 구조가 길게 개방된 복도로 이어져 있는 숙소는 어디를 봐도 울타리도 없는 초원만이 시야에 가득했고 인위적인지는 알 수 없지만, 정원에 나무도 심어있지 않아 어디서 바라봐도 시야를 가로막는 장애물이 없어 이렇게 툭 터진 원경을 육지에서는 본 적이 없기에 버려진 듯 외롭게 존재하는 것은 나 자신이 아니라 숙소가 참 외롭겠다는 시인다운 엉뚱한 발상에 혼자 웃었다.

사방 몇 킬로 안에 인위적인 시설이 없는 곳에 홀로 놓였다는 존재감, 이런 경험은 처음이다. 몽골 사막이 아닌 일본 땅에 이런 곳이 있다는 사실이 놀라웠고 개발한다고 들쑤셔 놓지 않은 그들의 식견에 감탄하기도 했다. 해가 뜨고 지는 일출과 일몰의 아름다운 장엄을 숙소에 앉아서 바라볼 수 있는 호사를 누린 것으로 이번 여행은 보람이 있었다고 하겠다.

이곳에서는 밤에 술 한잔하러 갈 수도 갈 곳도 없다. 식당에서 일본 술을 한 병 시켜서 기분 좋게 마셨다. "밤에 하늘을 한 번 보세요. 별이 정말 총총해요."가이드가 한 말이 생각나 하늘을 바라보았다. 달 위에 달빛만큼 밝은 별이 빛을 발하고 있었다. "와 달이 두 개네."강물에 비친 달을 잡으려 뛰어들었다는 시인 이태백이 생각났다. 같은 시인이지만, 뛰어든다고 관심 가져 줄 사람도 없으니 뛰어들 물이 없는 게 다행스러운 일이 아닌가?

아소산의 칼데라는 세계에서 제일 큰 칼데라이며 분지 안의 면적은 380㎢, 동서 18km, 남북 24㎞에 이르는 현재도 활동 중인 화산을 품고 있다. 3천만 년 전에 폭발하여 계속 활동 중이며, 현재의 모습은 10만 년 전에 만들어진 것이라고 한다. '칼데라는 가마솥을 뜻하는 라틴어에서 유래, 분화구가 침식되어 형성된 지형을 뜻하는 말이다.'

여행의 의미

> 온 곳을 모르니
> 갈 곳이 불안해
> 낯선 곳을 기웃거리나 보다
> 백 년도 버거운 인생
> 삼천만 년 자연 앞에 넋을 잃었다.
> 여로(旅路)에 지친 몸
> 한잔 술에 기대어
> 행복한 꿈을 꾸나 했는데
> 문득 깬 잠
> 여기가 어딘가 한참을 더듬었다.
> 삶이 여행길인데
> 안락(安樂)한 쉼터가 어디 있다고

7. 운센(雲仙) 온천의 가을을 보다.

　일본 지자체에서 홍보 목적으로 좋은 사진과 글을 후기로 남긴다는 조건으로 제공한 무료 항공권을 받아서 일본 여행을 다녀오게 되었다. 일본을 여러 차례 다니다 보니 같은 곳을 다시 가게 되는 경우가 많지만, 운젠(雲仙) 온천은 처음이기도 하고 이름이 너무 멋있다는 생각에 멋진 곳일 거라는 기대가 컸다.

　일본을 다니다 보면 시골에서 마주치는 술이나 과자 이름이 너무 멋있다고 생각하게 되는 경우가 많은데 구름 운(雲)자에 신선 선(仙) 얼마나 낭만적인 지역명인가.

운젠온천 지역에 들어서자 정말 구름이 가득 깔린 신선의 땅에 온 듯한 착각이 들 정도였다. 여기저기 피어오르는 수증기 너머로 단풍이 곱게 물든 산야가 흐릿하게 펼쳐져 있는 것이 정말 신선이 계신다. 면 사는 곳이 이런 곳이 아닐까 하는 생각이 들 정도였다.

차가 다니는 도롯가에서도 수증기가 피어올라 오가는 차들이 불쑥 드러났다 구름 사이로 사라지는 것 같은 신비한 광경에 넋을 잃고 한참을 지켜보았다.

차를 주차장에 세우려다 보니 주차장 주변도 자욱한 증기가 가득 서려 있었다.

억새가 우거진 산책로는 나지막한 산 중턱을 향해 이어져 있었고 아마 하천이었을 듯한 乾川 이곳저곳에서 수증기를 내뿜고 있는 광경을 보니 운젠이라는 지명이 저절로 지어진 이름이 아니었구나 하고 감탄하게 된다. 산책로를 따라 많은 관광객이 기념사진을 찍느라 분주히 움직이는 모습이 자욱한 증기 속에 흐릿하게 드러나고 간간이 들리는 감탄사는 뜻밖에도 대부분 한국어였다. 운젠 지역을 찾는 한국인이 많은 모양이다.

이른 시간에 여장을 후쿠다야(福田屋)라는 료칸에 풀었다. 대개의 경우 일본의 전통 료칸은 경관이 좋은 곳에 자리하고 있다. 바닷물이 창문 밑에서 철썩이기도 하고 깊은 골짜기가 창문 아래 아득히 보이기도 한다. 료칸 창문을 통해 바라본 운젠 지역의 경치는 한마디로 혼자 보기 가까울 정도였다.

짙게 물든 단풍 사이로 여기저기서 피어오르는 수증기가 어우러져 "절경이다." 외에 달리 표현할 말이 없을 듯하다. 눈을 아래도 돌리니 깊은 골짜기가 단풍 사이로 수줍게 숨어 있었다.

저녁을 6시 반에 먹겠다고 하고 나서 우두커니 있기에는 시간이 아깝다는 생각이 들었다. 케이블카(일본인은 로프웨이라고 함)를 꼭 타야 일본 단풍의 절경을 볼 수 있다는 당부도 있었기에 다녀오기로 하고 택시를 불러 달라고 했다. 비도 약간 부슬거리고 주차된 차를 꺼내 달라기가 불편해 한참을 망설이다 케이블카 타는 곳이 가까울 것으로 생각하고 택시를 부른 것인데 예상외로 케이블카 승강장은 산길을 올라 상당히 높은 곳에 있었다.

'시간당 6천 엔' 빨리 보고 오시라는 택시 운전사를 뒤로 서둘러 케이블카에 올랐다. 케이블카에서 바라본 일본의 가을 산은 화려함 그 자체였다. 예전에 설악산 권금성 산장을 오르며 보았던 가을의 화려한 절경이 문득 떠 올랐다. 어쩌다 보니 한국의 단풍을 느껴 본 지가 오래인데 일본의 단풍에서 고국의 가을을 떠 올렸다. 아쉬운 것은 시간당 6천 엔이라는 속박이 느긋하게 경치를 감상하지 못하게 조바심을 일게 했다. 연신 시계를 보게 되고, "빨리 가자."그놈의 돈이 뭔지...

일본의 전통 료칸은 제공하는 식사의 격이 아주 높다. 일본 전통 요리를 경험하려면 료칸에 숙박해 보라는 것도 이런 이유 때문이지만, 비용이 만만치 않아 일본인도 쉬이 접근하지 못하는 것이 일본의 전통 료칸이다.

'지금은 호텔식의 대형 시설로 값을 낮춘 료칸이 있어 큰 부담 없이 체험도 가능하다.'

자그마한 솥에 밥을 안쳐놓고 너무 앙증맞아 손대기가 망설여지는 음식들이 계속 나온다. 보슬비에 옷 젖는다는 말은 일본 정찬을 먹을 때 알맞은 표현인 것 같다. 정성은 대단하지만, 우리 눈에는 감질나는 소꿉장난 같은 음식을 먹다 보면 배가 부르니 말이다.

눈으로 먹는 일본 음식이긴 하지만 보슬비에도 옷은 젖는다. 저녁을 먹고 캄캄한 운젠 거리로 나왔다. 가끔 빗방울도 뿌리고 있었다. 운젠온천 지구에 유명한 셈베이(煎餅) 가게가 있다고 꼭 들러서 맛보라는 조언도 있고 해서 찾아 나섰지만, 방향을 가늠하기 어려워 물어야 했고 한참을 걸어야할 거리였다.

일본은 지역적 특성이 강한 나라이다. 우동발이 유명한

고장도 있고 아주 한적한 시골임에도 유명한 양조장이나 제과점이 있기도 한 나라가 일본이다.

운젠에서의 하루 일정은 셈베이 가게를 들리는 것으로 끝났다.

온천의 나라 일본에서도 유명하다는 운젠온천, 대개의 일본온천이 그렇듯 저녁이면 정적이 감돌 만큼 조용한 것이 온천의 저녁 모습이다. 해가 진 운젠도 어둠이 가득 드리운 채 가물거리듯 내뿜는 증기가 희미하게 멀리 보였다. 온천에 왔으니 노천탕에서 느긋하게 피로를 풀어야겠다. 그리고 낮에 사 둔 사케의 감미로운 맛에 취해 구름 위에서 노니는 신선의 꿈을 꾸었으면 좋겠다.

雲仙의 秋心

곱게 물든 단풍은
지는 가을을 배웅한다고
뽀얗게 서리는 증기는
맺힌 열기를 한숨 토하듯
흐릿한 시야 너머
노을빛, 빨간 단풍, 아릿하게 서린 김
왜
서럽게 보이는 거야?

8. 이와미긴잔(石見 銀山)의 눈물

일본 시마네현의 오다 시에 속한 이와미 긴잔은 유네스코 세계 문화유산으로 등재된 곳이다. 지금은 찾는 이도 많지 않은 한적한 유적지에 불과하지만, 한때는 은 생산으로 번영하던 곳이라고 한다. 도요토미 히데요시가 이곳에서 생산된 은을 군자금으로 조선을 침략할 준비를 했다고도 하니 이와미 긴잔은 우리와 인연이 있는 곳이기도 하지만 사실을 모르고 이곳을 찾는 사람은 그저 관광객일 뿐이다.

한때 일본은 전 세계 은 생산량의 삼 분의 일 이상을 생산했다고 하고 이와미 긴잔이 그 중심에 있었다. 일본은 은 본위 화폐 제도를 유지한 국가이기도 할 만큼 은의 생산이 많고 이를 산업에 활용하였다. 얼마 전 시진핑이 트럼프에게 조선이 자신들에 속해 있었다고 해서 한바탕 시끄러웠는데 사실 조선은 중국의 간섭에 시달리기는 했다. 중국에서 과다한 금이나 은의 조공을 요구했기에 견디다 못한 조선은 광산을 폐광하고 우리는 광물의 생산이 없는 나라라고 중국에 알리려고 애를 쓰기도 했다.

이와미 긴잔은 아주 외진 한적한 곳이라 관광객이 많이 찾는 곳은 아니다. 하지만 옛 일본의 정취가 물씬 느껴지는 매력 있는 곳이기에 다섯 차례 정도 이곳을 다녀갔어도 한

번도 지겹다는 생각을 한 적이 없을 만큼 고즈넉한 분위기가 마음을 사로잡는 곳이기도 하다.

이번 여행 일정에 이곳이 포함된 것을 알고도 또? 하는 생각이 들지 않았고 마을을 돌아보며 역시 좋은 곳이라는 생각이 들었다. 아마 다시 오자 한다 해도 기꺼이 다시 찾게 될 것이다.

이번 여행은 차를 빌려서 다닌 탓에 어렵지 않게 이와미 긴잔을 찾았다.

예전보다 더 한적한 느낌이 들어서 자세히 보니 자그마한 선물 가게 등은 문을 열지 않은 곳이 많았다. 다른 곳은 일본인 특유의 아기자기한 가게들이 손님을 유혹하지만 이곳의 가게들은 우리의 옛 가게와 비슷한 분위기로 뭔가 시간이 멈춘 듯한 묘한 분위기가 풍기는 가게들이 있었다.

은을 가공해 만든 수공예 액세서리를 파는 가게도 있었고 투박하게 구워낸 옛 맛의 과자 가게도 있었고 전통 반찬을 파는 가게도 있었던 것 같은데 비가 와서 그런지 시간이 멈춘 듯하다는 느낌이 더 강하게 느껴졌다. '백 년이 넘었다는 커피점은 다른 곳으로 옮겨서 영업하고 있었다.' 예전에 들렀던 자그마한 카페에 들러 카레밥을 시켜 맛있게 먹었다.

이곳에 들렀다 간 분들은 이곳 분위기를 잊지 못하는 것 같았다. 이와미 긴잔 하면 이 식당을 떠 올리곤 한다고 했다.

식사를 끝내고 나서려고 하니 한두 방울씩 뿌리던 비가 제법 세차게 뿌리고 있었다. 문 앞에서 난감하게 서 있으려니 식당 주인아저씨가 우산 4개를 가져와서 쓰라고 했다.

아무래도 그냥은 어렵다는 생각이 들어 주차장에 세워둔 차를 가져오게 하기로 하고 우산을 반납했더니 괜찮겠냐고 여러 번 걱정스럽게 물었다. "차를 가져오기로 해서 괜찮습니다." 역시 일본인은 친절하다.

비가 많이 내릴까 염려되어 일행을 차에 있으라고 하고 박인영 작가와 만 갱도를 다녀오기로 했다. 나무가 울창한 숲 길가로 대나무가 군락을 이루고 있었고 사방에 죽순이 솟아 있는 것이 신기했다.

이유는 알 수 없지만, 죽순을 부러뜨려 놓은 것이 여기저기 보였다. 한국 같으면 죽순은 귀한 먹거리인데 아깝다는 생각에 죽순을 들고 기념사진을 찍는 것으로 아쉬움을 달랬다.

관광객을 위해 개방해 놓은 갱도 주변에도 작은 토끼 굴 같은 갱도가 이곳저곳에 산재해 있었다. 저 작은 구멍으로 기어들어 가 허리도 펴지 못하고 광석을 캐냈을 인부들의 삶을 생각해 보니 가슴이 짠했다. 이와미 긴잔 인근에는 신사나 절이 많다고 했다.

권력자를 위해 좁은 땅굴에서 광석을 캐내는 삶 열악한

환경과 고된 노동 위험에의 노출 등으로 이곳 인부들의 수명은 삼십을 갓 넘길 정도였다고 하니 이들이 기댈 곳은 신밖에는 없었을 것이다.

눈만 뜨면 좁은 땅굴에 기어들어 가 깜깜한 어둠 속에서 엎드려 광석을 캐내야 하는 삶, 주 갱도에서 사방으로 뚫린 갱도는 말 그대로 토끼 굴 정도의 작은 구멍이었다. 폐소 공포증이 아니더라도 저런 곳에서 작업하려면 온전한 정신으로는 버티기 힘들었을 것이다.

권력자들은 이와미 긴잔을 두고 쟁탈전을 여러 차례 벌여 뺏기도 하고 뺏기기도 했다. 이와미 긴잔 마을에는 인부들을 감독하기 위한 관리들의 저택도 있었다. 아마 권력자의 쟁탈전은 인부들과 무관했을 것이다. 생산된 은을 차지하기 위해 전투를 벌였지만 이와는 무관하게 인부들은 땅굴에서 죽어 갔을 것이다. 인부는 은을 캐기 위한 도구였을 뿐이니...

* 열악한 환경에서 고된 작업으로 당시 인부들의 수명은 평균 30살을 약간 넘었다고 한다. 초라한 무덤들이 갱도를 오가는 길에 보이는 초라한 무덤들의 황량한 모습이 가슴 아렸다. 세계 문화유산이라고 옛 일본의 전통 마을의 모습이 고스란히 살아 있는 매력 있는 곳이라고 관광객들이 찾는 곳이지만, 권력자의 권력을 뒷받침하기 위한 재원을 조달하고

자 위험에 내몰린 인부들의 비참한 삶과 죽음은 아무도 깊이 생각하지 않는다.

비가 뿌리는 이와미 긴잔을 돌아보며 문득 이런 생각이 들었다. 태어나 좋은 세상 한 번 못 보고 땅굴에서 죽어 간 숱한 영령이 뿌리는 눈물 같다는 생각, 이와미 긴잔의 눈물을 그렇게 보았다.

이와미 긴잔의 눈물

이와미 긴잔에서
수백 년 전통의 과자를 먹었다.
백 년이 넘었다는 커피점의 커피도 마시고
빨간 우체통이 예쁘다고 사진도 찍고
카레밥도 맛있게 먹었다.
폐광(廢鑛) 갱도에서
폐소 공포증을 느꼈다.
기어들어 가 머리나 들 수 있었을까?
갱도 붕괴의 공포는 어쩌고
스산한 숲길에
여기저기 입 벌린 토끼 굴
이끼 낀 묘비의 침묵
쇠락한 神社, 오백 나한의 해학
비 내리는 이와미 긴잔에서
눈물을 보았다.
은(銀)이 서러운 원혼의 눈물을

마. 개 이야기

1. 개 이야기

여름과 개

개는 사람과 생활을 같이 한 역사가 가장 긴 동물이라고 한다. 생활을 같이한다는 것은 서로 도움될 일이 많다는 의미이기도 하다. 원시 시대에는 자신의 일족이 아닌 외부인은 다 적이고 무방비 상태에서 당하지 않으려면 적의 접근을 가능한 빨리 알아야 했다. 개의 뛰어난 후각과 청각은 낯선 이의 접근을 알리는 아주 소중한 능력이다.

옛날 시골 마을 어귀를 들어서면 동네 개가 온통 짖어대며 심지어는 따라다니며 위협하는 통에 낯선 마을을 지나기가 어려울 정도였다는 경험이 나이 든 분은 있으실 것이다.

지금이야 지구촌이란 말이 자연스럽지만 중세 때 만 해도 낯선 이는 다 적이라고 해도 과언이 아니었으니 개는 삶을 지키는 파수꾼으로 우리 곁을 오래 지켜온 삶의 동반자이기도 했다.

개는 너무 충성해서 탈이다.

막 태어난 강아지도 눈만 뜨면 사람에게 꼬리를 치며 졸졸 따라다닌다. 개는 선천적으로 사람을 좋아하고 따르도록 유전되어 온 것이 아닌가 싶기도 하고 막무가내 사람에게 복종하는 탓에 상대적으로 대우를 덜 받지 않나 하는 생각도 든다. 고양이는 때리면 주인도 물거나 할퀴는 만만치 않은 성깔을 보여 고양이를 복종시키기는 어렵다. 복종하지 않으니 고양이는 나름 독립적 지위를 누리는 편이다.

개는 철저하게 사람에게 순종한다. 손주 녀석이 집에 기르는 진돗개를 발로 차거나 해도 반항하는 기색을 본 적이 없다. 오히려 벌렁 누워 배를 보임으로써 반항의 의사가 없음을 알리려 한다. 세상의 이치는 참 묘하다. 적당히 저항도 하고 만만치 않다는 점을 보이지 않으면 무시당하니 말이다.

고양이는 이도 날카롭고 발톱도 사납다. 곱게 숨기고 있지만 사람은 고양이의 발톱과 이를 의식한다. 못된 것에 비유하는 말로 고양이 새끼라는 말은 들어 본 기억이 없지만, 개새끼나 개년(죄송)은 일상 주변에서 듣는 일상어라 할 만큼 개는 모욕적 단어를 수식하는 단어로 자리 잡았다. 그렇다고 개가 고양이보다 욕먹을 짓을 한 바도 없는데 이유를 굳이 들자면 너무 복종적이라는 데서 찾아야 하지 않을까 하는 생각인데 너무 비약이 아닌지 모르겠다.

개의 억울함을 들자면 한둘이 아니다.

우리가 생활에서 좀 모자라는 것이나 천한 것에는 다 개 자를 붙이고 좋은 것에는 참 자를 붙인다. 개두릅이니 개살구니 개복숭아 등 하찮은 것에 붙인 개자는 끝도 없어. 꺾어다 심거나 땅에 가지가 닿기만 해도 뿌리를 내리는 개나리도 별로 귀하지 않다고 해서 개 자가 붙어 개나리가 됐다. 하지만 화사한 밝음으로 봄을 알리는 봄꽃의 상징인 개나리에 붙은 개자는 너무하다는 생각도 든다.

참깨 기름을 참기름이라 하고 들깨 기름을 들기름이라 하는 것은 예외에 속하는 경우이다. 자칫했으면 들기름도 개기름이 될 뻔하지 않았을까 하니 개 입장에서는 환장할 노릇일 게다. '하는 짓이 형편없는 사람을 일컫는 말로 "하는 짓이 개차반"이라 한다. 개가 먹는 똥이란 뜻인데 개차반 짓을 하는 인간을 보면 개 같은 경우라는 말과 함께 뭔가 잘못된 표현인 듯싶다.'

여름이 힘든 개

개는 겨울의 추위는 잘 참지만 더위를 견디기 힘들어하는 동물이다. 체온을 조절하는 땀샘이 없다 보니 더우면 혀를 빼물고 체온을 낮추려 헉헉대는 딱한 동물이다. 이렇게 힘들어하는 개를 하필 여름이면 초복, 중복, 말복에 개를 잡아먹는 풍습이 생긴 것이 개에게는 비극이라 하겠다. 먹거리가 변변치 않던 시절에 별다른 먹이를 주지 않더라도 키우기 쉬운 개를 키워 여름철 더위에 지쳐 입맛을 잃거나 체력이 저하되었을 때 단백질 공급원으로서 개는 제격이었다.

우선 크기가 적당하다. 덩치가 크면 보관이 어려워 잡기도 어렵다. 돼지나 소를 잡을 때 미리 고기를 살 사람을 수소문해 한 마리 정도의 수요가 있어야 잡고 고기를 나눠 가던 것이 그리 오래전 일도 아니다. 개야 잡으면 가까운 이웃끼리 한 번에 먹어 치우기에 적당한 양이기도 하니 이래저래 개에겐 불행이다.

또 하나의 비극은 개는 때려잡아야 고기 맛이 좋아진다는 속설이다.

옛날(지금이 아님) 군인들은 차를 몰고 다니다가 돌아다니는 개를 보면 얼씨구나 잠바를 덮어씌워 잡아 와서는 무용담을 펼치곤 했다. '잘못하면 물리는 경우도 있으니' 이렇게 잡은 개를 한적한 곳에 묶어두고 보초가 교대할 때마다 몽둥이를 인계해 두들겨 패서 결국은 온종일 맞다가 개는 죽게 된다. 이렇게 매를 때려잡은 개고기가 맛이 있다고 하는데 과학적으로도 맞는다는 기사를 본 적이 있다.

　팔자 좋은 개는 사람 팔자보다 더 좋다.

　개의 비극을 살펴봤지만 사람 못지않은 팔자로 살다 죽는 개도 주변에 흔하다. 어떤 개는 주인 밑에서 일하는 사람을 용케도 알아보고 자기 수하인 듯 무시하는 경우도 있다. 어느 중소기업 하는 분이 개를 좋아해 집안에서 개를 길렀는데 이 개가 주인이 있을 때는 직원을 보면 아주 개 무시하는 게 느껴질 정도라 직원들의 자존심을 여지없이 짓밟아 분노를 사기도 했다.

　이를 갈던 직원들은 기다렸다가 주인이 외출하고 나면 잡아다가 심하게 학대한 모양인데, 주인 말로는 발톱을 뽑았다고 정말 몹쓸 놈들이라고 하소연하는 것을 듣기도 했다.

　재미있는 것은 이 개가 주인이 외출할 기미가 보이면 재빨리 숨어서 나타나지 않는다는 것이다. 집안 숨을 만한 곳은 다 찾아도 찾지 못하게 숨어 있다가 주인이 돌아오는 차 소리가 나면 번개같이 나타나 직원들에게 짖고 대들면서 "야! 너희 졸병이지?" 이쯤 되면 이를 갈 수밖에…

　복날이 되면 또 수많은 개가 보신탕이 되어 보시(布施)하게 될 것이다. 개고기를 두고 "야만적 식습관이니 버려야 한다."와 "개고기 먹는 것도 문화이니 막을 일이 아니다." 서로 양보 없는 의견이 팽팽하다.

지금은 낯선 이를 보고 주인에게 알려 줘야 할 일도 오히려 성대 수술로 벙어리 개를 만드는 세상이다. 개가 인간의 생존에 도움을 줄 일이 거의 없어진 셈이니 개의 쓸모도 반려견으로서의 기능이 전부일 정도이다. 또 개가 살아야 할 공간적 제약도 너무 열악해 개를 위해서도 개와 인간의 관계를 다시 설정해서 공생의 방법을 찾아야 하지 않을까 싶기도 하다.

사람이 사는 아파트에 사는 개가 행복할까? 시골에 사시던 노인분 아파트를 질색하시지 않던가? 하물며 자연을 내 집 삼아 자유롭게 뛰놀던 개 입장은 어떨지 궁금하기도 하다.

오랜 세월 우리 곁을 떠나지 않고 지키던 충실한 개, 여름은 이래저래 개에게 힘든 계절이긴 하다.

개

해마다 보릿고개
부황(浮黃)에 누렇게 탈진되어
아기 똥 빼고 준 것도 없으면서
살 보시(布施) 없었으면 살아남기나 했을까
보은(報恩)은 고사하고
걸핏하면 개새끼, 개보다 못한 놈

것도 모자라

"개 족보네!"

조상까지 들먹이고

사람 중에

개 아들(새끼) 안돼본 사람 손 들어봐

입만 열면 욕하면서

初伏, 中伏, 末伏 날짜 따져가며

"개는 배때기 살이 으뜸이여"

"아녀! 만년필이 최고여"

끄윽!

이도 쑤시고

개가 봐도 사람이 개차반일세

멍! 멍!

2. 식도락 이야기

요즘 나이 들고 철이 좀 들고부터는 먹는 것에 너무 집착 하거나 연연하는 것을 보면 참 동물스럽다는 생각을 하곤 하지만 젊은 시절엔 나도 식도락가라 할만했다. 식도락을 하려면 우선 경제적 여유도 있어야 하지만 딴 데 돈 쓰는 건 아까워도 먹는데 쓰는 돈은 아깝지 않다는 철학은 갖고 있어야 한다.

예전엔 다들 못 살았지만, 특히 공릉동은 더더구나 영세한 낙후지 중의 하나였다. 원자력 연구소와 서울공대가 주위에 있다 해도 그저 통근차가 지나치는 통로일 뿐 주변 경제에 아무런 도움이 되지도 않았다. 나와봐야 구내식당보다 나을 것도 없는 구멍가게 수준의 밥집뿐이니 아예 외식을 할 분위기가 아니었던 탓도 있다.

그래도 회식이나 외식을 할 때면 단골로 다니던 집이 몇 군데 정도는 있었다.

이웃 일본이 제일 부러운 점은 맛집들이 대를 물려가며 몇 대씩 계승된다는 점이다.

코흘리개 때 부모 손에 끌려 드나들던 식당을 노년에 손주 손을 잡고 들른다면 얼마나 감개무량할 것인지 상상만 해도 즐겁다. 우리나라는 음식 장사해서 돈을 벌어도 자식은 절대 음식 장사시키려 하지 않는다. 그래서 추억을 묻어둔 맛집이나 장소가 존재하지 못하고 그저 돈 발라 인테리어로 승부하려는 신흥식당만이 주위에 널려 있다는 점이 참으로 아쉽다.

당시 연구소 직원들이 회식하던 단골 장소는 태릉 사거리 북부 지원 쪽에서 묵동 삼거리 방향 초입에 강서 면옥이란 냉면집이었는데 제대로 된 빈대떡과 불고기 이런 메뉴가 회식하기에는 딱 좋은 그런 집이었다.

돈도 벌고 번창하는 듯 했는데 길 건너 건물 번듯하게 지어 옮기더니 시름시름 언제인지도 모르게 문을 닫고 말았다.

음식 장사로 돈 번 집은 절대 건물 새로 지어 옮기면 안 된다는 말이 맞는 것도 같다.

회식이 아닌 점심식사를 할 때 별식으로 즐겨 찾던 식당은 북부 지원 정문 앞에 있는 닭칼국수 집이다. 놀랍게도 그 집이 예전 그대로 칼국수를 하고 있었다. 만두인가 메뉴가 하나 늘긴 했지만, 30년도 이전에 즐겨 먹던 칼국수를 옛 맛 그대로 맛볼 수 있다는 즐거움 아마 딸들이리라. 앳되던 그분들이 이젠 중년이 돼가는 모습으로 열심히 가업을 이어 가는 것을 보는 것도 참 좋았다.

타임머신을 타고 예전으로 돌아간 듯도 하고 젊고 패기 있던 내 모습을 회상할 수 있어서 감상에 젖고는 한다. 한 40년 됐지요? 물었더니 38년인가 됐다던가. 오래오래 칼국수 집을 유지해 주었으면 하는 바람이다. 그나마 법원이 옮겨 가고 난 후 손님이 확 줄어 보여 안타까웠다.

참 그리고 새로운 맛집 하나를 발견했다. 칼국수 집 옆 설렁탕집인데 지하실이고 좀 설렁한 분위기 이긴 한데 설렁탕 맛은 참 좋았다. 우리나라 대표적 음식을 들라면 물냉면과 설렁탕을 꼽고 싶다. 두 음식의 특징이라면 단순하다는 것과 국물맛이 전부라는 점이다. 양념으로 맛을 내는 것이 아니다. 빈약해 보일 만큼 재료가 깔끔하다. 냉면도 설렁탕도 수육 한두 점뿐이다. 고기 더 넣으면 맛 버리는 대표적인 선비 풍의 음식이라 하겠다.

가장 맛 내기 어려운 것도 똑같다. 식도락 하는 사람은 비빔냉면은 좋아하지 않는다. 어디 가서 먹어도 비빔은 거의 비슷한 맛을 낸다. 양념 맛이기 때문이다. 설렁탕은 모래내 설렁탕이나 봉회 설렁탕(김영삼 대통령 덕에 유명해 짐)이 괜찮았는데 교문리 모 백화점 내 식당가에 분점이 있다기에 일부러 찾아보니 맛은 본점에 미치지 못했다.

참 냉면 드실 때 반드시 물어야 할 사항이 국수를 직접 뽑는지의 여부이다. 국수 다발 사다 끓이는 건 차라리 집에서 육수 사다 해 먹는 게 낫다. 또 하나 물냉면은 면이 메밀이어야 한다 비빔은 질긴 전분 국수다 거기다 육수 부어 물냉면이라니? 예전에 먹거리가 많지 않아 맛집 하면 냉면 집이라 식도락 하는 분들이 전국을 돌며 맛난 냉면집을 찾아다녔다. 지금은 하도 새로운 맛들이 많아 냉면집은 한물간 듯하다.

그래도 뭔가 오래 추억을 묻어둔 맛집 한둘은 있어야 하지 않겠는지 이담에 애들이 커서도 피자 집이나 켄터키 치킨 집이나마 옛 맛을 간직하며 있어 주길 바라는 마음이다. 그래야 애들도 이다음 나이가 든 후 옛날로 돌아가 옛 맛을 즐기며 감상에 젖는 낭만이라도 있지 않을까 하는 마음이다.

3. 이삭줍기

요즘 사람은 이삭줍기(줏기)란 말 자체가 생소할 것이다. 줍는다는 것은 남이 버린 것을 갖는다는 의미가 내포되어 있으니 거부감도 있을 것이고 그렇지만 나이가 어느 정도 있으신 시골에서 성장한 분들은 이삭줍기는 해마다 추수가 끝나면 보게 되는 흔한 일상이었을 것이다.

옛날에는 자기 땅을 소유하지 못해 남의 땅을 빌려 농사를 짓는 소작농이 대부분이고 그나마 빌릴 땅도 없어 이집 저집 다니며 품팔이로 먹고사는 농민도 상당히 많았다.

일제에 압박에서 해방되고 나서 남이나 북에서 제일 먼저 단행한 일이 토지 개혁이었다. 북에서는 토지 전체를 빼앗아 국가 소유로 했지만, 남한에서는 지주에게 보상을 채권으로 하고 징발한 토지를 실제 농사짓는 농민들에게 2정보? (6천 평)씩 나눠 주었다.

이런 토지 개혁이 없었다면 대한민국이 공산화되었을 것이라고 보는 전문가들도 많다.

토지 개혁과 이삭줍기가 무슨 상관? 하시겠지만, 상당한 관련이 있다고 볼 수 있다. 제 땅이 없는 사람이 남이 수확한 농산물을 맛볼 수 있는 수단이 이삭줍기가 아니었을까? 지금이야 먹을 것이 지천이지만, 옛날에는 고구마가 주식의 역할 외에도 훌륭한 간식거리였다.

　소운이 어릴 때만 해도 어른이 외출하면 귀갓길에 사 오던 군고구마는 너무 기다려지는 맛있는 별식이기도 했으니 동네 고구마밭에서 가을걷이가 끝나기만을 기다리는 가난한 분들도 상당히 많았으리라. 고구마밭의 가을걷이가 끝나기가 무섭게 호미와 광주리를 준비해 일차 걷기가 끝난 밭에서 미처 캐지 못한 고구마나 잔챙이들을 열심히 캐는 게 소위 이삭줍기(줏기)이다.

　이삭줍기에는 어른뿐 아니라 아이들도 모두 동원되어 열심히 이랑 언저리를 파헤쳤다. 힘은 들지만 생각보다는 수확이 괜찮은 것이 이삭줍기이고 아이들은 맛있게 찐 고구마를 생각하며 힘들다는 생각보다는 침을 삼키었을 법하다. 확실한 것은 아니지만 이삭줍기에도 우리만의 생존 법칙이 있었을 것이라는 믿음이 있다.

　과일을 거두면서도 까치를 위해 까치밥이라 하여 남겨 주던 미덕이 우리에게 있었는데 하물며 사람을 위한 인정이 없었겠는가? '우리가 알고 있는 농산물 서리도 단순 도둑질이 아니라 배고픈 사람이 현장에서 한두 개 먹고 가는 것은 범죄시하지 않는 인정도 있었다.'

　아마도 땅을 가진 지주는 너무 야박한 싹쓸이 추수는 하지 않았을 것이다.

"아무개 밭에는 가 봐야 건질 게 없어." 이런 야박함은 보이고 싶지 않았을 것이니까.

공재룡 시인의 초청을 받고 충청도 일죽 인근 삼성이라는 곳에서 이삭줍기를 했다.

옛날과 다른 점이 있다면 지금은 기계로 가을걷이를 한다는 점이지만, 걷기가 끝난 밭에서의 이삭줍기 풍경은 지금도 낯설지 않게 남아 있었다. 여기저기 자가용을 타고 와 이삭줍기에 열중하는 분들을 볼 수 있었으니 말이다. 이분들도 옛 정서를 맛보려고 신발에 흙을 묻혀가며 열심히 땅을 파고 있을 것이다.

도축장에서 사 온 싱싱한 고기로 배를 채운 우리는 쇠스랑과 호미로 무장하고 기대에 찬 이삭줍기에 나섰다. 문회숙 시인과 문 시인의 지인이라는 분, 최상근 박사와 소운 처음 생각보다는 참가 인원이 적었지만, 열심히 땅을 파헤친 덕에 상당한 분량의 이삭줍기 성과를 올려 수확의 기쁨을 맛보기에는 충분한 양이었다. '공 시인께서 선물한 술까지 더해 고구마의 무게로 조금 걷다 손을 바꿔가며 들어야 할 만큼 고구마의 양이 많았다.'

최상근 박사도 그렇지만 우리 모두 땅파기 등 밭일을 해본 적이 없으니 쉬울 리 없다. 열심히 땅을 파헤치는 최상근 박사를 보며 한마디 했다. "입으로 벌어 먹고살기보다 손발로 하는 게 힘들지요?" 쇠스랑이 질 몇 번에 숨이 턱에 차는 어쩌면 스스로에 한 소리가 아니겠는가? 풍요로운 세상을 살며 힘겹게 생존을 유지해 온 이 땅의 농민을 생각하는 좋은 기회가 이삭줍기였다.

트랙터가 훑고 간 황량한 황토밭에 잔챙이 고구마가 싹을 새로 틔우고 있는 것이 곳곳에 보였다. 싹을 틔워 본들 머잖아 몰아치는 삭풍에 다 얼어 죽을 터인데 문득 인생의 허무함이 가슴에 와닿았다. 풍성하게 열매도 못 거두고 철 지난 계절에 싹을 틔워서 뭘 어쩌려고...

이삭줍기

말 그대로 주운 것이니 삽날에 찍히거나 꼬맹이거나 볼품은 없는 고구마지만 땀 흘린 대가이니 대견스럽기까지 하다. 이삭줍기 고구마, 공재룡 시인님의 우정까지 더해 세상에서 제일 맛 있는 고구마일 것이다.

이삭줍기

가을걷이가 끝난
황량한 고구마밭에서
이삭줍기를 했다.
까치밥 남기듯

트랙터가 훑고 간 이랑 사이
꽁꽁 숨은 고구마를 찾아
삽날에 찍혀 버려진 의미를 잊은 듯
싹을 틔우고 줄기를 뻗는 허망을 보았다.
착각이 안쓰러워
"시간이 없어 가을이거든"
하늘을 봤다.
파랗고 높은 하늘을
이렇게 모두 지는 것인가?
이삭줍기도 잠시 잊었다.
가을 때문에

4. 복스럽다

TV를 보다 보면 음식에 관한 프로들이 유난히 많다.

맛집들을 소개하거나 제철 먹거리에 대해 현장 취재를 통한 생생한 보도는 입에 군침을 돌게 하기도 한다. 이런 방송들을 보며 항상 느끼게 되는 것이 있다. 밥숟갈이 엄청나게 크다는 것이다. 정확하게 표현하자면 한입에 떠 넣는 음식의 양이 대단하단 뜻인데 상스런 표현을 쓰자면 입이 찢어질 것같이 한 번에 떠 넣는 음식의 양이 많다. 밥숟갈이 크다 보니 입도 크게 벌려야 하고 눈도 부릅떠야 하고 땀까지 흘리기 예사다.

옛말에 상추쌈은 시부모와 같이 먹지 마라 했다. '눈 부릅

떠 흘기는 것 같이 보이니까...'

아라비아 사람을 옛날엔 대식국(大食 國)이라 했다 한
다. 아마도 풍요롭게 차려진 음식을 보고 많이 먹는다고 생
각하고 붙인 이름인 듯한데 우리도 많이 먹기로 치면 누구에
게 밀릴 민족이 아니다. 시골에 살아본 경험이 없지만, 처가
에 가면 밥그릇에 담긴 밥을 보고 질리곤 했다. 커다란 놋그
릇에 눌러 담은 밥은 나와 내 처와 두 딸이 나눠 먹어도 부
족하지 않았다.

고봉으로 얹은 밥을 덜어 두 딸에게 먹이고 남은 밥은 우
리 부부가 나눠 먹어도 부족하지 않을 정도로 많은 밥이었지
만, 그곳 분들은 혼자서도 밥그릇을 말끔히 비우셨다.

옛 사진에 담긴 선조들의 식사 모습을 보면 밥그릇이 놀
랄 만큼 크다. 체구는 작은 분들이 약간 과장하면 대야만 한
그릇에 가득 담긴 밥상을 앞에 두고 찍은 사진인데 옛날 우
리나라를 여행한 비숍인가 하는 여자분이 쓴 글에도 조선 사
람은 종일 먹는 데 많은 시간을 보낸다고 쓰여 있고 또 엄청
나게 많이 먹는다고 했다.

임진왜란 당시 기록을 보면 일본군보다 조선군은 4배의
군량이 필요했다고 한다. 쉽게 말하면 조선군 만 명이 먹을
식량이면 일본군은 4만 명을 먹일 수 있다는 계산이다.

'지금도 옛 풍속이 남아 있는 러시아 고려인의 냉면 그릇

은 세숫대야처럼 크다고 한다.'

예전엔 일꾼을 불러 일이라도 시킬라치면 다섯 끼, 여섯 끼를 먹여야 했다.

불과 몇십 년 전만 해도 일꾼을 불러 일을 시키려면 먹이는 것이 부담될 정도였다. 지금은 임금을 주면 각자 알아서 먹는 것이 일반적이지만 예전엔 품삯과 상관없이 일꾼을 먹이는 것이 일 시키는 사람의 도리라 생각을 했다. 아침, 오전 참, 점심, 오후 참, 저녁, 야식까지 비숍 여사 말대로 먹는데 하루를 보낸다는 말이 나올 만도 하다. 이러니 아라비아가 아니라 우리가 대식국의 원조가 아닌지…

먹는 것은 사치가 아니라 생존이 걸린 사활(死活)인 우리의 삶이었다. 우리나라는 산이 많고 평지가 적어 농사짓기에 적당하지 않다. 그리고 우리는 농경민족이 아니라 기마민족의 후손이다.

'남자들의 한복을 보면(님) 기마민족의 흔적이 남아 있다.' 더구나 겨울이 길고 춥다. 일 년의 반 정도는 농사를 지을 수 있는 기후가 아니니 먹는 것은 즐기는 것이 아니라 살기 위한 수단인 환경에서 살아남자니 먹는 것에 목을 맬 수밖에 없다.

먹을 것이 있을 때 많이 먹어두자. 이것도 경험에서 나온

174

삶의 지혜인 셈이다. 먹을 것이 넘치는 세상인데 유전자의 흔적을 지우지 못했다. 지금은 못 먹어서 문제가 아니라 너무 잘 먹어서 건강을 망치는 세상이 되었지만, 잘 먹어둬야 한다는 유전의 흔적을 아직 지우지 못했다.

많은 사람이 아직도 보양식에 연연한다. 보양식은 영양이 부족해서 병이 나거나 병후 빠른 회복을 위해서 필요한 것이지 배 터지게 잘 먹는 현대인들에겐 오히려 부담이고 건강을 해치는 원인이 되는데도 말이다.

일반인들도 몸에 좋다면 기를 쓰고 찾아서 먹는다. 지금은 먹는 데 연연할 세상이 아니다. 있을 때 잘 먹어두지 않아도 언제나 몇 걸음만 나서면 먹거리가 지천인 세상이 아닌가? 복스럽게 먹는 것이 게걸스럽게 먹는다. 라고 바뀔 때도 되었다.

밥을 뜰 때 조금씩 뜨면 옛 어른들은 꾸짖었다. "끼적거리면 복 나간다. 복스럽게 크게 떠라." 소운도 처가에 첫 면접 갔을 때 밥 먹는 모습을 보신 장모님께서 " 밥 한번 복스럽게 먹는다." 하시며 만족해하셨다고 한다. 지금 생각해 보면 게걸스럽게 먹은 것이 아닐까 싶어 쑥스러운 생각이 든다.

밥숟갈이 크면 과식을 하게 되고 다이어트는 힘들어진다.

살찌는 사람들을 보면 식사 속도가 빠르다. 식사 속도가 빠르면 인체의 포만 신호가 전달하여 식사를 멈추게 하는 시스템이 작동하기 전에 많이 먹게 되어 있다. 살찌는 원인 중 하나가 빠른 식사이다. 음식을 조금씩 맛을 음미하며 먹는다면 적은 양으로도 포만감을 느끼게 되어 비만도 예방할 수가 있다. 음식을 복스럽게 먹지 말자?

소운도 음식을 적게 먹는 편이 아니다. 일본 여행을 가면 음식이 좀스럽게 적게 나오는데 적용하기가 어려웠다. 김 한 장도 우리는 여섯 조각을 내는 데 비해 일본은 아마 열두 조각은 내는 듯 먹기가 민망할 정도로 작다. 모든 음식이 우리식으로 복스럽게 집으면 한 젓가락이면 끝이다. 적응하기는 어렵지만, 우리도 본받아야 할듯싶다.

다이어트에 신경 쓸 걱정 없고 특히 음식물 찌꺼기가 거의 발생하지 않을 듯싶다. 아마 일본식의 식문화가 정착된다면 식량문제부터 절약되는 돈이 대단할 것이고 앞으로 우려되는 식량의 무기화에 대한 좋은 대처 수단이 될 것이다.

앞으로 TV에서 품위 있게 맛을 즐기는 먹거리 문화를 보게 되기를 기대해본다. 땀을 흘려가며 입을 벌릴 수 있는 최대치가 어디까지 인가를 보여주는 복스러운 식사 모습은 그만 보고 싶다. 그러나 걱정은 된다.

걱정하나, 나부터 식탐으로부터 자유로울지가 걱정이다.

사는 낙이 먹는 것이라는데, 잘 될까?

걱정 둘, "너 감히 일본 놈 역성들어."

대한민국에 넘쳐나는 애국자들로부터 욕먹는 일인데 어떨지?

5. 떡국은 드셨나요?

새해 첫날 떡국을 먹었다. 막내가 일찍 일어나 정성껏 끓여준 떡국이다.

막내가 아프고부터 아침은 대개 혼자 먹게 되는 경우가 많다. 생활 방식이 아침형인 소운은 아침을 꼭 챙겨 먹는 버릇이 있지만, 저녁은 간단히 넘기는 경우가 많은 편이다. 반대로 막내는 아침을 먹지 않고 저녁은 꼭 챙겨 먹는 편이라 같이 있어도 식사를 같이하는 경우가 그리 많지 않다.

떡국을 끓여서 아빠 아침을 꼭 챙기라는 당부를 큰딸이 하는 것을 얼핏 들었기에 느긋한 마음으로 새해 아침 떡국을 기다리기는 했다. 떡국은 고기에 버섯에 은행까지 들어 있어서 보기에도 근사했고 맛도 좋은 편이었다. 떡국을 먹다 문득 가시고 없는 어머니 생각을 했다. 새해 아침이면 어김없이 떡국을 끓여 주시던 어머니 모습을 떠올린 건 떡국에 푸짐하게 들어간 고명 때문이리라.

지금이야 분식집에서 쉽게 먹을 수 있는 게 떡국이고 흔한 음식에 속하지만, 예전에는 흔한 음식이 아니었다. 떡국에 고기를 넣은 다는 건 사치였고 멸치를 우려낸 국물에 떡국을 끓여 김 가루를 살짝 뿌려 내기만 해도 탄성을 지를 만큼 대접을 받던 음식이 떡국이었다. 잔칫집에서 국수를 내듯 설날이면 내는 떡국도 단순한 음식의 의미를 넘어 상징성이 있는 음식이다.

　한해를 잘 넘긴 감사함과 앞으로 다가올 새날들 앞에 마음을 깨끗이 한다는 의미가 담겨있지 않나 하는 생각이다. 국수는 길게 늘어진 국수 가락에 의미가 있는 것 같다. 국수 가락 같이 장수 하시라는 의미가 담겨있듯, 떡국도 긴 모양의 가래떡에 의미가 있고 하얀 백색의 순수함에 의미를 두어 새해맞이 첫 음식으로 자리매김한 것 같다.

　하얀 떡국에 살짝 얹은 고명이 어우러져 떡국은 모양이 아주 담백해 보이기까지 한다. 떡국에는 요란한 반찬이 필요치 않다. 장독에서 꺼낸 김치를 썰어내면 더 이상의 반찬은 오히려 부담스럽다. 새해 첫 음식으로 이보다 정갈한 음식은 찾기 어려울 것이다.

　떡국에 들어가는 필수적인 고명을 들라 하면 까만 김 가루와 노란 계란 지단이 전부이다. 고기가 들어가지 않는 것은 전혀 문제가 아니지만 까만 김 가루가 뿌려지지 않으면 뭔가 허전하다는 생각이 든다.

우리는 생활에서 우주의 순환 원칙을 충실히 따랐고 음식도 예외는 아니었다. 음(陰)과 양(陽)과 木, 火, 土, 金, 水, 생장수장(生長收藏)의 원칙을 알게 모르게 철칙같이 지켜온 것이 우리의 삶이었다.

하얀 떡은 음양오행(陰陽五行)에서 金에 해당한다. 아무리 좋은 것도 치우치면 균형이 깨지게 된다. 金에 상생(相生)인 水의 색이 까만색이고, 하얀 떡국에 까만 김 가루를 뿌리면 치우침이 없는 좋은 음식이 되는 것이다.

여기에 조화의 색인 土 노란 계란 지단까지 이런 떡국은 음식이라기보다는 한해를 맞는 의식이라 해도 좋다.

세끼 끼니도 걱정해야 하는 피난지의 고달픈 삶에서도 어머니는 새해 첫날에 떡국을 잊지 않으셨다. 떡국을 먹어야 한 살 더 먹는다고 어머니께서 하신 말씀의 의미를 되새겨 보았다. 한 해 동안의 모든 나쁜 것들을 백색의 하얀 떡국으로 씻어 내고 음양이 조화된 떡국으로 새날을 맞으라는 어머니의 간절한 소망을 이미 가시고 난지 한참을 지난 지금에야 깨우치다니! 고기가 듬뿍 들어간 떡국을 먹으며 멸칫국물에 끓여 낸 어머니의 소박한 떡국이 새삼 그리운 까닭은 이런 염원이 담긴 사랑이 목마름 때문이리라.

세상이 온통 시끄럽다.

촛불을 드신 분이나 태극기를 드신 분이나 떡국은 드셨을 것이다. 누가 옳고 그름을 따지지는 말자. 각자 진영의 입장에서 자신이 순백색이라고 생각해도 좋다. 하지만, 백색의 떡국에 까만 김 가루를 뿌려야 멋진 떡국이 되듯, 상대의 존재가 없다면 조화의 상실이고 자신의 존재 가치도 언젠가는 역사의 뒤안길로 사라지게 된다는 것이 우주의 진리이다.

자신만이 정의라고 생각하셔도 좋다. 다만 까만 상대방을 내 위에 살짝 곁들여야 상생의 득을 얻는다는 떡국의 가르침은 잊지 않으셔야 한다.

추운 광장에서 촛불을 켜거나 태극기를 드실 때 어린 시절 어머니께서 끓여 주시던 따끈한 떡국이 그리우실 것이다. 우리 모두 어머니의 사랑을 되새기시며 하얀 떡국에 까만 김 가루를 뿌려 상생의 길을 걸어보자.

떡국은 드셨나요?

하얀 가래떡
곱게 썰어 뽀얗게 끓여내고
온갖 소망(所望) 고명으로 얹어
의식(儀式) 치르듯 떡국을 내셨지요
떡국을 먹어야 한 살 더 먹는다 하시며
한해를 잘 보낸 안도감에
흐뭇해하시던 모습
떡국의 뽀얀 김에 서리던 그느르심

주름 늘며 옹이 되어 가슴에 남았습니다.
새 아침
세월에 밀려 깔깔한 입맛으로
떡국을 먹었습니다
멸치 대신 듬뿍 들어간 고기 하며
색색(色色)의 고명들
풍요(豊饒)야 넘쳐나지만
빈자리 사무치는 그리움
또, 한 살 나이를 먹었습니다.
새해를 깨치는 닭 울음소리
당신은
놀란 가슴 달래 줄
따끈한 떡국은 드셨는지요?

6. 쓴맛 예찬

너희가 쓴맛을 알아?

사람의 입맛은 생존을 위해 발달해 왔다는 것이 평소의
생각이다. 원시 시대에는 사람이 살아가는 데 필요한 에너지
를 얻기 위한 활동이 생활 전부였을 것이다. 지금도 못사는
후진국 사람의 엥겔 지수는 상당히 높아서 하루 전부를 음식
을 얻기 위한 노동에 시달린다는 현실을 보면 일류의 생존은
먹거리와의 투쟁사라고 해도 과언이 아닐 것이다.

우리가 맛을 느끼고 아는 것은 뇌에서의 판단이지 혀가

하는 것이 아니다.

지금이야 먹어서 될 음식과 안될 음식의 구별은 물론 영양 분석까지 훤히 꿰고 있지만, 그렇게 되기까지는 상당한 위험을 각오하지 않으면 새로운 먹거리의 식용 가능 여부를 알 수 없었을 것이다. 수많은 시행착오를 통해 뇌에 입력된 지식이 탄수화물이 안전하고 얻기 쉬운 에너지원이라는 사실이다.

뇌는 재빨리 탄수화물을 인간이 행복을 느낀다는 단맛으로 기억하게 만들어서 단맛이 나는 음식은 대부분 먹어도 안전한 에너지원이라고 인식시켜 인간의 생존을 돕도록 진화했다는 생각이다. 아시다시피 탄수화물은 흡수가 빨라 에너지원으로 쓰기도 쉽고 몸 안에 저장도 쉽게 한다. 먹을 게 귀하던 시대에는 아주 유용한 것이 탄수화물이다.

하지만 지금은 이런 탄수화물의 장점이 인간에겐 극복해야 할 대상으로 바뀌게 되었다. 먹어도 천천히 에너지로 분해되는 식품이 선호되고 몸 안에 저장하지 않는 음식을 찾게 되는 세상으로 바뀌어 단맛이 구박받는 세상이 되었다.

단맛에 대칭되는 맛이 쓴맛이다.

쓴맛을 가진 에너지원은 거의 보지 못한 것 같고 쓴맛을 대부분 사람은 위험하게 생각한다. 뇌는 생존에 도움이 되지 않는 것에 인간이 싫어하는 쓴맛을 느끼게 해 피하게 만든 것 같다. 쓴맛 나는 음식은 본능적으로 피하게 함으로써 쓸데없는 위험에서 인간을 지키도록 인간은 진화해 왔다. 맛에 정의는 뇌에서의 판단이지 혀에서의 판단이 아니라고 했듯…

지금까지는 단맛이 인간에게 유용했고 선이라면 앞으로는 비만이라는 극복해야 할 대상이 단맛일 수도 있다. 앞으로의 맛 전쟁은 쓴맛이라는 기사를 본 적이 있다. 자몽에서 느끼는 쓴맛 같은 것은 개발하려고 식품 업계에서 많은 공을 들이고 있다고 하며 쓴맛이 환영받는 세상이 올 것이라는 믿음도 있다. 성장하는 어린이같이 에너지가 많이 필요한 아이들은 쓴맛에 아주 진저리를 치지만, 에너지 섭취를 줄여야 할 노인들은 쓴맛을 좋아하는 것을 우리는 주위에서 흔히 보아 왔다.

예전에 군에 있을 때 야영 훈련을 나가면 나이 든 부사관들은 입맛을 잃어 힘들어했다. 이럴 때 그들은 씀바귀를 따다가 된장을 넣고 밥을 비벼 맛있게 먹으며 입맛을 찾았다고 하곤 했다. 무슨 맛일까? 한 입 얻어 맛보고는 쓴맛이 가시지 않아 한동안 애먹던 기억이 오랫동안 남았다.

나이가 들면 유달리 여름철에 입맛이 없게 마련이다. 예전 군에서의 부사관들이 생각났다. 그래, 쓴맛이야! 가뭄에

독오른 텃밭의 채소가 쓴맛이 대단하다는 걸 떠 올렸다.

옛날 나이 든 부사관처럼 벌레 먹은 채소를 이것저것 따서 고추장에 참기름도 한 방울 떨어뜨려 양푼에다 비볐다. 고소한 참기름 냄새가 식욕을 자극했다. 한 입 떠 넣으니 아! 개운한 쓴맛, 세월이 쓴맛의 개운함을 깨우치게 하니 세상을 많이 살긴 했나 보다.

7. 이밥

이밥, 지금은 쓰지 않는 말이지만 예전에는 쌀밥을 이밥이라고 하기도 했다.

북한의 김일성이 했다는 말 "모든 인민이 이밥에 고깃국을 실컷 먹게 해 주겠다."

김일성은 이 약속을 지키지 못하고 세상을 떴고 아들 대와 손주 대에 이르기까지 아직도 이밥을 마음껏 먹을 수 있는 세상이 요원한 듯하니 핵을 끌어안고 배곯는 북을 바라보는 마음은 착잡하기만 하다.

위에서 보듯 북에서는 쌀밥을 이밥이라고 하는 것을 보면 이밥이라는 말은 이북 사투리인 듯싶기도 하다. 지금이야 쌀밥이 뭐가 귀하다고 하겠지만, 몇십 년 전까지만 해도 우리도 북과 별반 다르지 않았다. 일주일에 한 번(수요일)은 분식 먹는 날이라 하여 식당에서 밥을 팔지 못하게 막았고 이를 어기면 엄하게 다스렸다. 단골을 위해 몰래 밥을 주다 걸려서 곤욕을 치르는 경우도 흔히 있었다.

학교에서는 도시락 검사를 한 후에 밥을 먹도록 했는데 잡곡을 일정 비율 섞지 않으면 호되게 꾸중을 듣게 마련이니 잡곡을 싫어하는 아이는 살짝 밥 위에 잡곡밥을 덮어 위장하기도 했지만 불안한 점심이 제대로 소화나 됐는지 모르겠다.

이렇게 귀하던 쌀이 흔하게 된 일등 공신이 소위 통일벼의 보급이다. 단위 면적 당 생산량이 높은 남방계 벼와 교배한 씨앗을 보급하여 생산량을 높였기 때문이다.

하지만 한국인은 유난히 밥맛에 민감하다. 남방계 벼는 소위 인디카라는 품종으로 밥을 지으면 찰기가 없고 부슬거리고 맛이 없어 좀 산다는 사람은 통일미를 외면하고 찰지고 맛이 좋은 소위 자포니카 계열의 쌀을 선호하였다. 쌀이 모자라 대만과 베트남에서 쌀을 수입하기도 하였는데 대만 미는 쌀의 모양은 우리 쌀과 비슷하나 찰기가 없고 밥맛이 좋지 않았고 흔히 알랑미(안남미를 잘못 호칭)라고 하던 쌀은 쌀이 길쭉해 보양도 다르고 냄새도 좋지 않아 가난한 사람들이나 할 수 없이 먹는 쌀이었다.

경제가 좋아지고 먹을 게 흔해지니 상대적으로 밥을 덜

먹는 세상이 되었다. 젊은 애들을 보면 밥은 어쩌다 먹은 정
도로 밥이 주식이라는 말이 무색하게 되어 쌀의 소비량이 줄
어 해마다 정부에서는 잉여 쌀을 보관하느라 골머리를 앓고
있다고 한다. 이밥 한 번 맘껏 먹어 봤으면 하던 시절을 돌
아보면 격세지감이 든다는 말이 실감 나는 세상을 우리는 살
고 있다.

잊지 못하는 이밥에 대한 추억

지금도 막 밥을 지으면 떡지지 않게 밥을 저어놓는 과정
에서 기름기 잘잘 흐르는 밥이 먹음직스러워 조금 퍼서 맨밥
을 맛보는 버릇이 있다. 입에서 살살 녹던 환상의 밥맛에 대
한 추억이 있기 때문이다.

하얀 쌀밥은 꿈도 못 꾸던 피난지 시절, 놀러 갔던 부산
토박이 친구 집에서 다투지 말고 잘 놀라며 친구 엄마께서 하
얀 쌀밥에 무를 넣은 고깃국까지 차려 주시며 먹으라 했다.
씹지 않아도 삼켜지던 환상적인 쌀밥의 추억 지금도 밥을 보
면 그때의 기억이 생생하다.

또 하나의 추억은 하얀 쌀밥으로 만든 주먹밥에 대한 추
억이다.

왜 군인들이 먹는 주먹밥을 얻어먹게 되었는지 생각이 나
지 않지만, 환상적인 주먹밥의 추억은 아직도 뚜렷이 각인

되어 있다. 운동장에 엄마들이 모여 큰 솥에 지은 하얀 쌀밥을 뭉쳐 주먹밥을 만들어 군인들에게 나눠 주고 있었고 과정은 생각나지 않지만, 주먹밥 한 덩이를 나도 얻어먹었다.

북한의 공격에 맞서 북으로 투입하는 병력에 대한 배식으로 특별히 쌀밥 주먹밥을 만든 듯하고 주먹밥은 대중을 먹이는 유일한 수단이기도 했다. 큰 통에 소금물을 마련하고 뜨거운 밥을 뭉치기 전에 찬 소금물에 손을 담갔다 밥을 뭉치면 손도 뜨겁지 않고 간도 짭짤하게 배 반찬이 따로 없어도 되었으니 아마도 옛날에도 전쟁이 나면 이렇게 병사들을 먹였을 것이다.

그릇도 수저도 필요치 않으니 많은 병사를 먹이기에는 이보다 더 좋은 방법이 없다. 당시에는 커다란 멸치볶음을 해놓고 주먹밥에 멸치를 한 마리씩 찔러넣어 주었다. 이때 먹은 주먹밥 맛도 잊지 못한다. 손에 붙은 밥알을 뜯어 먹던 생각이 엊그제 같다.

이런 밥에 대한 추억이 있는 탓인지 하루에 한 번 이상은 꼭 밥을 챙겨 먹게 되고 혹 입맛이 없을 때면 옛날 먹었던 밥맛의 추억을 떠올려 입맛을 되살리곤 한다. 요즘 젊은 세대는 밥을 잘 먹지 않는다. 나처럼 밥에 대한 고운 추억이 없으니 밥은 먹어도 그만 안 먹어도 그만일 것이다. 하지만, 밥을 먹으며 늘 이렇게 하얀 이밥을 먹을 수 있게 해 주셔서 감사하다는 마음을 품게 되는 것은 일상의 작은 행복이다.

잘하면 북한 사람도 김주석이 그토록 바라던 고깃국에 이밥을 먹게 되는 날이 올지도 모른다. 그들은 핵무기가 대단하다고 생각할지 모르지만, 국제 규범을 무시하는 배짱이 대단한 것이지 다른 것은 없다. 우리도 그런 제약을 무시한다면 수천 개의 핵무기를 단시간에 만들 수 있다. 나름의 어려움은 있겠지만 핵을 끼고 앉아 굶주리는 북한 인민을 보면 딱하다는 생각이 들기도 한다.

북이 진정으로 핵을 포기하고 국제적 규범의 테두리 안에 들어온다면 고깃국에 이밥이 꿈은 아닐 것이다. 남쪽에는 이밥을 보며 행복을 느끼는 사람이 드물다. 북한이 잘 돼서 이밥을 먹으며 나와 같이 행복한 사람이 많아지면 나 또한 더욱 입맛이 좋아질 것 같다. 음식은 같이 먹어야 한결 맛있다지 않던가!

8. 송년회와 회사 걱정

오랜만에 옛 회사 OB 모임에 참석하기 위해 부지런을 떨었다. 모임은 저녁인데 부지런을 떤다는 말이 어색하긴 하지

만, 시간에 맞춰 출근한다거나 하는 일을 잊고 산 지가 오래
인지라 뭔가 약속을 지키기 위해 움직인다는 것 자체가 신경
쓰이는 일이기도 하니 부지런을 떤다는 표현이 아주 틀린 말
은 아닌 듯 싶기도 하다.

대개의 모임은 강남을 장소로 정하는 경우가 많아 나같이
강북 변두리에 사는 사람은 교통편 알아보기부터 시작해서
차 갈아타기, 약속 장소 찾기 등 한바탕 일상을 깨는 부산을
떨어야 하니 말이다.

한창나이(삼십 이전)에 만나 청춘을 같이 보낸 사람을 만
난다는 것은 감회 깊은 일이기도 하다. 회사를 그만두고 많
은 세월이 지나고 나서 옛 회사 동료를 처음 만났을 때의 기
억은 지금도 생생하다. 본인이 늙은 것도 까맣고 잊고 젊었
을 때의 동료 모습만 생각하고 있다가 눈앞에 나타난 옛 동
료의 늙고 변한 모습에 충격을 받았다고나 할까.

머리가 희끗한 것은 그렇다 쳐도 머리숱이 줄어 대머리
에 가까워진 모습도 깊이 팬 주름도 모두가 낯설어 한참을
혼란스러웠다. 세월을 비껴가는 장사는 없다더니 하는 자괴
감마저 들었다. 어디가 아파서 수술했다거나 이를 뽑아내고
임플란트를 몇 개 했다거나 이런 얘기도 이제는 그러려니 서
로가 늙었다는 것을 당연히 받아들이는 분위기가 되고 나니
오히려 만남의 부담이 준 듯 같아서 마음이 가볍기도 하다.

좋은 회사에는 인재가 모이게 마련이듯 옛 동료들은 지금도 노익장을 과시하는 분이 많다. 종합대학교 부총장인 분도 공항이나 도시철도 건설 감리단의 단장인 분도 있다. 지금의 직책이야 어떻든 지난 시절의 추억 자리에 되돌아가는 즐거움에 모두가 만족해하고 흥겨울 뿐이다. 사내 체육대회 씨름판에서 상대방의 기술에 걸려 공중에 떴던 일, 술 진탕 마시고 펀치기에 당해 승용차 밑으로 기어들어 가 봉변을 면한 일 등 젊을 때라면 숨기고 싶은 얘기도 즐거운 화제로 웃고 떠들 수 있는 것은 숨기고 싶은 것도 크게 잃을 것도 없는 OB 모임의 해탈 아니겠는가.

"요즘 회사 분위기가 어때요?"
누군가 회사 얘기를 꺼내자 모두의 표정이 어두워졌다. 정부에서 탈원전을 내세우며 계획되어 있던 원전 건설을 백지화시킨다고 하니 원전 설계 자립화를 위해 반세기 가까이 심혈을 기울이며 인재를 키우던 회사가 받을 타격은 묻지 않아도 알 일이다.

"얼마 전에 김천 다녀왔는데 분위기가 말이 아니더군요."
"그래도 영국이나 아랍권 등에서 신규 계획되는 원자력 발전소 건설에 한국 참여가 밝은 모양입니다."
"제 나라에서는 밀려나는데 외국에서 일감을 따려는 것도 참 아이러니하네요."

"회사가 잘돼야 후배들을 봐서도 그렇고 하다못해 해마다 달력이라도 제작해 보내 주는데..."

여러 얘기가 오갔지만 하나같이 표정이 어두웠다. 평생을 바쳐 원자력 기술 자립을 위해 애써온 장본인으로서 아무리 현장을 떠난 지 오래라 하지만 무심할 수는 없는가 보다.

근래에 드물게 맛있는 삼겹살을 실컷 먹었지만,

"이 집 상호가 갈비 사랑인데, 왜 삼겹살이야?"

누군가의 장난기 어린 항의에 갈빗살을 시켜 먹다 보니 모두 거나하게 취했다. 먹을 게 떨어지자 주섬주섬 옷들을 챙겨 입는다. 2차 가자는 사람이 없는 게 요즘 풍습이다.

"가평에 차 세워두고 왔는데 늦기 전에..." 서두르는 김성진 씨를 얼른 따라나섰다. 옥수까지는 같이 갈 말벗도 되고 몇 살 젊다고 이것저것 갈 길을 챙겨 주니 의지가 돼서 한결 편하기 때문이다.

"유진호 씨는 어금니 뽑아서 못 온다고 문자 왔어요."

그렇지 어금니 뽑고 술자리에 올 수는 없지. 차가운 밤바람에 술이 확 깨는 기분이지만 옛 동료와의 만남으로 얻은 행복은 컸다. 모두 건강한 모습으로 오래 봤으면 좋겠다.

바. 가을이 서러운 까닭

1. 봄날은 간다.

강릉을 다녀오는 길에 봉평에 비워 둔 집을 찾았다. 큰딸이 살다 눈이 하도 내려 겨울이 무섭다며 양평으로 이사하고 비워둔 집이다. 처음 지을 때는 주변에 나무 한 그루 없었지만, 열심히 이것저것 심은 나무들이 자라서 집이 안 보일 정도로 숲이 우거졌다.

집은 비워두면 안 된다는 말이 있듯 마당을 들어서려니 잡초가 우거져 접근하기도 어려웠다. "호랑이 나오게 생겼네." 딸과 나는 넋을 잃고 한참을 서 있었다.

날을 잡아 잡초 제거에 나섰다. 제초기도 사고 톱으로 가지도 치고 집이 집 같아졌다. 하루 만에 끝낼 일이 아니라 남은 일은 내일 하기로 하고 숙소 옆 곱창집에서 막걸리를 마셨다.

원래 술은 놀고먹으면 맛이 없는 법 특히 막걸리는 땀을 흠뻑 흘린 후에 마셔야 막걸리의 참맛을 느끼게 된다. 노동 후에 먹는 막걸리는 트림도 나지 않으니 신기하기도 하다. 취기도 오르고, 숙소에 들어가 자기에는 시간이 너무 이르다는 생각에

"노래방에 가서 노래나 하자."

"둘이서요?"

별로 내키지 않아 하는 딸을 앞세워 노래방을 찾았다. 한 시간만, 막상 노래방에서 노래하려니 흘러간 세월만큼의 세대 차를 실감했다. 딸이 부르는 노래는 내가 생소하고 생소하니 흥이 날 리 없어 멀거니 앉아서 구경해야 했고 내가 부르는 노래는 딸이 신나 하지 않았다.

딸이 부른 노래는 제목도 모르겠고 내가 부른 노래는 내 고향 충청도, 고향 역, 낙엽 따라 가버린 사랑, 그건 너, 이런 노래였던 것 같다.

별로 할 노래도 없고 흥도 안 나고 해서 나머지 시간은 혼자 불러라 라고 말할 즈음에 딸이 선곡한 곡이 뜻밖에도 '봄날은 간다'였다. 너무 반가워 그래 그 노래 정말 좋지 한국인이 좋아하는 노래 1위로 선정된 적도 있다던데 신나서 자세를 잡고 노래를 기다렸다. 노래가 흘러나오고, 아! 뭐야? 탄식이 절로 나왔다.

이름도 생소한 여 가수가 부르는 봄날은 간다는 평소에 알고 있는 봄날과는 거리가 멀었다. 곡이 끝나고 장사익의 봄날은 간다를 틀어 달라고 부탁했다.

반주가 흘러나오고 나는 멜로디에 취했지만, 딸의 표정에서는 '궁상맞게'가 여실했다.

'별이 뜨면 서로 웃고 별이 지면 서로 울던 실 없는 그 기약에 봄날은 간다.'

애잔한 가락에 구성지게 늘어진 가사, 가사가 주는 의미보다는 봄날이 간다는 지는 의미에 가슴이 싸아 해지는 노래가 봄날은 간다 이다. 나는 취해서 노래를 불렀지만, 딸은 곡이 너무 느려서 못 부르겠다며 고개를 저었다.

봄날은 간다를 사랑하는 분들은 대개 나이가 중년을 넘기신 분들이리라. 봄은 청춘이요 지난 세월을 돌아보면 허무만이 가득한 나이에 지는 봄의 아쉬움을 안타까워하는 마음에 공감하려면 봄날이 가봐야 알지 않겠는가?

누구나 봄이 있고 또 지게 마련이다. 언젠가는 딸도 지는 봄날이 가슴에 와닿을 것이다.

봄날은 간다.

간만에 노래방을 찾았다.
세월이 쳐 놓은 벽이 높았다.
딸이 선곡한 봄날과

내가 선곡한 봄날
같은 봄날인데 의미가 달랐다.
딸의 봄은 초록이었고
장사익의 봄은 세월에 삭아 흐느적거렸다.
먼지 뽀얗게 이는 신작로 너머
기진한 내 봄이 서럽게 보였다.

2. 계절의 소리

세상에 존재하는 모든 생명체는 소리가 있다. 스스로 내는 소리가 없다면 이미 살아있는 생명체가 아니다. 소리는 움직임이 있어야 나는 법이고 움직임이 없으면 소리도 없다. 자신이 움직여 소리를 내는 것도 있고 남의 움직임에 반응해서 소리를 내기도 한다. 살아있음을 확인할 때 심장의 박동을 먼저 살피고 호흡과 맥박을 소리로 다시 확인한다. 자신의 소리가 있어야 비로소 살아있는 생명체이기 때문이다.

우리는 마음의 소리를 들어보라고도 한다. 고요한 침잠의 상태인 마음은 소리가 날 리 없다.

기쁘고, 분노하고, 번민하고, 동요하고, 마음이 요동칠 때 귀를 기울이면 그 소리를 들을 수 있다. 내가 시끄러우면 주변의 소리를 듣기 어렵다. 수신(修身)하는 까닭도 여기에 있다. 수양하는 모든 이들의 한결같은 소망은 자신의 소리를 낮추어 주변의 소리를 놓치지 않으려 한다.

바위와 고목도 소리를 낸다.

바위나 고목의 소리는 자신의 소리가 아니라 지나가는 바람이 내는 소리이다. 바람의 크기에 따라 때로는 비명을 지르기도 하고 침묵하기도 한다.

바람은 어디에서 오는가? 바람은 세월의 흐름이 내는 소리이고 시계의 초침 소리와도 같은 지구의 소리이다. 지구가 살아서 내는 소리가 바람이니 지구가 움직임을 멈춘다면 당연히 바람은 불지 않는다.

지구도 살아있고 태양도 살아있고 우주도 살아있으니 세월도 흐르고 바람도 분다. 겨울이 저만치 물러간 자리에 봄이 살포시 고개를 내민다. 가고 오는 봄이니 당연히 봄은 살아있고 살아 있는 봄이 소리가 없을 리 없지 않은가?

봄이 내는 소리에 귀를 기울여 보자. 얼음을 녹여내고 졸졸 흐르는 물소리 이제 살았다고 환호하듯 지저귀는 새소리 하며…

겨울잠에서 깨어나듯 긴 방학을 마친 초등학교 담 너머로 들리는 재잘대는 소리도 다 봄이 내는 소리이다. 속삭이듯 대지를 적시는 봄비 소리, 고요히 귀 기울이면 움 틔우는 소리까지 들릴지 모른다. 봄은 초록이다. 녹색은 희망의 색이요 소생의 색이다.

겨울을 우린 시련의 계절이라고 한다. '시련을 견뎌내면 분명 좋은 일이 있을 거야.'

오랜 옛날부터 인류는 봄을 기다리며 희망을 접지 않았다.

주변의 모든 이들이 살기 어렵다고 한다.

하기야 이 땅에 자리한 이래 언제 발 뻗고 내 세상이요 한 때가 있었던가? 하지만 아무도 희망을 잃지 않고 대대로 이 땅에 뿌리 내려 살아온 우리이다. 봄의 소리에 귀 기울여 보자. 마음을 가라앉히고 봄의 소리를 들어보자. 겨울을 견딘 장한 소리가 가득할 것이다. 시련을 견디며 봄을 맞은 장한 소리를...

봄의 소리

봄의 소리는
속삭임이다
귀 기울이지 않으면
들을 수 없는 속삭임이다.
쫑긋 귀 세우면
들릴 거야
나도 살아있고 봄도 살아있으니까

3. 마스크와 산나물

산나물

지금은 비닐하우스에서 재배한 채소가 한겨울에도 식탁을 풍성하게 하지만 예전에는 그렇지 못했다. 집집마다 겨우내 먹어야 했던 김장김치가 신맛이 들 즈음하면 어김없이 봄이 찾아왔다. 파랗게 새싹을 내민 봄나물이야말로 삼시 세끼 먹어야 했던 김치에 질린 입맛을 되찾는 반가운 선물이 아닐 수 없었다.

아지랑이 이는 들녘에서 따사한 봄볕을 받으며 나물을 캐는 아낙들의 모습은 우리의 정서에 곱게 자리해 봄 하면 떠오르는 추억의 정경으로 자리 잡았다.

마트에 가면 깨끗이 다듬어진 야채가 풍성하게 진열되어 있어 언제라도 살 수 있는 세상이지만 아직도 봄이 되면 나물 캐는 아낙들을 심심치 않게 보게 되는 것을 보면 까칠해진 혀끝을 자극하던 쌉싸름한 산나물의 추억을 잊지 못해 잊혀가는 추억을 캐고 있는 것인지도 모른다.

때아닌 코로나의 역습으로 웬만하면 외출을 삼가라는 금족령이 내려진 탓에 방콕하는 날이 많다. 이층 서재에서 글을 쓰다 봄볕이 가득한 창밖을 내려다보니 마스크를 쓴 아낙 몇이 나물을 캐고 있었다. 마스크로 얼굴을 가린 채 나물 캐는 모습은 따사한 봄볕 아래 나물 캐는 아낙이라는 목가적 정서와는 거리가 멀었다. 쭈뼛쭈뼛이라는 표현이 적당하다 할까. 아낙들은 나물을 캐는 자신들의 행위가 떳떳지 못하다고 느끼고 있는 듯 했다.

아마도 창문을 통해 자신들을 보고 있는 사람이 있다는 사실을 알았다면 그냥 돌아섰을지도 모른다는 생각이 들 정도로 아낙들의 모습은 평화로워 보이지 않았다.

오가며 여러 곳에서 본 경고문을 떠 올렸다. 산나물을 무단 채취하면 7년 이하의 징역에 처한다는 무시무시한 경고문. 사람을 죽여도 7년도 안 되는 형을 때리는 현실에서 나물 좀 캔다고 7년 형이라니? 봄이면 나물을 캐 입맛을 돋우던 백성들의 정서에 매몰차게 들여대는 법의 잣대가 이건 심한 데 싶기도 했다.

나물을 캐며 쭈뼛대던 아낙들도 그 경고문을 읽었을 것이다. 그러면서도 까짓 나물 좀 캔다고 정말 벌이야 주겠어 하는 심정에 되돌아서지는 않았겠지만, 힘없는 백성은 원래 겁이 많은 법이다.

생각난 김에 텃밭 주변에 널린 냉이 몇 뿌리를 캤다. 잘 씻어서 끓인 냉잇국의 쌉싸한 쓴맛이 혀를 자극하며 봄의 향

200

이 입안에 가득 퍼진다.

코로나바이러스가 무서워 마스크를 쓰고도 쭈뼛쭈뼛 나물을 캐던 아낙의 모습이 떠올랐다. 빼앗긴 들에도 봄은 오는가? 라던 이상화 시인의 시도 떠 오르고, 이 땅에 살던 이가 언제 두 발 마음껏 뻗고 기지개 켜던 봄날이 있었던가?

그래도 봄은 늘 잊지 않고 이 땅에 찾아왔고 보릿고개의 아픔 속에서도 희망을 잃은 적은 없다.

마스크

이젠 마스크를 하지 않으면 출입이 제한되는 곳도 많고 대면하는 상대방이 꺼린다는 것을 노골적으로 들어내기에 자신보다도 타인에 대한 배려 차원에서 마스크는 필수품이 되었다. 마스크 쓴다고 걸릴 역병이 안 걸릴 거라는 믿음이 없기에 마스크 품귀는 남의 일이었다. 종일 마스크를 쓸 일도 없고 잠깐 외출할 때 사용한 마스크를 버리기에는 너무 아깝다는 생각에 같은 마스크를 계속 쓰다 보니 자식들이 질색했다. "아빠 같은 마스크를 도대체 며칠을 쓰시는 거야?"

할 수 없이 가까운 약국에 생년월일을 등록하고 줄 서는 대열에 합류할 수밖에 없는 처지가 되었다. 이곳 옥천면 인근에는 약국이 한곳밖에 없다. 하루에 125명 만 마스크를 살 수 있다고 하니 2시에 판매한다는 안내문은 무시된 채 정오도 되기 전부터 줄을 서야 나마 차례가 겨우 돌아온다. '일주일에 개인당 2매라지만, 아마도 산술적으로 계산하면 개인당 한 개 정도나 돌아올지 모르겠다. 절대 숫자가 부족하니 가구별 배급을 못 하고 여러 사정으로 포기하는 사람을 감안, 선착순이라는 불편한 제도를 도입했으리라 여겨진다.'

수십 년 전에는 줄 서는 일이 생활의 일상이던 때도 있었다. 동네 공동수도에서 물 받으려 줄 서던 일, 여행이라도 할라치면 표 사는 것도 차 타는 것도 줄을 서야 했던 시절은 아주 오래전 일이고 시멘트 파동으로 집을 짓다 말고 시멘트 배급표를 들고 배급창고 앞에서 줄 서던 일은 노태우 씨가 집권하던 시절의 일이니 다 추억 저편의 오래전 일이기도 하다.

지나고 나면 힘들고 어려웠던 일도 고운 추억으로 남는다고 했다. 마스크 사겠다고 줄 서는 일도 생각하기 나름이니 좋게 마음먹기로 했다.

여든이 넘은 노인이나 주민등록증이 없는 애들 외엔 대리 수령이 불가능하다 하니 직장인은 어떻게 마스크를 사는지 궁금증이 들었다. 어쨌든 다니는 사람들 모두가 마스크를 쓴 것을 보면 길은 있나 보다.

줄 선 사람들의 면면을 보면 대개의 경우 나이가 있으시거나 가정을 지키는 분으로 보였다. 골목이 바람길이라 춥다고 따뜻한 양지쪽으로 줄을 바꾸자는 말에 우르르 햇볕 쪽으로 몰렸다가 그쪽은 차들이 지나가니 비켜서야지요 한마디에 다시 우르르 줄을 바꿔서는 사람들을 보니 웃음이 났다. 어떡하든 살아야 하니 마스크도 사야 하고 줄 서는 곳이 추우니 햇볕도 받아야 하고 참 사는 게 어렵다.

약국에서 줄 선 사람들에게 요구르트를 한 병씩 돌렸다. 약국도 할 짓이 아니란 생각이 들었다. 군에서 지원 나온 군인들이 약국의 컴퓨터로 뭔가를 열심히 하고 있었다. 아마도 개인당 한 주일에 2개씩이라는 배분을 관리하는 프로그램을 군에서 지원하는 것이리라.

'세계 정상이라는 기술을 한낱 마스크 공급 관리에 쓴다는 현실이 민망하기만 하다.'

앵앵! 경찰 순찰차가 어디선가 나타나더니 마이크로 차빼라는 경고 방송을 하기 시작했다. 시골은 주거지가 넓게 퍼져있어 약국까지 걸어 올 거리가 아니다. 차를 타고 오신 분들의 차가 도롯가에 주차해 있었고 미처 빼지 못한 차를 경찰이 촬영하기 시작했다.

"주차 위반으로 과태료를 부과합니다."

차가 많이 다니지도 않는 길이고 인도 쪽에 바짝 붙여댄 차는 통행에 지장을 준다고 보기도 어려웠다. '설사 다소 불편하다 하더라도 비상사태에 버금가는 오늘의 현실에서 누가 불만을 할까 싶다.' 비상사태에 군까지 나서 대민 사업을 돕고 있는 마당에 주차 위반 딱지 떼겠다는 경찰이 딱하다.

마스크 사겠다고 몇 시간을 줄 서 기다려 달랑 마스크 2개 집어 들고 '주차 위반 과태료 납부 통지서'가 날아들면 어떤 심정일까?

대한민국, 코로나, 마스크, 과태료!

봄날은 따사한데, 아!

나물 수난 시대

알싸한 향과 맛
인공에 중독된 미각 환생한다.
독 나물
겨울을 견뎌낸 부황(浮黃) 든 얼굴
움트는 새싹은 생명 줄이니
산뜻한 미각 봄나물
목숨과 바꾼 감별(鑑別)을 거쳤을 터

꾼
이기(利己) 가득 담을 산만 한 배낭
맹수가 사냥감 찾듯
발 없는 나물 신세 한탄 속에
훑은 자리 청야(淸野)의 들판 된다.

채취금지
나물 캐면 벌금이라지만

어쩌랴 이 땅의 나물
웰-빙 바람에 떨고 있나니
씨라도 남겨야 봄 향기 맡으련만
보릿고개 넘기려 먹던 봄나물
반만년을 이어온 공생(共生)인데
후손은 어쩌라고
이 땅의 나물, 씨를 말리려 하는가

4. 바람 날개

바람 날개

올여름같이 어서 가을이 왔으면 하고 학수고대하는 마음으로 가을을 기다린 적은 일찍이 없었던 것 같다. 엎친 데 덮친다는 격으로 에어컨이 제대로 찬바람을 품어내지 못하는 탓에 더위 맛을 톡톡히 본 셈이다. 그나마 한창 더위가 극성을 부리는 시기에 여행을 다녀온 탓에 고생을 덜 하기는 했다고 자위하지만...

창문을 열어도 더운 바람이 숨을 막히게 하는 열대야는 이러다 죽을 수도 있겠다는 생각이 들 정도였다. 사람의 몸은 일정한 기준이 있고 이 기준을 몸 스스로가 조절하는 기능이 있다. 우리 몸의 체온은 36도 5부 정도를 기준으로, 이 기준보다 낮으면 추위를 느껴 옷을 입도록 하거나 난방으로 외부 온도를 높여 체온을 올리고 이보다 높으면 땀을 흘려 체온을 낮춰 일정한 체온을 유지하는 것이다.

외부의 온도가 체온보다 높으면 우리 몸은 체온을 조절할 방법이 없어 몸의 기능이 엉클어지게 되는 것이다. 여기다 열대야로 인해 잠까지 설치게 되면 면역력이 급속도로 저하돼 더워서 죽었다는 소리가 나올 수도 있다.

부채

과학적으로 따지자면 남이 해 주는 부채질이 아니면 부채질로 더위를 식히기는 어렵다고 생각한다. 부채질로 나오는 바람으로 체온을 낮추는 것과 부채질 하느라 손을 움직여야 하는 운동으로 발생하는 열이 서로 엇비슷할 거라는 생각 때문인데 부채질을 한번 시작하면 계속하려면 힘들고 고만두면 더 덥고 난감한 것이 부채질이다.

아기들이 잠들면 시원하게 부채질을 해 주고 날아드는 파리도 쫓는 옛 어머니나 할머니들의 부채질에 대한 추억이 있으신 분은 부채가 고운 추억으로 남아 있을 것이다.

남이 해 주는 강한 부채질이 소위 바람 날개(선풍기)이다. 예전에는 선풍기도 귀한 재산에 속하는 물건이지만 지금은 소모품에 가까운 것이 선풍기이다. 근래 들어 선풍기를 세 개나 샀지만 다 일 년 정도 지나니 제 기능을 발휘하지 못

해서 내다 버렸다.

기계식 선풍기는 뜯어보면 대충 고치는 게 가능했지만, 지금 것은 뜯어보면 회로뿐이라 내용을 전혀 알기 어려워 수리도 불가능하다. 고쳐야겠다고 했더니 주변에서 "그냥 버리고 새것 사요."

옛날 집에서 쓰던 도시바 상표의 선풍기는 수십 년을 써도 조용하게 돌아가는 날개가 한결같았는데 '메이드 인차이나' 전 세계의 물건의 질을 떨어뜨리는 주범이 중국이라는 사실이 새삼스럽다.

일본의 가게에도 섬세하고 잘 만든 일제는 사라지고 조잡한 중국제가 판치고 있어 맞는 비유인지 모르지만, "악화가 양화를 구축한다더니 싸구려 중국제가 좋은 물건을 깡그리 밀어 내는구나!" 한탄이 절로 나왔다.

다행인 것은 양평의 수돗물은 온도가 낮다는 사실이다. 서울에 사는 지인의 말에 따르면 아파트의 물은 낮은 온도로 틀어도 물탱크에서 데워져 미지근하다고 했다. 열대야에 지치고 흘러내린 땀으로 체온을 내리지 못할 때는 욕실에서 샤워를 틀어놓고 찬물로 체온을 내리곤 했다. 하루에도 이렇게 여러 차례 땀을 씻어 내며 문득 이런 생각을 했다. 내 집에 욕실이라도 있어 이렇게 시원한 물로 체온을 낮추기라도 하지만, 단칸방이나 옥탑방에 사는 분들은 이런 찬물 샤워도 호사이고 그림의 떡이 아니겠는가 하는 생각을 하니 덥다는 불만이 미안해졌다.

올해는 무더위에 비도 내리지 않아 해수욕장은 재미를 톡톡히 보았을 것이다. 지금은 덥다 해도 좋아진 세상이다. 에어컨에 걱정되는 전기세를 깎아준다는 세상이니 말이다. 반세기 전에는 부산 해운대 해수욕장의 가장 좋은 한가운데를 중심으로 양쪽에 철조망은 치고 미군부대(캠프 하이얼리어)의 전용 해수욕장으로 사용했다.

여름철이면 부대에서 해수욕장으로 종일 셔틀버스가 운행되었고 모래사장에 설치된 비치 파라솔에서는 미군들이 냉기가 서려 물방울이 흐르는 찬 맥주를 마시거나 콜라를 마시며 바비큐 파티에 희희낙락했고 철조망 밖에는 더위에 땀을 흘리는 한국인들이 부러운 시선으로 미군을 바라보았다.

살아있으니 더위도

덥다고 하지만, 에어컨 전기세 걱정을 나라님이나 총리가 해주는 좋은 세상에 우리는 살고 있다. 제 해수욕장을 남에게 내주고 그들의 풍요를 부러운 눈으로 보는 세상도 아니다.

바라는 것이 있다면, 더위를 식힐 찬물 한 바가지도 아쉬운 이웃이 아직도 많이 있다는 사실, 해수욕장이나 대기업이 운영하는 물놀이 시설에서 바가지를 씌우는 상술이 존재한다는 현실이다.

돌아가신 모 스님이 하셨다는 말씀 "살아서 이 더위를 몇 번이나 더 겪을까? 생각하니 더위가 고맙더라." 세상만사 맘먹기 달렸다고 하지 않더냐? 살아 있다는 사실이 더위를 느끼는 것이니 고마운 일이리라.

7월 중순에 에어컨 고장을 알고 삼성에 고장 신고를 했다. 8월 10일 더위가 한풀 꺾인 시점에 수리해 주었다. 삼성 정도이면 비상 근무 체제로 고장 수리를 신속히 해 주었더라면 하는 아쉬움이 크다.

내가 덥다고 하는 소리가 아니다. '역시 삼성이야!' 이런 좋은 평가를 받을 기회를 날려버린 그들의 안이함이 안타까워서 하는 소리다.

여름 소묘(素描)

부채질도 버거운데
선풍기인들
지친 날개 헉헉, 以熱治熱하라 하고
장마 지겹다더니
이글거리는 태양 변덕 부리듯
나뭇잎 기가 죽어 고개 숙였다.

정자나무 그늘에
매미 소리 자장가 삼아
午睡 즐기던 전설을 찾으려면
타임머신이라도 타야 할까 싶다.

5. 가을이 서러운 까닭

가을이 서러운 까닭

일 년 중 가장 살기 좋은 계절을 들라 하면 대부분 사람은 가을을 꼽지 않을까 한다. 좋아하는 계절은 사람마다 다르겠지만 가을이 가장 편한 계절이라는 데는 모두가 동의한다. 편하다는 것과 좋아한다는 것은 별개의 문제이다. 가을과 대칭점에 있는 봄은 바람이 많이 불고 기후의 변화가 심해서 가을만큼 사람을 편하게 하지는 못하는 것 같다.

동양철학에서는 세상만사를 生(나고) 長(자라고) 收(거두고) 藏(저장하고)의 이치로 이해한다. 계절도 이 이치에서 크게 벗어나지 않는다. 봄에 싹이 트고 여름에 무성하게 자라고 가을에 열매를 맺고 겨울이면 잎이 지고 동면을 한다는 순환 원칙에 충실히 순응하고 있고 땅에 터 잡아 사는 사람의 도 이 원칙에서 벗어나지 못한다는 것은 너무나 당연한 자연의 이치 아니겠는가.

가을은 여름 열기도 걷히고 풍성한 오곡과 과일이 넘쳐나는 풍요의 계절이기도 하다. 수확의 기쁨으로 가득한 가을이면 전국 방방곡곡에서 축제의 마당이 펼쳐지는 것을 볼 수 있다. 이렇게 왁자한 한바탕 잔치가 끝날 즈음이면 화려하게 채색된 단풍이 가을바람에 날리기 시작한다. 가을비라도 내리고 나면 땅에 가득 깔린 단풍에서 가을의 의미가 가슴에 와닿게 마련이다. 풍요로움과 화려함 뒤끝에 오는 공허함과 허무함에 문득 자신의 모습을 비추어 보게 되기 때문이다.

가을이 왠지 서럽다는 사람을 주변에서 보게 된다. 길가에 피어 가을바람에 하늘거리는 코스모스도 애처롭고 파란 하늘에 높이 떠 나르는 잠자리도 왠지 갈 곳을 잃은 것 같아 안쓰럽고 화려하게 단장한 단풍잎마저 떠나기 전에 하는 절박함이 짙게 밴듯하여 왠지 서럽게 느껴진다는 인생의 봄이나 여름에 해당하는 나이에 있는 젊은 사람은 서러운 것은 눈에 들어오지 않는다. 좋은 것을 보고도 눈물을 훔치는 사람은 대개 중년의 나이를 바라보거나 훌쩍 넘긴 분이다.

흔히 봄은 여자의 계절, 가을은 남자의 계절이라고 하지만 이는 단편적 해석에 따른 것이리라. 남자는 서서히 늙어가지만, 여자는 나이 듦이 확연히 느껴지는 단절을 겪어야 하기에 '아! 내 인생도 이제 지는구나!' 하는 좌절을 절실히 느끼는 것은 남자보다는 여자이리라.

가을 산에 올라 보면 중년을 넘긴 여자분들이 화려한 등산복 차림으로 열심히 오르고 있다. 가을 산은 단풍이 화려하다. 가을이 깊어지기 전에 화려한 단풍으로 장엄한 나무들이 아름다운 자태를 뽐내고 있듯 단풍 나이 여자분들의 화려한 자태가 인생의 가을을 장엄하고 있다. 가을은 단연 여자의 계절이라고 말하고 싶다. 인생의 가을을 화려하게 꾸미는 여자의 계절이라고...

가을을 남기고 간 사랑

봉화산 산신당 앞에 간이매점이 있다.
숨이 턱에 차오르면
작달막한 사내가 건네는
오백 원짜리 종이컵 커피 한 잔
가을이 따사했다.
옹색한 포장 안에는
가을을 훌쩍 넘긴 아줌마들이
초조하다
도시락에 정성껏 담은 반찬도 여럿 보이고,
부러워 흘깃 사내를 봤다
그도 가을이 짙었다.
사내가 트럼펫을 툭툭 털더니
멋지게 불었다
-가을을 남기고 간 사랑
겨울은 아직 멀었는데-
가을이 질게, 애잔하게 가슴에 스민다.
눈시울이 붉어져

가을이 서러운 아줌마들도, 나도
와!
그래
가을이 진다지만
겨울은 아직 멀었잖아
낙엽이 바람에 날린다 해도
그건, 그저 바람이야

6. 해 질 무렵 눈시울 적는다.

창문을 있는 대로 열어놓고도 무더위에 잠을 이루지 못해 에어컨을 수시로 껐다 켜기를 반복하며 여름을 보냈다. 한여름에 쓰는 전기료는 깎아준다는 발표를 보긴 했지만 에어컨을 켜 둔 채 잠드는 배짱을 가진 사람이 흔하지는 않은 것 같다. 전기료 폭탄이라는 겁나는 단어가 주는 의미를 쉬이 지우지 못하는 자신을 돌아보며 지렁이나 붕어나 가재로 살아온 삶이 쉬이 바뀔까 싶기도 하다.

며칠 사이에 자다가 한기를 느껴 창문을 닫는 일이 잦아지고 요 위에 깔아둔 대나무 돗자리에서 느껴지는 찬 기운이 싫어 빼내기도 했다. 며칠 사이에 모든 게 이렇게 달라지다니 세상에 절대라는 단어는 존재하지 않는다는 평범한 진리를 계절의 바뀜에서 새삼 깨닫게 된 셈이다.

올해는 봄이나 여름에 내려야 할 비가 내리지 않다 가을 들어 유난히 비 오는 날이 많아졌다. 빨갛게 익은 텃밭의 고추가 아까워 잘 말려 집에서 먹는 고춧가루라도 텃밭의 고추로 하자며 널어두었던 고추가 널고 펴고의 정성도 아랑곳없이 파랗게 곰팡이가 슬어 아깝지만 다 버려야 했다. 세상의 이치는 같은 일도 도움이 될 때가 있고 해가 될 때도 있다는 사실을 잊어서는 안 될 것 같다.

사람이 누리는 운 중에 시운(時運)이 가장 중요하다고 쓴 글을 읽은 기억을 떠올려 보았다. 전원생활의 맛을 즐기자는 소박한 소망을 담아 이사한 집에 네 평 남짓 데크를 손수 만들었다. 머루와 다래 덩굴을 심으며 머리 위에 주렁주렁 달릴 머루와 다래를 상상하는 여유만으로도 서툰 목공 일이 오히려 즐거웠다.

녹색의 잎새를 내밀던 머루와 다래는 한여름 무더위도 아랑곳없이 검푸른 잎을 뽐내며 기둥을 감아 올라 금세 그늘을 만들지 않을까 하는 대견한 성장을 보였지만, 무더위가 한풀 꺾이기가 무섭게 푸르던 잎 중간중간에 누렇게 시드는 잎이 보이기 시작했다. 일 년을 한 주기로 생의 주기를 내보이는 덩굴 식물을 심었으니 동면을 향해 잎이 지는 숙연(肅然)한 과정을 지켜봐야 하는 연민(憐憫)은 자초한 일이기도 하다.

하루의 삶이 고달파 정서적 여유가 없는 보통 사람들에게
도 가을은 역시 가을일 수밖에 없다. 봄과 가을이 기온 상으
로는 비슷하다 하더라도 느껴지는 기운은 사뭇 다르다.

봄에는 천지에 가득한 새로운 기운을 느끼게 되지만 가
을은 왠지 공허한 지는 아쉬움이 강하게 다가온다는 걸 체
감하게 된다.

가을을 대표하는 코스모스 비록 색깔은 화려하다 해도 바
람에 하늘거리는 모습에서 애잔함을 느끼게 되니 말이다. 모
시던 분이 평소에 하시던 말씀 중 사업에 실패하고 오지로
도망치듯 피해 갈 때 길가에 핀 코스모스가 그렇게 슬퍼 보
이더라고 꼭 자신의 모습 같다고 생각했다는 말씀이 이미 그
분은 세상을 떠나셨지만, 가을이면 코스모스에서 그분을 떠
올리곤 한다.

올해는 추석이 빠른 탓인지 아직 가을을 느끼기에는 이른
감이 있다. 그렇지만, 우리가 살아온 삶의 여정(旅程)이 그
러했듯 꽃 피는 봄이, 무더위에 허덕이던 여름이 벌써? 가을
도 그렇게 질 것이다.

가을걷이가 끝난 텅 빈 들녘을 바라보노라면 시인이 아니
더라도 철학자가 아니더라도 한 번쯤은 삶을 돌아보게 되고
아쉽고 미련이 남는 일들만 가슴에 가득할 것이다.

하지만 세상만사는 다 그렇게 지고 나면 아쉬움과 후회

만이 남게 돼 있고 그걸 인위적으로 막거나 되돌릴 수 없게
마련이다.

　감나무나 대추나무가 주렁주렁 과일을 맺지 못한 채 맞는
가을을 원망할까?
　우리같이 온대 지방에서 4계절을 몸으로 겪는 땅에 사는
분들은 더 도덕적이어야 한다.
　우주의 순환을 년 단위로 보여주는 일깨움의 땅에서 나고
자란 혜택에 대해 옷깃을 여며야 한다. 늘 따뜻한 봄이거나
늘 무더위에 헉헉대며 사는 사람들이거나 아니면 늘 추위에
떠는 삶을 사는 사람은 우리같이 자신의 삶을 처절히 돌아보
는 기회가 주어지지 않기에 드리는 말씀이다.

　재미있는 추론(推論)을 해 보았다.
　풍요로운 삶을 누리는 분들이 손가락질받는 일을 저지르
면 "아니 누릴 만큼 누리시는 분들이" 하는 의아함을 품게 되
지만 상대적으로 이런 층에 속한 분들은 자연의 변화를 거의
느끼지 못하는 삶을 살고 있다는 사실에 주목할 필요가 있
다. 전기요금이나 난방비 걱정이 없으니 추위나 더위를 느낄
기회 자체가 없다는 사실이다.

　아늑한 집에서 지내다 문밖을 나서면 적정온도로 맞춰진
자동차에 오르고 늘 봄과 늘 가을의 일상이 삶의 전부인 분

들에게는 여름이나 겨울을 느낄 기회 자체가 없는 삶에서 가을이 주는 성찰의 기회가 있을 리 없지 않은가? 고급 구두(바닥이 가벼운 가죽)를 보고 이런 신은 며칠만 신으면 바닥이 뚫릴 텐데 했더니 돌아온 답, "이런 신을 신는 분들은 거친 땅을 걷는 일 자체가 없습니다." 사람은 모두 끼리끼리 살게 마련이다.

깊은 물에 사는 고기는 수면에 오르면 내장이 터지고 눈알이 튀어나오고 반대의 경우 멋모르고 깊이 잠수했다가는 수압에 눌려 납작하게 찌그러져 밥숟갈을 놓아야 한다고 하니 말이다.

봄기운에 흠뻑 취하기도 하고 무더위에 혀를 빼물기도 하고 텅 빈 가을 들을 바라보며 눈곱만한 자신의 잘못을 돌아보며 후회하기도 하는 서민들이 빼곡한 나라에서 사는 삶이 그리 욕돼 보이지는 않는다.

'막내 손주 녀석이 굼벵이 본다고 헤집다 바닥에 뿌린 톱밥을 깨끗이 해야 했는데...'

군민이라고 무료 입장 시켜 준 곤충박물관에 대한 뒤늦은 미안함도 서민이었기에...

가을을 느꼈기에 하는 작은 성찰(省察)이 아니겠는가? 이 땅의 가을은 정녕 복된 자연의 혜택이라고 감히 말씀드리고 싶다.

해 질 무렵 눈시울 젖는다.

해 질 무렵이면
눈시울 젖는다.
지는 해 때문이 아니다.
없었던 듯 지워지는 흔적들
망각에 대한 원망이다.
태양은 그림자 만들고
그림자는 늘 또 하나의 나인데
해지면
스러지는 무지개 미완의 미련
가둘 수 없는 흔적들
달팽이 기어간 자리
얼룩진 자국
눈 감아도 언제나 선명한 환영인데
해가 진들
하지만 눈시울은 젖는다.

7. 겨울비

세월이 하 수선하니 계절도 헷갈리나보다는 생각을 하게
되는 게 요즘의 날씨이다.

겨울에 어쩌다 비가 내리는 경우가 있긴 하지만 진눈깨비
가 섞이거나 아니면 내리던 비가 눈으로 바뀌어 내리거나 하
는 일은 있어도 흡사 여름에 내리는 비처럼 말 그대로 주룩
주룩 내리는 겨울비를 본 적이 기억에 없는 것 같다.

겨울비는 내리면 얼어붙어 미끄러운 빙판길로 변해 혹 낙상이라도 할까 하여 조심스럽기도 하고 그래서 겨울에 웬 비? 하며 반기지 않게 되는 게 겨울비이다. 근래 들어 겨울비는 새삼스러운 일도 아닐 만큼 자연스러운 현상이 된 듯 자주 내린다. 종일 내리는 빗물이 도랑을 만들고 소리까지 내며 흐르는 모양을 보며 겨울 맞아? 하는 생각을 했다.

옛 어른들은 겨울이 춥지 않으면 많은 걱정을 하셨다. "겨울은 겨울답게 추워야 하는데!"

지금처럼 생활 환경이 좋지 않던 시절의 겨울은 삶이 버거울 만큼 혹독했다. 난방도 그렇고 먹거리도 그렇고 특히 추위를 막아 줄 옷이 변변히 없었다.

요즘 개그 프로에 웃기려고 등장하는 야전잠바 내피 정도면 최고의 방한복으로 대우받던 귀한 물건인데 바보스럽게 보이는 소품으로 쓰이는 것을 보며 따라 웃기에는 지난 세월이 지켜보는 것 같아 착잡하기만 하다. 아무튼 춥지 않은 겨울을 반겨야 함에도 겨울이 덜 추우면 걱정하는 어른들을 보며 "안 추워서 좋은데?" 하는 의아함이 늘 있었다.

지금은 쌀이 남아돌아 보관을 걱정하는 형편이고 풍년이 들면 오히려 쌀값 걱정을 해야 하는 세상이다. 한 톨의 쌀이라도 더 생산하려고 동남아 품종과 교배해 만든 통일벼 계통의 쌀로 배고픔을 덜던 시절도 있었다. 푸석거리고 밥맛이 없어 보다 형편이 나은 분들은 외면하던 쌀이 통일미이지만 밥을 굶는 절대 빈곤층에게는 고마운 쌀로 기억되며 역사의 뒤안길로 사라져 버린 쌀이 통일미이다.

변변한 농약도 없던 시절이니 겨울이 혹독하게 추워야 해충도 겨울을 견디지 못하고 소멸하고 다음 해 농사는 태풍이나 계절의 변덕만 피하면 된다는 심정이 자신의 고통쯤은 하는 심정으로 추운 겨울을 기꺼이 감수하려는 고운 마음임을 알게 된 것은 한참 훗날 철이 들고서이다.

겨울이 언제였나 싶게 해동되어 푸석거리는 텃밭 위로 내리는 겨울비가 스며들고 있고 파릇한 잎새들이 여기저기 고개를 내밀며 겨울답지 않은 겨울을 밀어내고 있다. 농사 걱정하는 세상은 아니라 해도 병충해 없이 풍년이 들었으면 좋겠다.

'農者天下之大本' 비록 경제적 가치는 낮아졌다 해도 풍년은 한결같은 간절함이 아니었는가?

8. 진눈깨비

근래 들어 겨울에도 눈을 보기가 어려워졌다.

어쩌다 내린 눈도 쌓일 틈도 없이 녹아버리거나 쌓일 만큼의 적설량을 보이지 못하는 탓에 겨울 하면 떠올리는 하얀 눈이 덮인 산야보다는 잎이 저버린 앙상한 나뭇가지와 황량한 들판의 삭막함이 겨울을 실감하게 할 뿐이다. 겨울이 지나 봄이 오기까지 응달진 곳에 남아 있던 잔설이나 도롯가에 밀쳐놓은 눈은 옛이야기 속의 겨울 풍경으로 기억 속에만 남을지도 모른다.

힘들고 어려웠던 일들도 세월에 바래질 때 쯤이면 좋았던 추억으로 슬그머니 자리바꿈을 한다. 폭설이라도 내리면 교통이 끊기는 탓에 먼 거리를 걸어야 했고 통행금지로 귀가하지 못해 낯선 이들과 여럿이 한방에서 통행금지가 풀릴 때를 기다리던 고단했던 일들까지 오랜 사진첩 속에서 우연히 마주친 낯설고 촌스러운 자신의 모습을 보고도 입가에 미소가 돌게 하는 게 세월의 망각 아닌가.

되돌아보면 모든 것이 부족하고 찌든 가난이 물씬 풍기는 낯섦이 오히려 안온함으로 추억을 반추(反芻)하게 하다니 추억 속의 눈은 차가움보다는 따뜻함으로 가슴에 남아 있다.

기승을 부리던 꽃샘추위도 물러가고 따뜻한 봄볕에 이젠 완연한 봄이구나 할 즈음 눈이 내다. 대명콘도 거실 창을 통해서 바라본 눈 내리는 풍경은 봄눈이라고 하기에는 자못 기세가 대단했다. 흔히 봄에 내리는 눈을 춘설이 분분(紛紛)하다는 말로 표현하기도 하고 또는 진눈깨비라고 한다.

하늘에서 분명히 눈이 내리는데 땅에 쌓이는 눈이 없으니 분분하다는 외에 달리 마땅한 표현이 없겠다. 또, 내리는 눈을 고스란히 맞아도 눈은 간 곳이 없고 흘러내리는 것은 빗물 뿐이다. 그래서 봄눈은 눈으로서의 존재를 잃은 진눈깨비일 뿐이다.

앞이 안 보일 만큼 기세 좋게 내리는 눈을 보며 겨울이 슬며시 물러가기 아쉬우니 한바탕 심술을 부린다고 생각했다. 하지만 언제 눈이 내렸나 싶게 눈은 그쳤고 땅에는 잔설의 흔적도 찾을 수 없었다. 약간의 물기가 남아 애써 뿌린 눈의 허망한 허세를 위로하는 듯 했다. 세상에 존재하는 모든 것은 나고 지고의 순환에서 벗어날 수가 없다.

날고 긴다며 기세를 떨치던 분들도 이런 우주의 질서로부터 자유로울 수가 없다.

달도 차면 기울고 산을 올라 정상이 가까워지면 내리막이 기다린다는 것이 세상의 이치이다. 이런 우주의 질서를 가장 가까이서 볼 수 있게 하는 것이 봄, 여름, 가을, 겨울의 변화이다. 어쩌면 이런 우주의 질서를 극명하게 드러내는 이 땅에 사는 것이 복인지도 모르겠다.

언제나 겨울이고 언제나 여름인 곳에 사는 사람은 삶의 이치를 피부로 느끼기 어려울 것이다. 항상 봄이고 늘 꽃이 피어있다면 겨울을 견뎌내고 피우는 꽃의 힘겨운 과정을 모른다면 꽃은 그냥 꽃일 뿐이고 더 이상의 의미가 없다.

봄에 활짝 싹을 틔우고 한여름에 열심히 성장하고 가을에 씨를 맺어 겨울잠에 대비하는 식물의 삶이나 사람 인생도 크게 다를 바가 없다. 세상의 이치는 순환의 순리에서 벗어난 삶은 없다는 것이다.

우리가 성인이라고 우러르는 석가나 예수님께서도 삶의 순리를 한치도 벗어나지 않으셨다. "내가 왜 죽어야 해?" 훌훌 털고 하늘로 오르셨다면?

계절을 잊고 맹렬히 퍼부어도 봄볕에 스러지는 진눈깨비.

나는, 네 삶은, 우리 모두 인생길에서 어디쯤 서 있는 것일까?

진눈깨비

계절을 잊고
진눈깨비가 뿌렸다
등 떠미는 봄이 야속해

본때를 보이려는 듯
안간힘을 썼는데
"봄에 웬 눈이래?"
반기는 이 없어 서러웠다
하얀 세계를 기대했는데
스러지다니
미련을 놓지 못한 집착(執着)이 아프다.

9. 눈사람

어른이 되고 나면 눈 내리는 것을 귀찮아하게 마련이다. 그렇지만, 현실적인 득실을 따지기 전에 눈이 내리기 시작하면 와 눈이다! 하는 감성은 느끼게 된다. 누구나 첫눈에 대한 감성은 비슷하다. 세파에 바래기 전 동심이 가슴속에 남아 있기 때문이리라.

눈이 내리면 누가 모이자는 호출을 한 것도 아닌데 아이들은 공터에 모이게 된다.

눈 하면 눈싸움이 떠오르지만 눈싸움에 우선 하는 것이 눈사람 만들기이다. 눈사람 만들기에 한바탕 부산을 떨고 나서 싫증이 날 때쯤이라야 눈싸움이 시작되는 경우가 정석이다. 눈사람은 대부분 여럿이 힘을 모아 만들게 된다. 커다랗게 뭉친 눈이 몸통이 되고 그보다는 작게 뭉쳐진 눈은 머리 부분이 되어 몸통 위에 올려놓고 그러고 나면 나뭇가지를 꺾어 눈썹도 만들어 붙이고 숯덩이를 가져다 코나 눈을 만들어 붙이기도 한다.

눈사람의 표정을 만드는 일은 딱히 정해진 재료가 있는 게 아니다.

숯이 없으면 자그마한 자갈이 대신 하기도 하고 누군가가 집 바느질 통에서 꺼내 온 단추가 눈을 대신하기도 한다. 이렇게 하나하나의 눈사람 형태가 완성돼 갈 때마다 애들은 환호성을 지르게 된다. 양쪽 팔을 대신할 커다란 나뭇가지까지 꼽고 나면 애들은 완성된 눈사람에 모습에 만족해하게 마련이다.

이렇게 완성된 눈사람을 두고 한참을 시끌벅적하다 싫증 날 즈음에 시작되는 것이 눈싸움이다. 정신없이 놀다 보면 하루해가 저물게 되고 이집 저집에서 밥 먹으라고 찾는 소리가 공터에 퍼지게 된다. 나이 드신 분들은 이렇게 어린 시절을 후회 없이 실컷 놀면서 성장했다. 요즘 애들을 보면 측은한 생각이 들기도 한다. 눈이 내린다고 나와 놀 아이도 없고 감기든다고 나가지도 못하게 하니 말이다.

애들 때는 마음껏 놀며 커야 한다고 생각하지만 요즘 사람한테는 씨알도 먹히지 않는 쉰 세대의 잔소리일 뿐이다. 눈사람을 만들 때는 온통 관심의 집중을 받지만 만들고 나면 잊히는 게 눈사람이다. 눈사람 처지에서는 참 서운하다는 생각을 함직도 하다. 왁자지껄 시끄럽던 공터는 한순간 정적이 찾아오고 저녁 먹으라는 호출에 애들이 뿔뿔이 흩어지고 나면 찬 바람만이 공터에 가득하고 눈사람만 홀로 남는다. 그렇게 눈사람은 아이들의 관심에서 멀어지고 잊히는 것이 눈사람의 숙명이리라.

쓸쓸히 자리한 눈사람은 따사한 햇살을 만나 녹아 스러지게 된다. 겨울은 그렇게 가는 것이다. 어찌 보면 인생사도 한바탕 눈사람의 꿈과 다를 바가 없지 않은지 모르겠다. 그렇다 해도 눈이 내리면 아파트 공터에 왁자지껄 눈사람 만드는 꼬마들이 가득했으면 참 좋겠다.

눈사람

눈 내리면
동심(童心)은
시린 손 불어가며 겨울을 뭉쳤지
나뭇가지 꺾어 눈썹도 붙이고
숯검정 까만 코와 눈까지
표정과 이름까지 지어주면
눈사람
시끌벅적 관심과 환호
잠시 사람인 줄 착각했어
"개똥아! 밥 먹어" 할 때까지
만들 때 환호성 여운(餘韻)으로 가시지 않아

못 본 체 무심함이 서운하고
잊힌 아픔 새김질하려니
추워야 존재하는 서러움
따사한 햇살에
녹아 스러지는 한겨울의 꿈
난
눈사람이야.

사. 오다리

1. 오다리

카카께서 해외 순방길에 나서 비행기 트랩에서 내리는 사진 아래 누리꾼의 이런 댓글이 있었다. '오다리 어벙이가' 감히 카카를 대놓고 조롱하는 용기도 대단하지만, 신체적 약점을 재빨리 찾아내 오다리라고 칭한 악의적 순발력에 이건 아닌데 싶은 생각이 들었다.

한국은 짧은 시간에 놀랄 만한 발전을 이룩한 나라이다. 이런 발전은 사람의 외형마저 신세대와 구세대로 완연히 구별될 만큼 다른 사람으로 만들어 버렸다. 예전 사람들은 다리가 짧고 엉덩이가 늘어져 있으며 다리가 휘어 소위 오다리가 대부분이라 바지를 입으면 옷발이 받지 않는 경우가 많았다. 중국 화교 학교 여학생과 비교 해 보면 이런 신체적 약점이 두드러져 보이기도 했다.

"난쟁이 똥자루?" 김정일이 최은희 씨를 만났을 때 자신을 칭했다던 이 단어가 예전에는 스스로를 비하하던 흔히 쓰는 용어이기도 했고 난쟁이 똥자루에 오다리가 대부분 한국인의 슬픈 자화상이었다. 지금의 한국인은 예전의 한국인과는 생김새부터 사뭇 다르다.

우선 얼굴형이 바뀌었다. 거친 음식을 씹느라 발달한 턱으로 인해 넓적하고 크던 얼굴이 갸름하게 볼이 좁아져 얼굴이 조막만 하게 바뀌었고 하체가 길어져 반바지를 입혀 놓은 듯하던 옛 분들과 비교하면 닥스훈트와 잘 빠진 포인타를 비교하는 것 같다고나 할까?

한때 유행하던 청바지를 입어 보고 싶었지만 소위 오다리 덕에 감히 시도해 보지 못했다.

요즘 젊은 연예인들의 무대를 보노라면 절로 감탄을 하게 된다. 신체적 조건을 물론이려니 와 유연한 몸놀림이 "저거 정말 한국인 맞아?" 하고 놀라게 되니 말이다. 꿔다놓은 보릿자루 같다는 말이 어울릴 듯하던 무대 위의 연예인을 보며 모두가 그랬었다. "한국인은 신체적 조건이 도저히 서양 사람을 따라갈 수 없어!" 이 말이 무색하게 지금은 소위 K-팝인가가 지구촌을 흔들어 댄다니 천지개벽도 이런 개벽이 없다.

요즘 바지는 신축성이 좋아 입으면 신체에 착 달라붙게 마련이다. 바지를 입고 거울을 보면 무릎 안쪽이 서로 떨어져 있어 신경이 쓰인다. 소위 오다리의 비애이다. 바지를 늘려 잡아당겨 보지만 그런다고 오다리가 숨겨지겠는가?

예전 엄마들은 정말 일이 많았다. 자식이 어리다고 해서 애만 본다는 호강은 감히 언감생심이었다. 그렇다고 어린애를 혼자 둘 수도 없으니 일을 하려면 늘 애를 둘러업어야 했다. 뼈가 아물기도 전에 늘 엄마 등에 업혀 자라다시피 했으니 다리가 휘지 않으면 그게 오히려 이상한 일이 아니겠는가? 우리 어머니께서도 새벽마다 우물에서 물을 길어 장독대를 채우려면 혹시 내가 깨서 울까 걱정이 돼 늘 업고 물을 길으셨다고 했다.

겨울이면 다리가 나와 차가워도 엄마 등에만 업히면 끽소리 하나 없었다시며 잘 돌봐주지 못한 것을 늘 아파하셨다.

할 일은 많고 차마 애를 떼 놓으실 수가 없어서 늘 등에 업고 일을 하시던 어머니들.

오다리는 어려운 세월을 엄마 등에 매달려 살아남은 자랑스러운 사랑의 흔적인 것이지 부끄러울 일은 아니지 않은가? 늘씬한 다리를 자랑하는 요즘 세대를 보며 엄마 등에 오줌 한 번 못 싸 보고 큰 아이들. 오히려 측은한 생각이 들기도 한다.

누가 오다리를 탓하는가? 어려운 세월을 사랑으로 함께 견뎌 낸 자랑스러운 흔적이 오다리로 남았다는 사실이 부끄러워 할 일은 아니지 않은가?

2. 좋은 세상이긴 한데

천지개벽
문명의 발달은 단계가 높아질수록 속도가 점점 빨라진다는 특징이 있다.

인류가 도구를 만들어 쓰기 시작한 건 구석기 시대가 최초이다. 구석기 시대는 타제 석기 시대라고도 하듯 돌을 깨뜨려 날카로운 면을 이용하던 시대인데 깨뜨린 돌을 갈아 더욱 날카롭게 하는 아주 간단한 진화랄 수 있는 신석기 시대까지 가는데 자그마치 수백만 년이라는 세월이 걸려 일만 년 전에야 신석기 시대가 시작됐다.

어렵게 갈고 다듬어 만든 신석기라 해도 단단한 물건에 부딪히면 단번에 망가지게 돼 있다. 그렇게 불편한 돌을 사용하는 신석기에서 금속을 사용하는 청동기까지 가는 데는 5천 년이라는 세월이 걸렸다. 긴 세월이지만 구석기에서 신석기로 가는데 걸린 수백만 년에 비하면 오천 년은 긴 세월이 아니다.

금속이라지만 강도가 떨어지는 청동기에서 보다 단단한 철기로 발전하는 데에는 이천 년 정도가 걸렸다. 발전 단계가 진화할수록 소요 기간이 단축된다는 점을 역사가 말해 주고 있다. 우리 또래가 국민학교에 다니던 시절에 읽었던 동화중에 알리바바와 40인의 도적이라는 이야기가 있다. 도둑들이 빼앗은 물건들을 숨겨 놓은 곳의 문을 열 때 열려라 참깨! 하고 외치면 자동으로 문이 열리는 장면은 동화의 압권이랄 수 있는 경이로운 설정이었다. 손도 대지 않고 소리만으로 문이 열린다는 사실은 상상으로도 믿기지 않는 놀라운 일이었기 때문이다.

화신 백화점의 엘리베이터 문이 자동으로 열리고 닫히는 것이 신기해 일부로 구경을 하러 가기도 하던 것이 그리 오래전 일도 아니다. 지금은 앉은자리에서 TV를 켜고 알리바바와 40인의 도적에 나왔던 꿈같은 일들은 아이들 장난감에도 다 들어가 있을 정도로 일반화되었지만 이런 발전은 근래 수십 년의 세월 안에 이뤄진 놀라운 발전들이다.

깬 석기를 갈아 쓰는데 만도 수백만 년의 세월이 걸렸는데 기껏 수십 년의 세월에 천지가 개벽한 셈이다.

좋은 세상이긴 한데...

요즘 들어 하는 일 중에 가장 즐거운 일은 손주와 시간을 같이 보내는 일이다. 녀석도 시간이 되면 "할아버지 올 거야." 하며 창문을 내다보며 기다린다고 한다.

언제나 헤어지기 전에 더 놀자는 손주를 달래기 위해 우리 내일 어디 가서 놀자 하는 약속으로 아이를 달래서 떼어놓고 오게 되니 아무리 아이라지만, 기다리는 걸 뻔히 알면서 아이의 실망을 모른 체하기도 어려워 다시 데리러 가게 되지만 손주를 본다는 사실은 언제나 기분 좋은 일이기도 하다.

아이를 데리고 양평에 있는 들꽃 수목원을 찾게 되었다. 양평 근처에도 아이들을 데리고 가 볼 만한 곳이 많다는 것을 요즘 들어 많이 배우고 있다. 이전에는 아프리카 박물관이라는 곳에 아이를 데리고 갔는데 아주 좋아하는 것을 보고 보람을 느끼기도 했고 거미 박물관에서는 무섭다고 비명을 지르는 귀여운 모습에 웃기도 했다. 들꽃 수목원에도 조각상을 비롯해 아이들이 뛰어놀 만한 공간이 많아 좋아하는 모습을 보니 장소 선택은 잘했다는 생각이 들었다.

막내 손주는 아침이면 상당히 일찍 깨는 편이라 오후에는 낮잠을 꼭 자는 버릇이 있다. 오늘은 제 형의 수업이 끝나는 시간에 맞춰 집에 데려다주기로 약속을 하고 나왔기에 2시쯤 수목원을 나오게 되었다. 날씨가 더워 음료수를 사니 아이가 기념품 비누를 사겠다고 한다. 음료수에 아이가 더위할까 봐 들고 다니던 양산에 땀 닦는 수건까지 손에 든 짐이 많아 아이를 태우려니 나도 모르게 차 지붕에 양산과 전화기를 얹게 되었다.

아이를 차에 태워 시트벨트를 채우고 음료수를 먹이고 하다 차 위의 전화기와 양산을 거둬야 한다는 사실을 깜박 잊고 그대로 출발하게 되었다.

학교에 가서 문득 전화기가 없다는 사실을 알았지만 차 지붕이라는 생각은 떠오르지 않아 들렀던 편의점과 아이가 머리 깎은 미장원에 가서 전화기를 찾았지만 있을 리가 없었다. 아이 둘을 집에 데려다 두고 딸의 전화로 내 전화에 신호를 보내 보았다. 신호는 계속 가는데 받는 이가 없었다. 누가 주웠다면 받기는 할 텐데. 일부러 안 받나? 별생각이 다 들었다.

"위치 추적을 해 보세요." 딸의 말을 듣고 위치 추적 신청을 했다.

신호가 가는 상태라 위치 추적이 가능하다고 했다. 회신이 오길 수목원 근처에서 반경 60m 정도? 라 한다. 들꽃 수목원 매점에 들러 혹 전화기를 못 보셨느냐고 전후 사정을 설명하니 한 분이 말을 걸어오셨다. "아까 경차 타고 오셨지요?" 하기에 그렇다고 하자 "차 지붕에 양산하고 전화기가 있던데 그냥 출발하시기에 알리려 했지만 빨리 가서서 차가 주유소 앞에서 유턴하는 것을 보았으니 길에 떨어졌을 듯 합니다."라고 했다.

양산? 얼른 차에 가서 보니 양산이 정말 없었다. 그때야 차 지붕에 양산과 전화기를 둔 것이 기억에 떠 올랐다. 수목원에서 나온 게 2시 경인데 오후 4시가 막 지나고 있었다.

2시간 이상 자동차 전용도로에 떨어진 전화기가 무사할 수 있을까?

장담하기 어려운 상태였지만 전화기에 저장된 연락처나 기타 정보라도 다시 찾을 수 있다면 하는 마음으로 2차선을 따라 천천히 간 길을 복기 주행하며 도로를 꼼꼼히 살폈다.

유턴 한 지점에 양산이 보였다. 양산이 부피가 있으니 차가 도는 과정에서 먼저 날아간 것이리라. 차를 길가에 세우고 주행이 뜸한 순간에 양산을 주워 왔지만 대가 휘어 펴지지가 않았다. 다시 천천히 주행하며 도로를 살폈다. 한참을 더 간 도로 1차선에 덮개가 열린 전화기가 얼핏 눈에 들어왔다.

자동차 전용도로라 한참을 기다려서야 전화기를 회수할 수 있었다. 얼른 패턴을 풀자, 와! 신기하게도 전화기가 제대로 작동하고 있지 않은가!

평상시 삼성을 아주 호의적으로 보고 있다.

소니니 파나소닉이니 하던 시절 한국은 금성에서 라디오를 겨우 생산하고도(한국이 라디오를 만들어?) 신기해하던 수준이었다. 이즈음 삼성에서 비디오 판독기(VHS)를 만들어 냈지만 한국이 어떻게 이런 전자 제품을 만들 수 있겠는가 하는 마음에 아무도 사지 않았다. 삼성에서는 고장이 나면 1년 안에는 무조건 새것으로 교환해 주겠다는 제안을 했고 삼성 비디오 판독기를 사는 것으로 삼성과 첫 인연을 맺었다.

삼성비디오기는 아무 고장도 없었고 에프터서비스 제도를 처음으로 알게 해 준 것이 삼성이다. 팔고 나면 나 몰라라 하던 한국에서 사후 보장을 처음 시작한 회사가 삼성이다.

이렇게 시작한 삼성과의 인연이 노트 8에 이르기까지 오로지 삼성 제품이 최고라는 생각으로 굳었다. 이런 삼성에 대한 믿음에 삼성의 노트 8은 당당히 보답한 것이라 생각한다.

당장 여행을 앞두고 전화기를 어떻하나? 하는 걱정도 덜었지만 차 지붕에서 팽개쳐진 상태에 2시간 이상을 버텨준다는 게 어찌 쉬운 일이겠는가? (2시간 여 수백 대의 차가 지나쳤을 터인데) 전화기 덮개가 약간 찢어지고 펜을 꽂는 모서리에 약간의 상처가 있는 것 외에는 멀쩡한 모습으로 주인의 손으로 돌아와 준 전화기가 너무 신기하고 고맙다.

어린 시절 알리바바와 40인의 도적 이야기를 읽고 신기해하던 게 엊그적 같은데... 살아생전에 손에 들고 다니는 전화기(카메라 컴퓨터 기능까지)를 일상에 애용해 쓴다는 사실에 더해 어디에 떨군지도 모르는 전화기를 위치 추적해 찾아내는 세상으로 발전하는데 한 생이 채 걸리지도 않았다는 사실은 인류의 발전 단계가 얼마만큼 빠르게 단축되는가 새삼 놀라기도 했다.

또, 수많은 자동차가 다니는 자동차전용도로 한복판에서 2시간 이상을 버텨준 전화기의 대단한 내구성을 보며 앞으로 다가올 시대는 얼마나 빠르게 변하는 세상일까? "열려라 참깨"도 경이로운 상상이었는데! 사람이 발전을 따라가기도 벅차겠구나 하는 걱정이 들어 손주를 바라보았지만, 녀석은 할아버지의 이런 걱정을 짐작이나 하겠는가? 참 좋은 세상이긴 한데...

3. 물소리, 바람 소리

동양철학을 알려 하면 理나 氣에 대한 학설과 마주치게 된다.

理氣一元論이니 理氣二元論이니 하는 학설이 그것이다. 내로라하는 성리학의 대가들은 나름대로 이원론이나 일

원론에 대한 자신의 주장을 내 세우고 이를 학문적으로 체계화시켜 자신의 문파를 세우기도 했다. 난해하고 복잡한 이론은 이해하기도 어렵고 기를 쓰고 알아야 할 이유도 없다는 생각에 理는 존재하는 것, 氣는 작용하는 것이라고 단순하게 정리하면 문학적 표현에 도움이 되기도 한다. '웬 무식할지도 모르겠다.'

세상에 존재하는 것 중 스스로 소리를 내거나 움직이지 못하고 제자리를 지키고 있는 것들도 많다. 바위가 그렇고 물이 그렇고 나무도 그렇고 풀도 그러하다. 기가 깃들지 않은 것들은 그렇다 쳐도 살아 있는 생명체인 식물을 보면 주어진 운명(환경이라는 말이 맞는지 모르겠다)에서 한 발짝도 벗어나지 못하는 삶에 연민의 정을 느끼게도 된다.

나이가 들면 시골에서 살아야겠다는 단순한 생각에 강원도 봉평에 지은 집은 겨울이면 눈도 많이 내리고 바람도 유난히 많이 부는 그런 곳이다. 어쩌다 시골집에서 자는 밤이면 밤새 바람 소리와 나뭇가지가 떨고 있는 아픈 소리에 잠을 설치기도 하였다.

裸木

삭풍(朔風) 몰아치는 산야에
나무가 울고 있다

바람 소리라 하지만
울고 있다.
모두가 둥지 찾아
바람 소리 자장가 삼아 깊이 잠든 밤
제자리가 운명인 것을

존재는 하지만 제소리가 없기에 들어낼 자기가 없는 안타까운 존재를 주변에서 흔히 보게 된다. 이런 침묵을 깨는 고마운 현상을 문학적 표현으로 氣라 하고 싶다. 바람에 흔들리는 강가의 억새가 내는 소리, 따뜻한 봄기운에 녹아 흐르는 냇물의 소리, 가을을 장엄하는 색색의 단풍이 바람에 날려 한 번에 지며 내는 소리는 환상이라 하겠다. 만개한 벚꽃이 바람에 뿌리는 꽃비 내리는 소리를 들어 보셨는가?

시계 째깍거리는 소리가 신경 쓰인다고 시계를 곁에 두지 않는 분들도 있다.

하지만 자연이 내는 소리는 평온한 느낌을 주어 오히려 깊은 잠을 자게 하는 자장가와 같다. 바다 가까이 있는 잠자리에서 듣는 파도 소리나 밤새 졸졸거리며 흐르는 시냇물 소리가 그렇다. 함석지붕에 떨어지는 빗소리를 좋아했지만, 요즘 집은 빗소리를 듣기도 어렵다. 아침에 창문을 열고 내다본 후에야 밤에 비가 왔다는 사실을 알게 되는 경우가 많다.

어린 시절 함석지붕에 떨어지는 빗소리가 너무 좋아 이담에 집을 지으면 함석지붕으로 해야겠다고 했더니 "너 이담에 커서 시인 되겠다."그분 말대로 시인은 됐지만, 짓겠다던 함석지붕 집은 짓지 못했다.

양평에 둥지를 튼 후 오가는 길에 강변에 차를 세우는 일이 잦아졌다. 겨울 강가에서 꽁꽁 언 강을 바라보노라면 강변의 억새들이 합창하듯 서걱거리는 소리를 내며 군무하기도 하고 볼을 에이는 찬 바람은 내가 살아 있다는 존재를 확인시켜 주기도 한다.

바싹 말라 생을 다한 듯 측은해 보이기까지 하던 억새들의 아우성과 군무는 부활을 보는 것 같아 경이롭기까지 하다. 양수리 인근 강변은 물안개로 유명한 곳이기도 하다. 자욱한 안개 사이로 꿈결같이 보이는 강변 풍경은 사진작가들이 즐겨 찾는 곳이다. 안개 얘기는 다음에 다루려 한다.

양수리에서 또 하나 유명한 것은 한겨울 얼음이 갈라지며 내는 소리라고 한다. 추위가 심해지면 밤새 얼던 강이 응력을 못 이겨 쩡 하는 소리를 내며 갈라진다고 한다. 언젠가 이 소리를 한번 들어 봐야겠다고 생각은 하지만, 실현되기는 어려울 것 같다. 온난화로 인해 강이 예전 같이 얼지도 않으니 쩡! 하고 갈라질 일이 있기나 할지 모르겠다.

조물주께서는 정말 대단하시다.

理만 존재하는 삭막한 환경뿐이라면 시인의 감성 소재도 바닥날 것 같다. 죽은 억새도 춤추고 노래하게 하고 나뭇가지도 흔들고 꽃비도 날리게 하고 물결도 일렁이게 하는 바람, 기를 불어넣어 존재를 작용케 하는 바람 덕에 이 겨울이 덜 삭막하지 않은가? '학문적 이와 기와는 무관한 문학적 표현입니다.'

4. 수파리(守破離)

검도 용어에 수파리란 말이 있다. 검도에서는 선(禪)에서 유래한 말들을 많이 쓰는데 지금이야 스포츠화 되었지만 원래는 싸움에서 살아남기 위해 수련하던 생존을 위한 수단이 검도를 배우는 목적이었다. 한순간에 목숨이 오가는 살벌한 검을 다루는 만큼 정신세계를 통하여 두려움을 다스리려는 흔적이 용어에 아직도 많이 남아 있는 것이 검도이다.

잔심(棧心)이라든지 부동심(不動心) 등 모두 마음을 다스리려는 흔적들이다.

한때 유도에 입문하여 수련하다 검도에 심취하여 퇴직 후 잠시 검도장을 운영할 만큼 검도에 빠졌었다. 누구에게 머리 숙일 일 없이 취미 삼아 해 보잔 가벼운 마음으로 시작했으나 협회가 관청 못지않은 상전 노릇을 하고 생각과는 달

리 실망스러운 일들이 많아 권리금을 포기하고 미련 없이 도
장을 접었다.

그건 틀렸어!

다른 분야도 그렇지만 운동을 가르치는 분들은 자신이 배
운 것을 진리라고 믿는 경향이 심하다. 서슴지 않고 그건 틀
렸다는 지적을 하는 것을 보고 저건 아닌데 하는 생각을 자
주 하곤 했었다. 세상에 맞고 틀리고는 그렇게 많지 않다. 지
구가 둥글다거나 사람은 태어나면 죽는다. 정도가 진리이지
대부분 그렇게 하는 것이 지금까지 알고 있는 방법 중에서 가
장 나은 방법이라는 통계학의 범주 이상은 아니다.

사람은 누구에게 틀렸다는 지적을 노골적으로 받으면 기
분이 상하게 마련이다. 특히 성인들 간의 지적은 상대를 배
려하는 조심성이 바탕에 깔려야 하고 지적하는 사람은 자신
있게 말할 사항인가를 고민해야 한다. 지금까지 해오던 방법
보다 더 나은 방법이 나온다면 하루아침에 전에 하던 방법은
폐기 처분되고 만다.

모 운동선수가 골프에 입문하여 자신이 하던 운동 동작
(하키?)으로 우승을 여러 번 했다는 기사를 본 적이 있다.

정통 골퍼들이 보면 "샷 동작이 틀렸어."라거나 "기본이
안 돼 있네."라고 웃겠지만 골프의 목적은 공을 홀에 넣는 것

이지 어떻게 샷 하느냐가 목적이 아니다. 단지 지금까지 개발된 동작 중 가장 나은 방법을 가르치고 있지만, 더 나은 방법이 나온다면 새로운 방법이 기준이 될 것이고 전에 방법은 잊힐 것이다.

검도 용어 수파리(지킬 守, 깰 破, 떠날 離)를 얘기한다는 것이 서론이 길어졌다.

먼저 守란 새로운 분야에 처음 입문한 사람은 수행을 위한 기준을 주지 않으면 헤매게 마련이다. 지도자는 가장 효과가 좋다고 알려진 방법에 따라 가르치고 초보자는 그 방법에 따라 수련하게 된다. 그런 기준을 제시하지 않으면 배우는 과정에 많은 시행착오를 하게 마련이다. 이런 시행착오를 겪은 여러 사례가 반영되고 개선된 방법을 적용한 것이 수련지침이라고 생각해도 좋다.

다음 단계가 破의 단계이다. 어느 정도 숙달이 되고 나면 배운 방법에만 매달리면 더 발전이 없다. 새로운 도전으로 기존의 틀을 벗어나려고 노력해야 한다. 아마 파의 단계가 없다면 세상의 모든 이치는 늘 제자리에 머물 것이고 발전이 없을 것이다. 지금은 파의 속도가 정말 빠르다. 어제의 일은 과거일 정도로 변화의 속도가 빨라 나이 든 분들은 적응하기 어려울 정도로 모든 게 발전하고 있고, 과감하고 상식을 뛰어넘는 파가 미래를 보장하는 세상이 되었다고 한다.

마지막 단계가 離이다. 새로운 시도가 일정한 형태로 다듬어져 예전 방법과는 구별되게 자리 잡았다면 새로운 류의 창시가 되어 많은 이들이 따르게 되고 새로운 기준으로 자리 잡게 된다.

지금까지 모든 분야에 걸쳐다 이런 과정을 거쳐 개선되고 분화하고 새로운 유형이 탄생하고 발전한 것이다. 수파리의 과정을 이해했다면 "그건 틀렸어."라고 남을 지적하는 오만도 망설여질 것이고 "지금까지 알려진 방법으로는 이렇게 하는 것이 가장 효과적입니다."라고 공손하게 조언하게 될 것이다.

세상의 모든 이치 중 수파리의 원칙을 벗어난 것은 없다.

예술도 기술도 스포츠도 수파리의 원칙에서 예외는 아니다.

문학이나 시를 예로 들어보면 시에서 말하는 시의 형식은 후세에 갖다 붙인 것이지 시를 처음 쓴 분들이 그 형식에 맞춰서 쓴 것도 아니고 그런 형식에 맞지 않는다고 틀렸다는 지적은 피해야 할 일이다.

주변을 살펴보면 守 단계의 수련생도 있지만, 이미 破 단계나 離 단계까지 가신 분들도 많이 보인다. 맞고 틀리고를 떠나 수단계에 충실히 따른 분이 파나 이의 단계에 빨리 도달한다는 사실은 주목해야 한다.

손바닥이 까지고 발바닥에 물집이 생기도록 죽도를 휘둘러도 수에서 벗어나기 어렵다는 것을 검도에서 절실히 느꼈기에 감히 해 보는 소리이다.

5. 세월을 품은 도움

세월의 변천에 따라 뜨는 분야가 있기도 하지만 반대로 지는 분야도 있게 마련이다.

아는 지인 중에 고등학교에서 주산 부기를 가르치는 선생님이 한 분 계시는데 이분은 주산이 7단인가 상당히 고수에 속하는 분으로 그 분야에 책도 몇 권 내기도 하고 잘 나가던 분이다. 하지만, 세월에 밀려 주산은 국가 고시에서도 제외되고 부기도 학과목에서 빠지는 낭패를 당했다. 다행히 재단 이사장의 배려로 야간 대학에 편입해서 국제 통상분야의 공부를 다시 해 정년퇴직까지 과목을 바꿔 교직에 있을 수 있었다.

인터넷의 발달과 함께 종이책이 설 자리를 잃어가고 있다고 한다. 종이책을 읽는 사람이 없으니 요즘은 출판해서 3천 부만 팔려도 베스트 셀러 라고 할 정도로 출판계 형편이 어려워졌다. 이런 환경에 견디다 못한 서점들이 하나둘씩 문을 닫더니 이제는 웬만한 도시에서는 서점을 찾기가 어려워졌다. 어쩌다 서점이 있다 하더라도 갖춰 놓은 책이 많지 않아 바로 보고 싶은 책이 있으면 종각에 있는 교보문고를 찾아가는 게 두 번 걸음을 예방하는 방법이라고 하니 이래저래 동네 서점은 생존이 어렵게 생겼다.

피맛골

화창한 봄날 서울 나들이에 나섰다. 책도 몇 권 사고 기지개 켜는 도시의 모습을 보고 싶어서였다. 지금도 그렇지만 종로 거리는 조선 시대에도 넓은 도로였다. 넓은 도로 양편에는 가건물이 가득 들어서 소위 육의전이라는 점포들이 장판을 벌이고 있었고 나라의 행사가 있거나 임금의 행차라도 있으면 가 건물을 싹 헐어 길을 원래대로 넓혔다고 한다.

지금의 종로 3가에서 종각에 이르는 길(인사동 쪽)을 따라 소위 피맛골이라 하여 좁은 골목이 있어 벼슬아치의 행차시 자신보다 지체가 높은 분과 마주치면 잠시 피하도록 마련한 골목이 있는데 이 골목에는 서민의 냄새가 물씬 풍기는 밥집들이 많아 이들이 굽는 생선 냄새가 진동하여 시장한 사람들의 식욕을 자극하던 예스러운 곳이기도 하다.

종로가 개발되며 이 피맛골도 개발의 바람을 피해 갈 수는 없었다. 깨끗하게 꾸려진 신 피맛골은 간판만 바꿔 달면 일본의 어느 골목이라고 착각이 들 만큼 일본과 흡사하다.

작은 공간을 아기자기하게 꾸미는 대는 일본인들의 재간을 따라가기 어렵다고 생각해 왔는데 새로 꾸며진 피맛골은 일본의 어느 거리에 온 듯 착각이 들 정도로 깔끔하게 꾸며진 가게들이 많다.

옛말에 산 좋고 물 좋은 곳이 흔치 않다는 말도 있듯 장식에 공을 들인 식당이나 시설이 좋은 곳에서는 맛있는 음식 맛을 기대하기 어렵다. 이런 곳의 음식은 동서양의 입맛이 뒤섞인 소위 퓨전 음식인 경우가 대부분이라 나이 든 분이 먹기에는 적당하지 않은 법이다.

식당은 허름해야 편하게 찾게 된다.

허름하다는 것과 불결한 것은 다른 얘기이다. 외장에 공을 들이지 않았다는 뜻이지 불결하다는 의미는 아니다. 신 피맛골을 기웃거리며 적당한 먹거리를 찾았지만 딱히 먹을 음식이 마땅치 않았다. 걷다 보니 신 피맛골이 끝나고 아직 개발되지 않은 옛 피맛골의 흔적이 남아 있는 곳이 있었다. 예전에는 생선 굽는 냄새가 진동하고 전 부치는 광경에 식욕이 자극되던 곳이지만 개발에 밀려 몇 곳만이 아직 예전 모습을 간직하고 있었다.

'생선구이' 반가운 마음에 얼른 들어가 임연수 구이를 시키고 막걸리 한 병도 같이 시켰다. 문명의 발달은 구시대 사람을 불편하게 한다고 생각하며 노릇하게 구워진 생선에 막걸리를 마셨다.

종로 3가 파고다 공원 인근을 노인해방구라고 한다. 예전 같지는 않지만 파고다 공원 근처에 가면 노인들이 모이는 거리가 형성되어 있다.

수입이 없는 노인을 대상으로 하다 보니 모든 물가가 상당히 저렴해서 옛 시대로 돌아간 것 같은 착각이 들기도 한다. 몇천 원짜리 음식을 파는 곳이 이곳 말고는 서울에서 찾기 어려울 것이다.

보기 딱한 것은 대낮임에도 술에 취해 길에 누워 자는 사람도 보이고 길바닥에서 술판을 벌이는 사람들이 있다는 것이다. 이곳이라고 빈부의 격차가 없을 수는 없다.

찻집에는 넥타이를 맨 노인 신사들이 쌍화차를 마시기도 하지만 한잔에 천 원 써 붙인 길가 노점에서 공짜로 주는 양파 한쪽으로 막걸리를 서서 마시는 사람들이 훨씬 더 많다.

아마 더 세월이 지난 후에는 서두른 개발을 후회하게 될지도 모른다.

곳곳에는 옛 관청 터였음을 알리는 팻말이 있고 옛 주거 터를 발굴해 유리로 덮어 두기도 했지만 600년 역사를 간직한 왕도로서의 면모로는 초라하다는 생각을 지을 수 없었다.

피맛골을 두 곳으로 나눠 신 피맛골, 구 피맛골로 각각의 특성을 살려 개발했다면 멋진 역사의 장이 되었을 터인데 하는 아쉬움이 컸다.

그래도 서울은 좋은 도시이다.

6백 년 이전에 터를 잡은 왕도가 인구 천만을 수용하는 도시로도 손색이 없다는 것은 풍수지리를 떠나 이곳을 왕도로 선택한 혜안이 놀라울 뿐이다. 하늘 높이 치솟은 빌딩도 있고 임금이 사시던 궁궐도 있고 서민들이 살던 옛터도 어우러진 도시가 어디 흔한 일인가?

어마어마하게 많은 책으로 꽉 찬 교보문고에서 달랑 책 세 권을 사 들고 피맛골에서 밥도 먹고 노인해방구에서 차도 마시고 행복한 봄날의 좋은 기운을 듬뿍 받은 셈이니 그래도 좋은 나들이였다.

6. 달하 노피곰 도다샤

일 년 중 가장 멋진 달을 보게 되는 날이 한가위가 아닌가 한다.

달 문화권에 사는 우리의 삶은 달과 깊은 인연을 맺고 있고 달의 주기를 모르면 농사도 어업도 가능하지 않았으니 달에 대한 의존은 물론이거니와 정화수를 떠 놓고 달에 비는 신앙의 대상으로까지 달은 우리의 삶을 지배하기도 했고 친밀한 대상이기도 했다.

서양과 달리 해에 관한 얘기는 거의 없지만, 옥토끼가 방아를 찧는다는 얘기를 비롯해 달의 얘기는 우리가 어렸을 때부터 노상 듣고 자란 얘기이기도 하다.

가장 오래됐다는 백제 향가 정읍사나 신라 향가 처용가도 달 얘기를 빼면 성립하지 않는다. 처용가에 '동경 밝은 달에 밤들이 노닐다가'란 얘기는 보름달이 환하지 않으면 나들이가 어려우니 분명 보름달이 환한 즈음이었을 테고, 정읍사에서 남편이 밤길에 혹 다칠세라 걱정하는 아낙의 노래도 달님이시여 높이 떠서 멀리멀리 비춰 오시라 했으니 환한 보름달이 아니었겠는가?

오늘날까지 전해진 가장 오래된 옛 얘기가 달 얘기인 것을 보면 달은 우리의 곁을 지켜 온 고마운 존재였다는 인식은 어제오늘의 일이 아닌 것 같다. 명칭이나 시기는 다를지몰라도 추수가 끝나고 나면 감사함을 전하는 풍습은 어느 민족이나 비슷한 것 같다. 서양에서의 추수 감사절도 내용을따지면 한가위와 별반 다르지 않다는 생각이다.

추수한 곡식의 양이 부족해 봄이 되면 보릿고개의 어려움이 있다고 해도 우선은 풍성한 수확의 기쁨에 가장 행복한 시기가 한가위 즈음이 아니겠는가.

더구나 기후도 춥지도 덥지도 않은 가장 복된 시기이고 어둠을 밝히는 달까지 환한 미소를 짓고 있으니 "더도 말고 덜도 말고 늘 한가위만 같아라." 옛 분들의 소박한 소망에 절로 고개가 끄떡여진다.

요즘이야 모든 게 풍족해서 명절을 기다리는 아이들도 없을 것 같다.

우리가 어렸던 시절에는 맛있는 음식과 용돈이나 새 옷을 얻어 입을 수 있는 명절을 손꼽아 기다리곤 했다. 명절이라야 설날과 추석이 고작이지만 새 옷이나 신발 더해서 어른들이 쥐여주는 용돈은 일 년을 기다려온 보람을 느끼기에 충분한 보상이기도 했다. 더구나 멀리 돈벌이 나갔던 형이나 누나가 선물 보따리를 안고 오는 날이 명절이기도 했다.

지방에는 일자리가 거의 없어 대부분 젊은이는 도시로 나가 돈벌이를 해야 했고 쉬는 날도 없어 추석은 가족 상봉의 기쁜 날이기도 했으니 지금도 한가위만 되면 민족 대이동이 시작된다는 말이 있을 정도로 모든 분이 고향을 찾는다.

아마도 이런 풍습도 언젠가는 스러지지 않을까 하는 생각도 든다.

대부분 가정에서는 아이를 산소에 데리고 가지 않는 것

같다. 평상시 찾지 않던 서먹한 분의 산소를 아이들은 찾지 않을 것이고 더구나 제사 음식은 이 담에 자신의 혼이 먹을 음식이라고 한다면 손사래를 칠 게 분명하다. 예전에는 그런 음식들이 당시 제일 귀한 음식이었을 것이지만 지금은 친숙하지 않은 음식들이니 제사 음식과 절차도 시대에 따라 변화할 필요가 있다는 의견을 가진 분들도 꽤 있는 것 같다.

가을만큼 감정의 단락이 큰 계절은 없는 듯하다.

오곡이 풍성하고 나무마다 과실이 익어가는 풍요의 계절이 가을이고 단풍이 빨갛게 물들면 환상이라 할 만큼 아름다운 정경에 넋을 잃게 되기도 한다. 언젠가 설악산 금강굴에서 바라본 절경에 아름답기보다는 처연하다는 생각이 들어 그때의 감정을 지금도 잊지 못하고 있다.

이렇듯 풍요와 화려함이 가득하던 산야가 추수가 끝나고 나면 제 임무를 끝낸 남루한 허수아비가 소슬한 가을바람에 떨고 있는 빈 들만이 남을 뿐이고 화려하던 단풍이 가을비에 지고 나면 앙상한 가지만이 매서운 동장군 맞이에 몸을 떨고 있는 공허함을 보게 된다. 가을이 서러워 보인다는 코스모스가 애잔해 보인다는 가을의 의미이다.

올 추석에도 환한 보름달을 모두가 봤으면 좋겠다.

우주선이 달에 착륙했다는 사실은 잊자. 달에는 계수

나무가 있고 그 나무 아래 옥토끼가 절구에 떡을 찧고 있을 것이다. 한가위지만 아직 떡을 맛보지 못한 가난한 이들을 주기 위해 옥토끼가 열심히 방아를 찧고 있을 것이다. 달은 우리를 지켜온 고마운 빛이었고 앞으로도 그럴 것이니 희망을 빌어 보자.

'달하 노피곰 도다샤 어긔야 머리곰 비취오시라'

달에 빈다는 말에 종교적 의미를 둘 필요는 없다. 자기가 믿는 절대자라고 생각하면 마음이 편하다. 불교 신자는 부처님, 기독교 신자는 하느님, 무속 신앙자는 귀신님,

달하 노피곰 도다샤

　　-달하 노피곰 도다샤
　　어긔야 머리곰 비취오시라-

　　어스름에 눈 비비고 나가면
　　해가 지고 달이 돋고
　　명부전(冥府殿)의 명경은 까맣게 잊었지만
　　뒤돌아보면
　　가슴 아린 자국들
　　비워야 넓어지고 버려야 가볍다는데
　　안식일도 잊고 쌓은 바벨탑
　　空手來 空手去
　　짐 벗어 어디에 둘꼬?

　　-달하 노피곰 도다샤 어긔야 머리곰 비취오시라
　　어긔야 어강도리 아으 다롱도리-

7. 고래

고래는 슬픈 동물이다.

거대한 체구를 더 뭍에서는 감당하기 어려워 바다로 삶의 터전을 옮겼으나 세상 이치가 그렇듯 새로운 환경에 적응하기가 쉽지 않았을 것이라고 여겨지기 때문이다.

언젠가 TV에서 들어본 고래의 소리는 선입견 탓인지 애잔하게 가슴을 울리기도 했다. 뭍에서의 삶이 버거워 바다로 피신한 고래를 사람들은 악착같이 따라다니며 잡았고 얼마나 잡았으면 씨가 말라 보호 동물로 지정해야 했으니 고래는 역시 슬픈 동물이다.

서울내기 다마내기 맛 좋은 고래고기

서울 애들이 부산으로 전학이라도 오면 부산 애들은 서울 말투를 놀리며 이런 노래를 불렀다. 덩치 큰 고래를 설마 사람이 먹을 것이라고는 생각지도 않았는데 맛 좋은 고래고기라 한다. 그때부터 고래고기를 사람이 먹기도 하고 노래로까지 맛있다고 하니 고래고기는 맛이 좋다. 라는 막연한 생각이 자리 잡았지만 한 번도 고래고기를 먹어 볼 기회를 얻지 못해 언젠가 먹어 봐야지 하는 생각만 늘 있었다.

서울에서 자게 되는 날이면 저녁을 때우기 위해 석계역 주변을 서성이게 된다.

뭘 먹을까 쉽게 정해지지 않아도 석계역 주변을 몇 바퀴 돌다 보면 이걸 먹어야지 하는 메뉴가 정해지게 마련이다. 버릇처럼 간판을 훑으며 걷다 보니 '고래고기'라는 간판이 눈에 띄었다. 자주 오는 곳인데 아마 무심코 스치며 생각 없이 보니 보고도 느끼지 못했을 것이다. 식당에 자리 잡고 메뉴를 찬찬히 살폈다. 고래고기는 나처럼 혼자 온 사람이 시키기에는 마땅치 않은 안주임을 깨닫고 간단히 먹자 하는 마음에 막 회를 시켰다.

막걸리도 그렇지만 막 자가 들어간 음식은 왠지 소박하고 거칠지만 정겹게 마련이다. 기대하지 않았는데 막 회는 싱싱한 생선과 싱그러운 채소가 어우러져 맛이 산뜻했다. 기대하고 시킨 음식이 맛없으면 짜증이 나듯 기대 없이 시킨 음식이 맛있으면 기분이 좋아진다. 소주 한 병을 단숨에 비웠다.

한 눈에도 경상도 사나이 냄새가 물씬 풍기는 주점 사장이 살갑게 말을 걸어왔다. 우리 집 문어숙회가 아주 일품이라 맛보시라고 좀 가져왔다며 접시를 내밀었다. 한 점 집어 맛을 보니 쫀득한 게 식감이 아주 좋았다. 소주 한 잔을 털어 넣고 굿! 칭찬했더니 물회도 한 번 맛보이소. 먹성이 크지 않아 손사래를 쳤지만, 기어코 물회도 내 앞에 놓였다. 간단하게 한잔 마시자는 처음 생각은 멋진 경상도 사나이 인심에 쉽게 무너졌다. 지척에 있는 이은경 작가의 부군에게 전화 걸었다.

"석계역 앞인데 안주 남았으니 한잔하러 나오지."

애주가는 취기가 오르면 가까운 이에게 전화를 걸거나 불러내게 되고 대개의 경우 달려 나오게 마련이다. 저녁을 방금 끝냈다는 이은경 작가 부부는 싫은 기색 없이 소주잔을 마주쳐 주는 우정을 보였다. 술이 술을 마신다는 옛말을 실감하게 되는 술자리의 시작이다.

기분 좋게 떠들며 마시다 보니 식탁 위에 고래고기가 한 접시 놓여 있었다. 신나게 떠드는 우리의 술자리가 맘에 든 인심 좋은 사장이 부담 가는 서비스를 한 것이다.

고기에 붙은 기름을 떼어내는 이은경 작가를 보고 사장이 손을 저었다.

"오메가 덩어리인데 떼지 마소." 한 점을 입에 넣은 작가의 반응을 기다렸다.

"냄새가 하나도 안 나요." 까칠한 이 작가가 이 정도 반응이면 일단 맛은 합격인 셈이다. 그토록 궁금하던 고래고기를 드디어 맛보게 되다니!

"담에 아빠들 모임 여기서 고래고기 안주로 하면 되겠네."

이은경 작가가 부군에게 이렇게 권했다.

슬픈 동물 고래와의 첫 만남은 이렇게 이뤄졌다.

고래

　　키 2m도 안 되고
　　조아(爪牙)도 무기급과는 거리가 멀고
　　백 미터를 10초 대만 뛰어도
　　와!
　　호모 사피엔스의 후손
　　몸무게 수십 톤의 덩치들
　　이빨, 발톱 사납게 세웠어도
　　멸종 아니면 보호 대상이라지
　　바다로 달아나
　　속 편하게 사나 했는데
　　뭐야?
　　주점 식탁 접시 위에 달랑 얹혀서
　　맛 좋은 고래고기라니
　　고래고기 한 점에
　　소주 한 잔 탁 털어 넣으려니
　　고래야 미안하다.

8. 보름달에 비는 소망

　문화권을 크게 나눠 보면 해 문화권과 달 문화권으로 나뉜다고 한다.

　우리가 살아가는 삶에 알게 모르게 영향을 미치는 사상이 음양오행(陰陽五行) 사상이고 세상 만물은 모두 양(陽)이나 음(陰)의 영향을 받으며 때로는 조화하고 때로는 충돌도 하면서 굴러가고 있다고 보면 된다. 음양의 이치를 알면 세상 사는 이치를 다소 알게 된다는 게 평소 생각이기도 하다.

우리가 말하는 음과 양은 상대 기준이지 절대 기준이 아니라는 점은 이해해야 한다. 비교치(比較値)보다는 크다는 뜻이지 절대 기준의 음이나 양은 존재하기 어렵다.

지구상에서 볼 수 있는 가장 대표적인 큰 양은 해(太陽)가 아닌가 한다.

원래 대(大)보다 더 크다는 뜻이 태(太)이니 양 앞에 태를 붙여 태양이라고 이름 붙인 것으로도 양을 대표하는 양은 태양이라고 모두 생각하고 있고 앞으로도 태양을 능가하는 양은 보기 어려울 것 같다. '신라의 김유신은 각간 벼슬에 대와 태를 더해 태대각간(太大角干)이라고 불렸다.'

태양이 양을 대표한다면 음을 대표하는 것은 단연 달이다.

사람이 세상을 살아가려면 꼭 필요한 것이 시간의 흐름에 대한 좌표(座標)이다.

우리가 흔히 달력이라고 하는 것이 바로 그것인데 정확히 말하면 지금 달력은 태양력이다. 원래 우리는 달의 변화를 기준으로 한 달력을 삶의 기본으로 삼아 농사도 짓고 모든 생활의 기준으로 삼으며 수천 년을 살아왔다. 해가 바뀔 지음이면 중국 황제가 한 해의 달력을 만들어 제후국에 나눠 주고 이를 필사한 달력을 임금은 백성에게 나눠 주었는데 이는 하늘을 대신한 일종의 통치 행위였다.

우리와 달리 서양은 태양의 움직임을 기준으로 한 태양력을 만들어 사용해 왔다.

서양의 힘이 동양을 압도하니 자연히 우리도 태양력을 삶의 기준으로 사용하고 있지만 농사짓는 분이나 어업에 종사하시는 분들은 아직도 음력을 기준으로 하는 경우가 대부분이다. 어떻게 보면 우리는 달의 영향을 더 많이 받고 살고 있다는 증거이기도 하다.

영덕 대게를 예로 들어보면 달의 변화에 따라 게의 살이 비기도 하고 차기도 해서 언제 게를 잡을 것인지를 음력을 기준으로 판단하기도 하고 게를 사 먹는 분들이 알아야 할 지식이기도 하다.

양은 기운이 넘치고 진취적이고 용맹하다는 특징이 있다.

서양인들의 삶을 보면 확실히 동양인보다는 진취적이고 적극적인 것은 맞는 것 같다. 상대적으로 동양인은 은둔적이고 대신 사고의 깊이가 깊다는 차이가 있다.

지금같이 조명이 발달한 때에는 어둠이 주는 공포가 그리 크지 않지만 옛 분들은 해가 지고 찾아오는 어둠은 공포의 대상이었다. 어둠을 모든 나쁜 기운이 넘치는 무서운 존재로 여기는 것도 어둠이 주는 여러 위험과 어려움을 겪으며 각인된 후천적 경험의 결과로 우리가 아플 때 밤이면 열도 더 오르고 심하게 앓는 것도 이런 어둠에 대한 부정적 잠재의식 때문일 것이다.

이런 어둠을 밀어내고 얼굴을 내민 환한 달은 당연히 경의의 대상이고 축원의 대상이 아닐 수 없다. 특히 한해를 맞이하고 뜨는 첫 보름달의 의미는 각별하다.

보름에 행해지는 풍습을 살펴보면 축술 적 의미가 강하게 내포된 것을 알게 된다. 액막이 연날리기, 더위팔기, 쥐불놀이, 귀밝이술 마시기, 묵은 나물 먹기, 부럼 깨기 등 모두가 한해의 안녕을 달에 비는 주술적 의미가 담겨있다는 것을 알게 된다.

설날이 가족 위주의 조용한 축제라면 대보름은 마을 단위의 집단 축제의 날이기도 하다.

환한 달빛 아래 모두가 한마음으로 건강과 행운을 달에 비는 달 문화권의 소중한 축제가 대보름이다. 아마 대부분 사람은 떠오르는 달을 향해 뭔가 한 가지 소원을 빌었을 것이다.

주변을 돌아보면 행복한 사람이 그리 많지 않아 보여서 안타깝다는 생각이다.

정유년 대보름 날씨가 좋으니 환한 달이 떠서 온 누리에 환한 빛을 선사할 것이다. 여기저기 환한 불빛 때문에 달빛

의 고마움은 예전 같지 않지만 빌어야 할 마음의 짐은 예전
보다 더하다.

지금 대한민국은 어른도 없고 우러러봐야 할 지도자도 존
재하지 않는 기막힌 현실이다.
종교를 떠나 환한 빛을 선사하는 보름달에 소원을 빌어
보자 마음이라도 편해지게 우리 선조들도 환한 달을 향해 손
을 비비며 잠시 세상사의 고통을 잊으셨을 것이다.
'달도 조물주의 창조물이니 달에 비는 것은 창조주에게
비는 것과 무엇이 다를까?'

달 하(달님이시여)

해님 나 몰라라
훌쩍 떠나고 난 빈자리
어깨너머 한껏
까치 발해도
안타까운 초승달 신세
일 년을 줄달음쳐 앞서려 해도
쥐불놀이 깡통 돌리듯
놔주지 않으니
정월 대보름
환하게 웃는 달님
중생(衆生)에 다가온 기쁨도 잠시
-비나이다. 비나이다-
천지 가득 숱한 소망

나더러 어떡하라고?

달하 노피곰 도다샤
어긔야 머리곰 비취오시라

9. 포장마차

우리나라는 원래 마차가 다니던 나라가 아니다.

외침이 하도 잦다 보니 아예 길을 만들지 않아 적의 기마부대나 식량을 나르는 지원부대의 침공 속도를 늦게 만들고 방비할 시간을 벌려고 했던 탓이다. 길을 만들거나 지도를 만들면 국가로부터 엄한 벌을 받던 나라이기도 하다. 실학파들이 중국을 다녀와서 우리도 바퀴의 편리성을 이용하자 했다던가.

포장마차 하면 미국을 떠 올리게 된다.

서부 개척 시 가재도구와 온 가족이 커다란 포장마차에 의지하여 꿈을 찾아 대륙을 횡단하던 광경을 영화를 통하여 많이 접해왔기 때문이다. 미국이 아니더라도 유목 민족들은 한곳에 정착하지 않고 떠다니며 산다. 그들은 농경민족을 하찮게 보기도 한다. 머무는 곳에 대한 집착을 이해하지 못함이리라.

포장마차가 이상한 형태로 우리 곁에 있다.

제대로 된 주점이나 식당에서 즐기기에는 뭔가 부족한 사람들을 위한 신개념 주막이라고 생각된다. 부족하다는 것은 돈만을 말함이 아니다. 일행 없이 혼자 한 상 차려놓고 먹기에는 어쩐지 어색하지 않은가. 포장마차에서는 혼자라도 전혀 어색하지 않다. 안주도 형편에 따라 조금만 시켜도 문제될 게 없다.

낮에는 없던 포장마차가 날이 저물면 펼쳐지고 생활에 지친 도시인들이 유목민이 되어 포장마차를 찾는다. 어쩌면 우리 핏속에도 대륙의 초원을 떠돌던 유목민의 향수가 남아 있나 보다. 포장마차를 기웃거리며 찾는 사람들을 보면 도시의 유목민이 아닌가 생각해 보게 된다. 유목민이 되어 포장마차를 기웃거려 보자. 잔술에 꼬치가 작은 행복일 수도 있으니…

포장마차

날 저물면
달맞이꽃 꽃잎을 열듯
하나 둘 펼쳐지는 도시의 게르(ger)
꼬치에 꿰인 양고기
매캐한 연기 향수되어 피어오른다
떠나온 초원을 그리듯,
풀 찾아 떠돌던

유전자 역마살(驛馬煞) 흔적으로 남아
귀가(歸家)길 까마득히 잠시 잊고
쓴 소주 단 듯 마셔보지만
-청양고추 몇 개- 그리고 눈물
매움, 방향 잃은 상실, 어느 쪽 눈물일까
마차 끌던 말 떠난 자리
덩그러니 달맞이꽃 되었는데
길 잃은 유목민
오늘도 해지면 포장마차 기웃거린다.

아. 보자기

1. 보자기

짐을 정리하다 보니 잘 개켜서 넣어 둔 보자기가 여럿 나왔다. 명절이면 오가는 한과나 과일 등을 포장했던 보자기인 듯싶은데 아마도 애들이 버리라고 둔 빈 상자에서 아깝다고 벗겨놓은 보자기였을 것이다. 예전과 달리 지금은 보자기를 쓸 일 자체가 없다 보니 짐 정리 과정에서 버리기도 그렇고 다시 넣기도 그런 물건으로 여태껏 있었을 것이다.

지금은 물건을 담아 둘 수단이 널려 있으나 옛날에는 물건을 수납할 마땅한 방법이 적었다. 더구나 짐을 가지고 다녀야 할 경우 보자기에 싸는 것 외에는 달리 마땅한 방법이 없기도 했다. 원래 유목민은 풀을 찾아 떠도는 생활이라 가사에 필요한 물건이 많지 않아야 하고 농경민족은 한자리에 머물다 보니 짐이 많아지게 마련이다.

갓 태어난 어린아이의 엉덩이에 있는 퍼런 몽고반점으로
보아 우리는 유목민족의 후예답게 오랜 정착 생활임에도 세
간살이는 그리 많지 않았다.

장롱 위에 개켜놓은 이불 외에는 횃대라 하여 벽에 매어
둔 옷걸이가 전부라 할 만큼 단출한 살림이라 보자기 몇 장
이면 크게 불편할 일도 없는 삶을 살아 온 셈이다.

우리가 국민학교(초등학교)에 다니던 시절에는 책가방이
라는 것 자체가 없었다. 혹 부잣집 아이들은 란도셀이라고
하는 일제 가방을 메고 다니기도 했는데 그런 모습 자체가 아
이들 눈에는 생소하게 보여 놀림의 대상이 되기도 해 뒤에서
가방을 잡아당기는 등 괴롭힘을 당하기도 했다.

대부분 아이는 보자기(책보)에 책을 싸서 등 뒤에 대각선
으로 매고 학교에 다녔다. 필통은 큰 통조림 깡통을 펴서 만
든 것으로 아이들이 뛰면 필통에서 연필 부닥치는 소리가 요
란했다. 소리 시끄러운 것이야 신경 쓸 일도 아니었지만, 가
장 난감한 것은 도시락통에서 새는 김칫국물에 책과 보자기
까지 얼룩이 질 만큼 국물이 흘러내린다는 점이다.

집에서는 책을 가지런히 놓고 그 위에 필통과 도시락을
올려 동여맨 책보를 반듯하게 들고 가라는 주의를 늘 받았
지만 등하굣길이 놀이의 연속이라 손이 자유로우려면 책보
를 풀러 등에 대각선으로 매는 수밖에 없었고 김칫국물에 엉

망이 된 보자기 덕에 심한 꾸지람을 듣는 것도 일상이었다.

도시락 얘기가 나왔으니 말인데 도시락이라는 우리말이 쓰인 지도 그리 오랜 세월이 아니다. 옛날에는 일본 말 '밴또'를 우리말이라고 알고 썼고 밴또 뿐만 아니라 생활 전반에 걸쳐 일본어가 자연스럽게 통용되고 있기도 했다. 지금은 외식을 위한 식당들이 즐비하나 예전에는 도시락이 아니면 점심을 사 먹을 곳이 마땅히 없었다. 도시락을 장만하는 입장에서는 반찬이 여간 신경 쓰이는 일이 아니다.

김치나 장아찌, 콩자반이나 오징어채무침, 멸치볶음, 소고기 장조림이나 달걀부침 등이 도시락 반찬의 단골 메뉴인데 생활이 어려울수록 국물이 질퍽한 김치나 짠 장아찌에 만족할 수밖에 없었다. 소고기 장조림이나 달걀부침은 부자들의 호사스러운 반찬으로 고급 반찬일수록 국물이 샐 일도 없었다. '그때의 기억 탓인지 달걀이 고급 음식이라는 인식이 아직 남아 있다.'

밥 외에는 먹을 게 귀하던 시절이라 도시락의 크기도 지금 사람이 보면 깜짝 놀랄 정도로 컸다. 여기 밥을 가득 담고 한쪽 편에 반찬을 담은 직사각형의 반찬 칸을 눌러서 넣었다.

이러면 반찬 국물이 흘러 밥을 적시고 밖으로 흘러나와

보자기를 적시기도 하는 낭패를 당하는 것인데 보리가 섞인 시커먼 밥에 김칫국물까지 벌겋게 밴 도시락을 펼쳐놓고 먹어야 하는 동심은 점심시간이 결코 기다려지는 시간이 아니었다.

'겨울철에는 갈탄 난로에 차곡히 도시락을 쌓아놓고 데웠다. 완력의 서열에 따라 누룽지가 적당히 익는 도시락도 온기가 미치지도 못하는 차가운 도시락도 있었다.'

보자기 얘기를 하려다 도시락 얘기를 하게 된 것은 아마도 김칫국물에 밴 보자기의 기억 때문일 것이다. 지금은 외출 시나 여행 시에 물건을 담는 가방의 종류도 많고 호사스러움이 지나칠 정도의 고급 소재에 기가 죽을 정도이다. 또, 생활의 한 부분으로 자리 잡은 택배로 인한 배달용 용기가 쓰레기장마다 차고 넘치는 세상을 우리는 살고 있다.

배달이 끝나면 용기나 포장지는 아낌없이 쓰레기로 버려지지만 아깝다는 생각보다는 귀찮은 쓰레기일 뿐인 풍요로운 세상에 살고 있으니 보자기인들 귀한 물건으로 대접받을 리 없다. 자투리 헝겊을 모아 한땀 한땀 정성껏 꿰매 만든 조각보의 아름다움도 하나의 궁상쯤으로 여겨지고 오직 안에 든 물건의 가치만 평가받는 것이 오늘의 가치관이다.

옛 분들이 귀한 물건을 보자기에 싸던 심정에는 복을 간직하려는 정성이 담겨있다.

보자기를 뜻하는 한자어 복 자는 복(福)의 의미와 동의어로 여겨 귀한 물건을 싸 두면 복이 간직된다고 믿었다고 한다. 혼례용 보 만해도 함보, 기러기 보, 사주단자보, 예단보, 폐백 보 등으로 가려 쓸 정도로 보자기는 단순히 담는다는 기능에 더해 복을 빌고 간직하려는 염원이 담겨있었던 셈이다.

궁중에서는 보자기에 관한 상세한 내용을 담을 책까지 있었다고 하니 보자기는 단지 물건을 싸는 용도만의 존재 이상으로 소중하게 복을 빌던 간절함이 담겨있는 정서적 유산이라고 할 수 있다. 지금도 정성을 나타내거나 귀한 물건이라는 표시가 필요한 물건은 곱게 보자기에 싼 물건이 있다. 달랑 상자에 담긴 물건보다는 정성껏 보자기에 싼 물건을 대하면 왠지 정성이 느껴지게 마련이다.

이동 중에 발생할 파손에만 신경 쓴 야무진 포장을 뜯으려면 그 과정도 만만치 않다. 가위나 칼을 쓰지 않으면 안 되는 경우가 대부분이다. 정성껏 내용물을 담은 것과는 거리가 멀다. 자신의 수의(壽衣)를 지어 정성껏 보자기에 싸 보관하던 정서까지는 아니라 해도 가까운 분에게라도 보자기에 정성껏 싸 보내는 것도 각박한 세상을 녹이는 온기일지 모른다고 생각해 보았다.

2. 테스 형

우연히 돌리던 TV의 채널에서 가수 나훈아 씨의 공연을 보게 되었다. 코로나 사태로 인해 모임이 금지된 가운데 국민의 어려움을 헤아린 비 모임 영상으로 기획된 공연이라고 했다. 젊은 시절의 나훈아 씨를 보며 덜 다듬어진 머슴 같다는 생각 해 왔는데 참 멋있게 늙었구나! 하는 감탄이 나올 만큼 나훈아 씨는 세월의 덧없음과 연륜이 안긴 상처를 멋으로 승화시킨 거인의 모습이었다.

테스 형

노래를 듣기 전 테스 형이라는 제목을 보며 웬 테스 형? 하는 의아함이 들었었다.

신세대 연예인들의 이름 중에 외국 이름을 딴 것에 대해 별로 호감을 가지고 있지 않은 탓이라 할까. 어리던 시절에는 미국에 대한 동경 탓인지 동네 개 이름은 모조리 외국 이름 일색이었는데 수놈이면 '쫑'이고 암놈이면 '메리'라고 부르거나 그냥 '워리'라고 부르기도 했기에 크리스니 뭐니 하는 이름을 듣노라면 옛날 부르던 개 이름을 연상하게 되어 별로 좋아 보이지 않았다.

노래를 듣다 보니 테스 형은 소크라테스를 칭함이었고 얼핏 소크라테스를 형? 하는 어색함이 들었지만 그렇다고 아저씨라고 하기도 할아버지라고 하는 건 더욱 감정전달에 걸맞지 않은 호칭이라는 생각이 들어 "그래 소크라테스 형이야!" 노랫말에 공감되었고 어려운 시대를 같이 한 동지적 아픔이 전해 왔다.

산 사람과 죽은 사람이 다시 만나게 된다면 어떤 모습으로 만나게 될까? 이게 늘 궁금하기도 했다. 애국열사 유관순 님을 누나라고 호칭하는 노래가 있다. 그분은 10대 나이에 돌아가셨는데 한 갑을 지난 사람이 누나라고 호칭하는 것은 어색한 일이고 더욱 돌아가신 부모님을 다음 생에서 만난다면 더더욱 난처한 상황이 벌어질 것 같기도 하다는 생각을 한 적이 있다.

부모님이 돌아가실 때보다 더 늙어버린 자신을 보며 일찍 타계한 형이나 누나를 생각하면 더욱더 그렇다. 세월의 덧없음을 한탄해 봐야 소용없는 일이지만 나오는 탄식을 어찌하랴. 소크라테스는 인류가 낳은 최고의 철학자라고 한다. 불교에 화두(話頭)라는 말이 있고 이를 한글로 해석한 멋진 글을 어느 절에서 본 적이 있다.

'이뭣고'라는 글자가 커다란 돌에 새겨져 있어 나름대로 화두의 한글 표시라 생각했는데 맞는지나 모르겠다. 사는 게 뭣고? 죽는 거는 뭣고? 행복이 뭣고? 불행은 또 뭣고? 깊이 들여다보면 있는 것 같기도 하고 없는 것 같기도 한 것이 삶이고 이를 깊이 들여다보는 것이 철학 아닌가?

사는 게 왜 이리 힘듭니까? 먼저가 보시니 천국이 정말 있던가요? 너 자신을 알라고 일갈하신 대 철학자가 테스 형이니 그에게 묻지 않으면 누구에게 물을 것인가?

나훈아 형이 절규하듯 부르는 테스 형의 노랫말 속에 나름대로 깨우친 해탈이 보이는 듯 멋져 보였다.

空

불교나 선의 용어 중 가슴에 와닿는 말을 들라 하면 단연 공이라는 단어를 떠 올리게 된다. 空手來 空手去 라는 말이 있다. 빈손으로 왔다가 빈손으로 간다는 말의 핵심도 공이라는 단어에 있다. 눈 뜨면 있고 눈 감으면 없다. 평생을 얻겠다고 발버둥 치며 주먹을 움켜쥐고 살아왔지만 주먹을 펴면 아무것도 없는 공일 뿐이니 삶 자체가 어쩌면 공이고 허상일지도 모른다.

나훈아 씨의 공이라는 노래를 들으며 시인이 놓친 시어를 풀어낸 노랫말에 눈시울이 젖어 옴을 느꼈다. 無뿐인 세상에서 空을 노래하는 老 가수의 멋짐은 인생을 깨우친 내면의 멋일 것이다.

잠시 스쳐 가는 청춘 훌쩍 가버린 세월
백 년도 힘든 것을 천년을 살 것처럼
살다 보면 알게 돼 비운다는 의미를
내가 가진 것들이
모두 꿈이었다는 것을
                          -공의 노랫말 일부 발췌

하지만, 노랫말의 새겨야 할 의미는 다음 가사에도 있다.

살다 보면 알게 돼 알면 이미 늦어도
그런대로 살만한 세상이라는 것을

 세상의 모든 것은 다 부질없는 공일지라도 태어난 삶은
열심히 사는 게 주어진 숙명이니 어쩌겠는가? 험한 여정의
인생길이지만 또 그런대로 살만한 세상이라는 위안을 놓치
지 않은 것이 돋보인다. 코로나에 치어 삶이 참으로 어렵다.
하지만 열심히 고난을 극복하고 살아야 할 처지가 숙명이라
면 그런대로 살만한 세상 작은 위안이라 하겠다.

3. 피접(避接)과 피서(避暑)

 옛 분들은 역병이 돌거나 병마에 시달리게 되면 머무는
곳에 문제가 있다고 생각해 살던 곳을 떠나 새로운 곳에 머물
다 상태가 좋아지면 다시 살던 곳으로 돌아오곤 했다.

도가적인 관념에서 뭔가 터의 기를 거슬렸다는 겸손한 마음에서 이에 순응하는 마음이기도 했다. 이를 피접이라 하는데 상대적으로 생활이 어렵던 백성에서 보다는 왕실이나 사대부 가에서 흔히 행하던 병에 대처하는 삶의 방식이기도 했다.

피서라는 말은 최근에 일반화된 현상으로 옛 분들에게는 피서라는 개념 자체가 별로 없었다. 옛 분들은 집터를 잡을 때 기의 흐름을 잘 고려해 통풍이 잘되는 곳에 자리하였고 집의 구조도 대청마루를 중심으로 앞마당에는 볕이 잘 들어 기온이 높게 뒤뜰에는 수목을 심어 그늘을 만들어 온도 차에 의한 대류를 대청 문을 통해 흐르게 함으로써 대청마루에 자리를 깔고 누우면 그 자체가 피서였다.

한여름 무더위에도 마을 정자나무 그늘 밑은 늘 시원한 바람이 부는 것도 같은 이치의 온도 차의 대류 때문이다. 지금은 인구의 밀집으로 대류의 흐름은 아예 무시 된 채 집을 지으면 안 될 곳에 자리한 집들이 널려 있다. 거기다 온난화까지 겹쳐 여름이면 더위에 숨이 막혀 시원한 자연을 찾아 피서를 떠나는 풍습이 자리 잡았다.

우한에서 발생한 역병은 우리가 살아 온 삶의 방식을 뿌리째 흔들고 있다고 해도 과언이 아닐 지경이다.

우선 자신의 집터에서 가능하면 움직이지 말아야 한다는 겁주는 준칙이 우리를 옥죄고 있고 어려움이 닥치면 교회나 절을 찾아 안녕을 빌던 치성 자체가 악으로 치부되어 연신 언론 및 여론의 뭇매를 맞고 있으니 말이다. 신께 구원을 청하러 가서 역병에 걸려 온다는 자체가 신에 대한 믿음의 붕괴로 이어질까 걱정이기도 하다. 이런 현실이 이어진다면 부처님이나 하느님에 의존하던 인간의 신앙 자체가 발붙일 곳이 없어질 것이기에 해 보는 걱정이다.

나마, 어른들은 어려운 현실을 이해했다기보다는 죽을 수도 있다는 공포 자체가 능동적 복종이라는 타협책을 찾게 하지만 아이들에게는 왜 꼼작 말고 집에 있어야 하는지에 대한 설명 자체가 불가능에 가깝다. 조심하기로 하고 바람이라도 쐬어 주자. 이런 마음으로 동해안을 따라 백암온천을 찾게 되었지만 역병 중에 여행이라니 마음은 편할 리가 없다.

직장에 다닐 때 울진 원자력 발전소 출장이 잦아 백암은 자주 찾던 곳이라 어떻게 변했을까 내심 기대도 있었다. 하지만 다시 찾은 백암은 교통도 좋지 않고 오래된 곳인 탓인지 쇠락해진 관광지의 모습에 더해 코로나 사태로 인한 불경기까지 겹쳐 한마디로 썰렁한 분위기였다. 축제 분위기는 어디에도 없었다.

한여름의 동해안은 한마디로 젊음과 축제의 마당이라 할
만큼 열기가 넘쳐나고 도로는 차들로 붐비는 게 통상이었지
만 올해는 한적한 분위기였다. 나마, 문을 연 해수욕장도 검
문소를 통과하듯 마스크를 쓰고 인적 사항을 기록한 후 열을
재 정상이라야 통과시켜 주었으니 축제 분위기와는 거리가
멀었다. '검문소를 통과한 사람은 고무 밴드를 팔뚝에 차게
해 무단 출입자를 가려내려는 통제가 있었다.'

현실이야 어떠하든 태양에 달궈진 모래는 따뜻했고 바닷
물은 차가웠다. 철썩이는 파도는 쉬지 않고 밀려왔다 밀려갔
다를 반복하고 있었고 햇살은 눈 부셨다.
비치파라솔 아래 어른들은 더웠지만 물장구에 모래성 쌓
기에 바쁜 아이들은 행복하다 재잘거렸다. 드문드문 피서객
들이 내는 소음과 한적한 한여름의 해안의 풍경이 어우러져
묘한 감상으로 다가왔다. 처음 겪어보는 역병의 공격에도
2020년의 해수욕장은 삶의 여정을 한 폭의 그림으로 담고
있었다. 손주들도 마스크를 쓰고 물놀이하던 경자년의 여름
을 오래 기억할 것이다. 한 토막추억으로...

5살 손주가 하도 다녀온 물놀이를 아쉬워하기에 한적한
글램핑 캠핑장을 찾아 하루를 쉬었다. 코로나를 걱정하며 동
해안을 다니기보다는 한결 편안하고 마음 놓인다는 생각이
들었다. 하기야 어디를 가나 어른들은 불편하지만 애들이 좋

아하니 고생한 보람은 있다. 녀석들 건강하고 행복하게 잘
컸으면 좋겠다.

4. 쟈니 윤과 감사

쟈니 윤

몸짓 코미디가 인기를 끌던 시절 토크 쇼라는 새로운 형
태의 볼거리를 한국에 소개한 이가 쟈니 윤이다. 한국인이
미국 사회에 진입하려면 우선 이름부터 미국식으로 손 보는
게 순서이듯 윤종승이라는 한국 이름을 발음하기 좋게 이름
첫 자 종을 발음이 유사한 죤으로 바꾸고 이를 미국식 죤의
애칭인 쟈니에 성을 조합한 이름이 쟈니 윤이다.

사실 웃기는 프로그램에 관심이 없어 쟈니 윤이 출연하는
방송을 본 기억이 별로 없다.

죄송한 얘기지만 한국인이 미국에 오래 살면 말투나 표
정이 약간 자신 없게 바뀐다는 평소의 생각대로 쟈니 윤도
영민해 보인다기보다는 어눌하게 보인다는 인상을 받았다.

우연히 채널을 돌리다 쟈니 윤의 근황을 다룬 프로가 방
영되기에 채널을 돌릴까 하다 너무나 변해버린 그의 모습과
전처가 뒷바라지 한다는 의외의 상황에 호기심이 생겨 프로

를 끝까지 보게 되었다.

사람이 어떻게 저렇게 쇠잔해질 수 있을까 할 정도로 쟈니 윤은 무너져 있었고 거동은커녕 대소변도 가리지 못해 기저귀를 찬다는 비참한 현실은 보는 이마저 참담하다는 비애감이 들 정도였다. 쟈니 윤이 63세 때 재혼한 부인 쥴리아 씨는 그보다 18세 연하로 그녀의 아들과 쟈니 윤이 사이가 원만치 못해 이혼했다는 풍문이 있지만 요양병원 신세를 지는 쟈니 윤을 지키는 유일한 동반자는 그녀였다.

그 프로를 본 후 얼마 지나지 않아 쟈니윤 씨가 별세(2020. 3. 8)했다는 뉴스가 들려 왔다. 어쩌면 내가 본 프로는 그의 사망을 추모하는 프로였을지도 모른다. 그의 사망 소식을 접하니 자신의 비참한 모습을 돌아보며 그가 독백하듯 내뱉은 말이 유독 떠올라 안타까운 생각마저 들었다.
"한국에서 감당하기 어려운 감투를 써 심적 고통이 무척 심했다. 그 일을 맡지 않았다면 오늘과 같은 비참한 현실도 오지 않았을 것이다."
치매 끼가 있는 쟈니윤 씨가 더듬거리며 한탄하듯 말했고 전 부인 쥴리아 씨도 한국에서의 벼슬 생활을 똑같이 후회하는 듯했기 때문이다.

대선 당시 쟈니 윤씨는 전 정권을 도와 미주 지역에서 후

원 활동을 적극적으로 한 듯하다. 그가 지원한 분이 대통령이 되자 논공행상 차원에서 그를 관광공사 사장으로 영입하려고 했지만 '아무리 그래도' 하는 반발이 꽤 있었다고 한다.

관광공사 사장 대신에 그에게 돌아온 감투는 관광공사 감사 자리였다. 관광공사 감사 자리에 있던 몇 년간 받은 스트레스를 생을 마감하는 순간까지 쟈니 윤은 아파하고 있었다.

스트레스를 견디지 못하고 쓰러졌고 치매로 고생을 하다가 결국 세상을 떠난 것이니 한국에서의 짧은 벼슬 생활이 아픈 기억뿐이라면 감사 자리가 쟈니 윤을 잡은 격이라 하겠다.

차라리 감사보다 사장이 되었더라면?

한국이 안고 있는 공직사회의 잘못된 관행의 씨앗이 감사 제도에 있다. 라는 부정적 시각도 있다. '대우는 해야 하고 능력이나 특기가 두드러지지 않은 애매한 분을 대우하는 자리' 그냥 감투만 쓰고 앉아 있으면 되는 자리라는 인식이 알게 모르게 자리 잡아 동네 산악회나 친목 모임에도 감사 자리는 소위 고문관을 예우하는 자리라는 인식이 깔려있고, 그 같은 관행의 뿌리는 의외로 깊다.

감사를 보면 권력이 보인다는 말도 있듯 공기업이나 관변단체의 감사는 늘 논공행상의 떡이다. 군사정부 시절에는 군 출신이 감사를 도맡아 했고 최초 문민정부에서는 검찰 우대의 원칙이 있었던 듯하고 진보 성향의 정부에서는 민권단체나 정당 시민운동 하던 분들이 감사 자리를 꿰찬 경우가 많다.

감사는 단체가 하는 제반 행위가 바르게 가도록 유도하고 잘못을 사전에 차단해 시행착오를 예방하고 잘못을 초기에 적발해 조직이 썩는 것을 방지하는 아주 중요한 업무를 하는 자리임에도 "조용히 앉아만 계세요." 오늘의 병든 사회는 논공행상에 올라탄 고문관들도 한몫했다고 믿고 있다.

음악대학을 나오고 토크 쇼라는 입담 프로로 남을 웃기던 분에게 감사자리 라니...

차라리 사장을 했더라면 스트레스가 덜했을 수도 있다고 생각해 보았다. 한국의 공직사회는 나름의 문화가 있고 조직이 있고 사람이 있다. 대장이 없어도 정책 결정 등을 빼고 나면 나머지 사항은 잘 훈련된 조직의 문화로 굴러가게 돼 있다. 대장이 못나도 조직을 별 탈 없이 굴러간다는 얘기이다. 하지만, 감사는 상징적 자리가 아닌 뭔가를 해야 하는 자리이다. 더구나 외부에서 낙하산으로 굴러온 제 식구가 아닌 쟈니 윤을 대하는 조직원들이 결코 호의적이지 않았을 것은 뻔하다.

위트로 남을 웃기는 일이라면 식을 죽 먹을 일이지만 대한민국의 문화, 체육, 관광을 아우르는 현장을 꿰뚫어 봐야 하는 일이 입담만으로 풀 일은 아니지 않은가?

정권이 바뀌면 정부 조직은 물론이고 관변단체와 권력이 미치는 모든 단체의 감투는 전리품으로 공을 세운이에게 나눠 주게 돼 있다. 하지만, 제2의 쟈니 윤 같은 비극이 반복되는 일은 없었으면 좋겠다.

새는 하늘을 날게 하고 물고기는 물살을 가르며 살게 하고 소나 양은 풀을 뜯고 살게 해야 한다. 하늘나라에서 쟈니 윤에게 감사 자리를 준다고 하면 손사래를 칠 게 분명하다.

"나 그거 때문에 기저귀 차다 왔어요. 그냥 토크로 남을 행복하게 할게요."

쟈니 윤, 부디 하늘나라에서는 골치 아픈 감투 쓰지 마시고 행복을 맘껏 누리시기 바랍니다.

5. 말, 욕, 칭찬

사람이 살아가는 데 가장 필요한 요소 중 하나가 말이 아닐까 한다.

사회라는 공동체를 이루고 살 수 있도록 하는 매개체가 말(글도 말)이라는 의사표시 수단이다. 하느님을 만나겠다고 바벨탑을 쌓는 인간의 도전을 좌절시킨 방법도 말이 통하지 않게 하는 것이었다니 정말 그랬을 것 같다고 고개가 끄떡여진다. "@#$%^&(어이 벽돌이 떨어졌어)" "&^%$(뭐라 하는 거야?)" 공사가 진행될 리가 없는 건 당연하다.

지금 갑자기 말과 글이 없어진다면 비행기도 못 뜨고 지하철이나 자동차 운행도 못 하고 물건을 사고팔지 못하게 돼 생존 자체가 위협받게 될 것이다.

사람과의 관계는 서로 간의 소통이 원활해야 원만한 관계를 유지할 수 있다,

서로의 속을 알 방법은 말을 통해서만 가능하다. 물론 이심전심이란 말도 있지만, 그건 부처님이나 가능한 얘기이지 "말 안 해도 다 알아." 이건 오만이다.

말을 들어도 모를 사람 속인데 어찌 말 안 해도 안단 말인가. 열 길 물속은 알아도 한 길 사람 속은 모른다는 옛말도 있다. 이렇게 소중한 말이 어떻게 하느냐에 따라 상반된 결과를 가져온다.

고려 시대 서희 장군은 말 몇 마디로 거란의 수십만 대군을 물리쳐 나라를 구했고 말 잘못 해서 패가망신하는 사람을 주변에서 흔히 보기도 하니 말이다. 칭찬하는 말보다 상대방의 화를 돋우는 말이 유난히 발달한 것이 우리의 언어이다. 재미있는 것은 욕의 상당 부분이 성기와 연관된 것이거나 형벌에 관한 것들이라는 점이다.

니미, 라거나 시부럴 등에 생략된 부분을 채우면 제 어미와 붙어먹을 이라는 험한 표현이라는 사실이다. 이 욕의 근원은 우리가 여진족을 얕보는 데서 출발한 잘못된 편견이라는 것이 학자들의 의견이다. 여진족은 제 어미와도 붙어먹는 미개인이라는 생각에 넌 그런 미개인과 같은 부류야, 이런 뜻인데 여진에 그런 천륜을 어기는 풍습이 있을 리 없고 여진이 세운 청나라에 조공까지 바치던 조선인의 후손으로 할 욕은 아닌 것 같다.

형벌과 관계된 욕들도 우리 언어에 상당한 부분을 차지한다. 우라질 놈이란 죄를 지어 잡혀갈 때 오랏줄에 묶여 갈 놈이라는 험한 표현이고 주리를 틀 놈은 묶인 정강이 사이에 장대를 넣어 정강이뼈가 부서지기도 하던 험악한 형벌을 뜻한다. 경을 칠 놈은 도둑질하는 사람에게 가하던 형벌로 이마나 팔에 죄명을 먹물을 새겨넣는 형벌이고 곤장을 칠 놈이란 죄인을 형틀에 묶어 엎드리게 한 후 볼기를 치던 형벌로 태보다는 무서운 형벌이다.

가장 심한 욕 육시럴 놈은 역적죄를 지은 죄수의 몸을 여섯 토막으로 찢어 죽인다는 끔찍한 표현이다. 욕은 아니지만, 의외의 표현이 도무지라는 말인데 도모지(塗貌紙)는 죄수의 얼굴에 창호지를 붙여 질식사시키는 형벌로 천주교도를 처벌할 때 많이 썼다고 하며 도모지가 도무지로 변형된 말이다. 천주교도로 지목되면 어떤 변명도 통하지 않고 처벌했기에 도무지는 어떤 말로도 통하지 않는다는 막무가내의 뜻으로 쓰이게 된 듯하다.

결투가 허용되던 체제하에 살던 사람은 욕 문화가 발달하지 않는다는 개인적 생각이다.

상대방을 모욕하거나 기분을 상하게 하려면 목숨을 걸어야 하니 욕하기가 쉽지 않았을 것이지만 강력한 중앙집권적 통제하에 더구나 무(武)를 경시하던 문인 지배의 사회에 살다 보니 쌓인 불만을 욕으로나마 풀려고 했을 것이고, 관에서 가하는 형벌을 비유하는 게 가장 효과적 욕이었을 것이다.

상민들은 나이가 차도 결혼하기가 쉽지 않아 중년을 넘기고도 상투를 틀지 못한 사람이 흔했다 한다. 성적 욕구를 간접적으로 해소하는 방안이 성기에 빗댄 욕이 아닐까 추론해 보았다. 욕이 발달한 것에 비하면 상대적으로 칭찬을 하는 말은 별로 보이지 않는다.

사촌이 땅을 사면 배가 아프다는 말이 있듯 남 잘되는 것을 달가워하지 않는 정서라 남의 행복이 내 행복이 아니니 남을 칭찬하거나 기쁘게 하는 말이 발달하지 못한 건 당연하다.

칭찬은 코끼리도 춤을 추게 한다는데 말로 상대방을 기쁘게 한다는 건 좋은 일이다.

지금 세상은 떠꺼머리총각으로 평생 혼자 살아야 하는 세상도 아니고 억울한 일이 있으면 호소할 방법도 널린 세상이다. 욕으로 스트레스를 풀 세상이 아닌 시대에 우리는 살고 있다.

고운 말 쓰기 국민 캠페인이라도 한바탕 벌여 말로 행복한 세상을 만들 수는 없을까? 우리가 입에 달고 사는 ㄱ새끼, ㅆ 할, ㅈ같이, 이 말을 대체할 고운 말이 과연 없는 것인가? 가는 말이 고와야 오는 말이 곱다. 말 한마디에 천 냥 빚도 갚는다. 상대가 기쁘면 기쁜 마음이 나에게로 되돌아오게 되어있다는 평범한 진리가 새삼스럽다니...

6. 올챙이와 개구리

지구에 사는 동물 중에 새끼와 어미의 생김새가 다른 것을 들라면 올챙이와 개구리가 아닐까 싶다. 올챙이는 개구리 새끼라는 사실을 알고 보니 그렇지 올챙이의 모습에서 개구리를 떠올리기에는 어느 것 하나 닮은 점이 없기에 하는 말이다.

생김새만 그런 것이 아니라 올챙이는 아가미로 개구리는

허파로 숨을 쉰다니 올챙이와 개구리는 새끼와 어미가 다른 점이 너무 많은 동물이라 하겠다.

이에 비해 생김새로만 치자면 사람은 아기나 어미나 외모상 별로 다른 점은 발견하기 어렵다. 이렇게 닮은 모습의 사람이지만 나이에 따라 생각하는 점이나 지향점이 사뭇 다르다는 사실이 새삼스럽다. 인터넷에 들어가 보면 젊은 세대와 나이 든 세대 간에 성향이 많이 달라 세대 간 대결이라는 신조어가 생길 정도로 서로 간에 이해의 폭이 좁다는 사실이 나라의 앞날을 우려하게 만드는 과제이기도 하다.

세대 간에 차이는 자연적 현상으로 극복의 대상은 아니다. 시간의 흐름도 세대에 따라 빠르고 늦고의 차이가 있다고 한다.

나이가 어릴수록 인체의 시계는 빠르게 돌아가고 바라는 일들이 많아 시간이 빨리 가기를 바라게 된다. 명절도 기다려지고 방학도 기다려지고 생일도 기다려지고 무더위에 물놀이 한겨울의 스키 타기 등 기다리는 일들이 너무도 많다. 인체의 시계는 빠른데 현실의 바램과 시간은 기대에 미치지 못하니 시간이 늦게 간다고 느끼게 마련이다.

반대로 나이 든 분들은 인체의 시계가 느리게 가고 별로 바라는 일도 없는 덤덤한 삶을 살게 된다. 무심코 생각 없이 살다 문득 달력을 보면 인체의 느린 시계와 달리 현실의 시계는 정신없이 흘러간 것에 놀라게 된다. 아니 벌써? 인체의 느린 시계로 세월의 흐름을 느끼지 못한 사이에 현실의 시계는 쏜살같이 흘러가는 것이고 주름진 얼굴을 보고 빠른 세월을 한탄하게 되는 것이 노년의 삶이다. 세대 간의 의식 차이는 너무나 당연한 경험의 결과이기도 하다.

나이가 들면 변화를 원하지 않거나 현실을 이해하고 타협하려는 마음이 생기게 마련이다.

나이 든 분들은 회사로 치면 경영하는 분들, 나라로 치면 다스리는 분들을 이해하려 하거나 웬만하면 문제 삼지 않으려고 한다. 세상을 살며 나도 해 보니 나름대로 어려운 점이 있더라는 체험에서 온 이해심도 생기고 변화에서 오는 번거로움을 본능적으로 꺼리게 되는 것이 나이 든 분들의 속성이라 볼 수 있다.

젊다는 것은 빠르게 성장하는 것만큼이나 주변 상황의 변화를 원하게 된다. 이런 변화 본능이 세상을 발전시키고 변화시키는 원동력으로 선 기능을 하는 것이다. 생각의 다름도 자연적 현상이니 슬기롭게 받아드리는 지혜가 필요하다.

주변을 살펴보시라. 나이 든 분들은 대부분이 머리숱이 듬성듬성하게 마련이다.

멋있게 보여 좋은 이성을 만나 우수한 후손을 남겨야 하는 용도로 쓰려고 아까운 단백질을 소비하던 머리털의 용도가 끝나면 이게 빈모(貧毛)이고 기름진 중국 음식을 좋아하던 청년 시절을 지나 배나 나오기 시작할 때쯤이면 담백한 일식을 즐겨 찾게 되다가 더 나이가 들면 덜 씹어도 되고 위에 부담도 적은 곰탕이나 설렁탕을 즐겨 찾게 되지 않던가?

신문을 봐도 제목이나 보고 세세한 일에 머리 쓰지 말라고 눈이 나빠지는 것이고 듣는 것도 아주 중요한 일이 아니면 들어서 열 받지 말라고 귀도 나빠지는 것이 자연의 이치인데 돋보기도 모자라 노안 교정 수술까지 감수하거나 하나라도 더 듣겠다고 보청기까지 끼고 세상일에 간섭해 봤자 건강만 해치게 될 뿐이니 소곤대는 얘기까지 들으려 하지 말라는 이치이다.

옛말에 이 없으면 잇몸으로라는 얘기가 있다.

사실 잇몸으로 씹을 음식은 많지 않다. 그래서 옛 보양식은 흐물거리는 음식들이 대부분이다. 지금은 이가 빠지면 이를 해 넣거나 임플란트 혹은 틀니를 하는 분들도 없지 않다. 이런 분들이 매사에 나서는 모양이 젊은 세대의 눈에 거슬려 '틀 딱'이라는 신조어도 생겼을 것이다.

세상에 태어난 이는 누구나 올챙이를 거쳐 개구리가 되는 과정을 거치게 마련이다.

젊다는 것, 나이 들었다는 것은 다름이 아니라 과정일 뿐 세대 간 대결이니 하는 얘기는 당치도 않다. 국가를 수레라고 치면 젊은 세대, 노년 세대, 혁신, 보수, 모두가 수레바퀴라고 생각해 보자. 역사를 돌아보면 어느 한쪽에 치우친 판단이 나라를 망친 경우가 숱하게 많다는 것을 알게 된다.

인체 시계가 빨라 현실적 변화가 너무 더디다는 젊은 세대의 입장만으로 세월이 쏜살같이 빠르게 느껴지는 노년 세대에게 더 빨리 빨리는 무리이고 현실에 안주하며 변화를 외면하는 것도 바른 처사는 아니다. 서둔다고 어느 바퀴만 혼자 빠르게 갈 수도 없고 가기 싫다고 주저앉을 수는 더더욱 없는 것 아닌가?

"젖비린내도 가시지 않은 올챙이가 뭘 안다고?"라거나 "개구리가 올챙이 적 모른다더니…"

올챙이와 개구리가 서로 상대를 비하해 봐야 개구리도 올챙이 시절이 있었고 올챙이도 슬슬 꼬리가 사라지며 개구리의 모습으로 변하게 되는 게 자연의 순리이다.

개구리가 싫다고 올챙이에 머물 수도 없고 개구리가 다시 올챙이로 돌아갈 수도 없는 노릇 아닌가?

7. 선비 정신

지구상에는 많은 종족이 집단을 이루거나 국가를 형성하여 살아가고 있다.

제대로 된 집단이나 국가를 보면 그 집단을 하나로 뭉치게 하는 커다란 정신적 가치가 있는 것을 보게 된다. 유럽 여러 나라에는 기사도 정신이 있고 가까운 일본만 해도 무사도 정신이 알게 모르게 민족성의 바탕을 이루고 있다. 역사가 일천 한 미국만 해도 청교도 정신이 미국 사회를 이끄는 정신적 지주라 한다.

제대로 된 국가는 이런 정신적 가치가 작용하여 국가가 올바른 길로 가는 나침판의 구실을 하는 것이다. 이런 가치의 실천은 집단을 이끄는 지도층의 몫으로 지도층은 기꺼이 이를 실천하는 모범을 보이고 이를 따르는 일반 백성은 이런 지도층을 믿고 자신들의 운명을 맡기는 것이다. 영국을 예로 들면 포틀랜드 전쟁 시 전사한 군인의 전부가 장교나 부사관 이상의 지휘관들이었다. 한국 전쟁 때도 미국 대통령의 아들이 전사했고 모택동의 아들도 전쟁터에서 목숨을 잃었다.

귀족은 군림하는 것이 아니라 어려움이 닥쳤을 때 가장 앞에서 이를 극복하고 필요하다면 희생도 해야 한다. 이런 정신을 우리는 노블레스 오블리주라 하며 지도층이 실천해야 하고 요구되는 덕목이다. 우리가 급격한 변화를 겪으며 신분 사회가 무너진 것은 바람직하나 지도층의 덕목도 실종된 것이 아쉽다.

우리에게 너희들 사회를 이끄는 정신적 지주가 무엇이냐고 묻는다면 그건 바로 '선비 정신'을 들고 싶다. 왕권의 권위가 시퍼렇게 살아있는 왕조 국가에서 왕의 잘못이나 인척의 잘못을 지적하여 아니 되옵니다! 를 외치는 당찬 용기, 도끼를 들고 대궐 문 앞에서 임금의 잘못을 낱낱이 지적하는 용기가 선비 정신의 근간이다.

임진왜란 당시 왜의 대군에 맞서 당당히 굴하지 않던 부사 송상현의 기개가 바로 선비 정신의 본보기이다. 성이 무너지자 달아나라는 대마도주의 귀띔을 뿌리치고 관복으로 갈아입고 당당히 왜적을 꾸짖던 서슬 퍼런 기개 비록 무장은 아니지만 날이 선 선비의 기개 앞에 왜적도 머리를 숙였다지 않더냐.

올바른 선비는 사치함을 수치로 여긴다. 청빈함이 떳떳하고 자랑스러운 것이다.
조선조의 올바른 선비는 다 생활이 곤궁하고 어렵지만 이를 수치로 여기지 않았다.
가사 문학의 대가라는 송강 정철은 술과 풍류를 즐겼지

만, 쌓아둔 재물이 없어 말년이 비참했다고 한다. '나물 먹고 물 마시고 팔을 베고 누웠으니 대장부 살림살이 이만하면 족하도다.' 이것이 선비 정신이다.

한국 음식 중 선비를 닮은 음식을 들라면 단연 냉면과 설렁탕을 들고 싶다. 맑은 육수에 달랑 고기 두어 점이 다인 냉면과 설렁탕은 그 소박함이 선비를 연상케 한다. 고기나 소명을 더덕더덕 얹으면 담백한 맛을 잃어 오히려 먹기가 거북해지는 것이 냉면과 설렁탕이다.

요즘 드라마에 보면 선비들의 옷이 색색으로 화려하게 보인다. 하지만 선비는 화려한 복장을 금기시했다. 하얀 옷을 정갈하게 입는 것으로 당당하고 고고하던 것이 조선 선비들의 참모습이다. 선비 정신의 실종은 지도층의 도덕마저 앗아 갔다.

부귀영화를 뿌리치고 임금의 부도덕을 꾸짖던 사육신의 기개는 선비 정신의 꽃이라 하겠다.

지금은 어떤가? 모시던 분이 실권하면 다투어 비난하는 대열에 서서 보신을 꾀하는 추악한 모습 하며 부의 과시가 자랑스러운 지도층의 행태는 눈 뜨고 보기가 민망할 정도이다.

자신은 제외하고 아랫사람에게만 희생을 강요하는 지도층의 행태는 국민적 저항과 불신을 불러온다. 정신적 지향

294

점이나 지주가 없으면 모두가 갈 방향을 잃고 우왕좌왕하게 마련이다.

지금이라도 잃어버린 우리의 선비 정신을 되살려 지도층이 환골탈태하는 모습을 보이는 것이 시급하다. 지정학적으로 우리는 매우 불리한 환경을 마주하고 있다. 세계 최강 국가 중 셋이 우리와 이웃하고 있고 미국까지 더한다면 세계 4 강과 우리의 운명을 다투고 있는 형국이다. 자원도 없고 국토도 좁고 우리가 가진 것은 사람뿐이지 않은가? 사람은 뭉치면 힘이 배가 된다는 단순한 진리를 놓치지 말아야 한다.

백성에게만 뭘 요구하기보다는 지도층의 솔선하는 희생 정신이 난국을 극복하고 백성을 단합시키는 가장 나은 방법이라는 데 이의가 있을 수 없다.

8. 메리 크리스마스

우리가 못살던 시절 우리가 접하는 미국은 완전 환상의 꿈나라였다. 달걀가루를 처음 보고 정말 놀랐다. 가루에 물을 부어 저어서 펜에 부치면 멋진 달걀부침이 되기도 했으니 가루비누를 보고도 탄성을 질렀고 대형 깡통에 든 둘둘 말린 베이컨을 보고도 놀랐다.

당시 오락이라면 영화 구경이 유일하다시피 했는데 상영하는 영화는 대부분이 미국 할리우드에서 만든 영화였다. 콩나물시루 극장에서 까치발을 하고 서서 본 영화이긴 하지만 영화 속 미국은 환상의 나라였고 보는 것만으로도 우리는 행복에 겨워했다.

그런 동경의 나라 미국 최고의 명절이라는 성탄절, 당연히 우리도 최고의 명절은 성탄절이었다. 12월에 들어서면 거리는 크리스마스트리로 장식되고 여기저기서 크리스마스 캐럴을 틀어댔다. 밤의 명동거리는 사람의 물결에 휩쓸려 떠다니다시피 했고 필름을 말아 만든 피리 소리가 천지를 진동했다.

성탄절 날은 동네 교회가 미어터지다시피 했다.
종이봉투에 과자를 이것저것 넣어 교회에 참석한 모든 아이에게 나눠 주었기 때문에 이런 과자를 얻어먹으려는 아이들이 몰려들어 교회는 시장터를 방불케 했다. 이때 신발을 분실하는 아이들이 많았다. 특히 새 신발을 신고 온 아이는 거의 신발을 잃어버리게 마련이다. 헌 신발을 신은 아이들은 신발 바꿔 신으러 성탄절을 기다리기도 했으니 교회가 파하고 나면 이런 신발 잃은 아이들이 울며 신발을 찾는 장면이 지금도 기억에 생생하다.

아마 신발을 잃은 아이는 평생에 지워지지 않을 아픈 성탄의 기억이었을 것이다.

지금도 교회에서 과자 봉투를 주는지 모르겠다. 준다 해도 아이들이 과자가 궁해 교회에 갈 것 같지는 않다. 신발 분실은 더더욱 이해 못 할 것이다. 남의 신발을 준다 해도 아마 아이들은 고개를 저을 테니 말이다.

요즘은 크리스마스 캐럴도 듣기 어렵고 신자가 아니면 성탄절을 명절이라 생각하는 이도 없다. 미국을 우습게 보게 되었으니 미국의 명절도 따라서 평가 절하된 감이 있지만, 성탄의 의미를 새겨 보면 그렇게 무심히 넘길 의미 없는 날은 아닌 것 같다는 생각이 들기도 한다. 인류를 구원하기 위해 하느님의 아들을 세상에 보내셨고 십자가에 못 박히는 고통을 사명으로 안고 오신 분이 예수님이라면 탄생의 의미가 너무도 고맙기 때문이다.

예수님께서 끌려가시기 전에 하느님께 드렸다는 기도 '아버지시여! 될 수만 있다면 이 쓴잔을 제게서 거두어 주소서. 하나 내 뜻대로 마시고 아버지의 뜻대로 하시옵소서.' 인류를 구원한 가슴 아픈 키 워드란다. 올해의 성탄절은 정말 어수선하다.

예수님 나신 축하의 촛불이 아닌 너는 아니다는 불행한 촛불이다. 그렇다 해도 성탄절만큼은 예수님의 탄생을 축하

한다는 아픈 이들에게 사랑을 나눠 주시려 예수님께서 다녀
가신 고운 마음을 새기는 촛불이기를 바라는 마음이 간절하
다.

　세상의 모든 아픈 이들이 같이 행복한 날을 꿈꾸신 착한
예수님 그런 예수님이 오신 날이라면 하루만이라도 이웃의
아픔을 가슴에 품어보는 것이 마땅한 도리인 것 같다 라는 생
각을 해 보았다. 징글 벨, 징글 벨, 모두 행복하세요.

　성탄의 의미

　　지구를 다녀간 숱한 사람 중
　　태어남의 의미가 있는 분 몇이나 될까?
　　아무 죄도 없이
　　그냥 죽어야 한다는데
　　네
　　이런 분이 예수님이시라네
　　손발에 못 박히시고
　　창에 옆구리 찔리시고
　　가시관에 찢겨 피 흘리시다
　　힘들게 가시며 하신 마지막 말씀
　　-다 이루었도다-
　　너무 고맙잖아
　　세상에 오신 의미가

9. 살생유택(殺生有擇)

학창 시절 두 분의 석학(碩學)을 모시고 열린 강연회에 참석한 적이 있다. 한 분은 연세대학교 교수이시고 유명한 수필가셨는데 기독교 입장에서 사랑이라는 주제로 강의하셨고 다른 한 분은 동국대학교 교수이시며 형법 계의 최고 권위로 알려지신 분인데 불교의 윤회(輪廻)를 말씀하셨다.

사랑에 대해 말씀하신 교수님은 수필가답게 논리 정연한 강의로 우리를 매료시키셨지만 윤회 사상을 말씀하신 교수님은 말주변이 없으셔서 윤회 사상을 들으며 아닌데 하는 마음이 들기도 했다. 개나 돼지나 사람이 다 같은 가치를 가진 생명체라는 말씀에 선뜻 동의하기가 어려웠기 때문이다.

나이가 들면서 그때를 회상해 보니 말주변이 없으셔서 우리에게 비록 감동은 주지 못했지만 그분이 전하고자 한 의미, 생명체는 인간과 더불어 살아갈 나름의 권리가 있다는 쪽으로 이해되었다. 사람은 한평생을 살며 많은 생명체를 죽이게 된다. 하지만 내가 뭘 죽였다는 의식은 거의 하지 않는다. 사람은 일단 모르는 생명체가 주변에 보이면 무조건 죽여야 한다는 본능을 가지고 있다. 이런 본능은 아마도 원시 시절 주거 환경이 온전치 못할 때 주변의 해충이나 동물에게 입은 피해가 축적된 결과가 아닌가 생각된다.

한번 곰곰이 생각해 보시라. 모기, 파리, 날 파리, 개미, 바퀴벌레는 그렇다 쳐도 해를 주지 않는 생명체도 주변에 있으면 그대로 두고 보지 못하는 게 사람 아닌가?

소운도 살면서 참 많은 살생을 한 것 같다. 하지만 이런 살기(殺氣)도 나이가 들면 조금씩 가시는 것 같다. 가능하면 직접 해가 되지 않는 생명체는 죽이고 싶지 않다는 심정으로 바뀌게 되었다고 할까.

지금 사는 곳이 시골이다 보니 내 생활영역에 벌레들이 자주 침범한다. 아침에 욕실에 들어가 보면 욕조에 돈벌레가 빠져 있을 때가 많다. 욕조가 미끄러운 탓인지 개미지옥처럼 한번 욕조에 빠지면 다시는 올라오지 못하고 인기척이 나면 어쩔 줄 모르고 바닥을 우왕좌왕하지만 징그러워서 구해 주기도 그렇다. 며칠 지나다 보면 추가로 빠진 놈들까지 합세해서 인기척에 부산을 떨기도 한다.

예전 같았으면 당장 살충제를 뿌렸을 테지만 왠지 내 손으로 죽이고 싶지 않다는 게 요즘 심정이다. 그렇다고 마냥 두고 보기도 그래서 큰맘 먹고 상자를 찢어 얘들을 올라타게 한 후 창문을 열고 털어 버리기를 시도해 봐도 놈들은 내가 살려 주려 한다는 것을 모르니 순순히 종이에 올라가지 않고 애를 먹이기도 한다. 녀석이 달아나려 하다 보면 내 손쪽으로 오기도 하고 "녀석들 죽게 내버려 둘까 보다." 짜증이 확 올라온다.

강원도 산골에나 있는 줄 알았는데 양평에도 흡혈 진드기가 있다는 사실을 알았다.

어느 날 보니 집에서 기르는 진돗개의 눈두덩에 까만 콩 같은 것이 매달려 있는 게 보였다. 녀석이 백구라서 더욱 눈에 두드러져 보였을 것이다. 처음에는 뭔가하고 의아했다. 설마 흡혈 진드기가 양평에도 있으리라고는 생각지 않았기 때문이다. 개 줄을 당겨 자세히 보니 흡혈 진드기가 얼마나 피를 빨았는지 몸이 탱탱하게 불어 있었다.

개를 밖으로 끌어내 진드기를 떼어내 돌에 올려 죽이며 진저리를 쳤다.

흡혈 진드기에 관한 나쁜 기억이 있다.

언젠가 강원도 속사에 놀러 갔다 온 후 체육관에서 운동을 끝내고 샤워를 하는데 코치가 내 등을 보더니 놀라서 소리쳤다. "선생님 등에 흡혈 진드기가 붙어 있어요." 녀석의 호들갑에 "사마귀인데?" 등에 사마귀가 난 것을 보고 나이가 드니 별것이 다 생긴다는 생각을 하던 차였기에 대수롭지 않게 받았다.

코치는 강원도에서 군 생활을 해서 잘 안다며 진드기를 떼어내 나에게 보여주었다.

살을 파고 들어 며칠이고 피를 빤다는 진드기의 다리가 꼬물거리는 게 소름이 돋을 지경으로 기분 나빴다 신문에 보니 살인 진드기라는 놈도 있는 모양인데 아무리 윤회가 어떻고 해도 진드기를 살려주기는 어렵다.

강원도 속사 이승복 기념관 주변에 다녀오신 분 중에는 진드기가 붙어 오는 분이 많았다.

어떤 분은 관자놀이 주변에 여러 개가 붙었지만 검버섯이 생겼다고 생각했고 같이 간 분들도 그렇게 생각할 만큼 진드기가 붙어도 본인이 느끼기 어렵다. 이분도 병원에 갔다가 진드기인 것을 알고 기겁을 했다 한다.

진드기는 떼어내려 해도 정말 사마귀라고 착각할 정도로 떨어지지 않는다.

'억지로 떼어내면 살 속에 박고 있는 머리나 다리가 잘려 살 속에 남는다고 한다. 과산화 수소를 바르면 스스로 떨어진다고 하니 참고하시기 바란다.'

살생 없이 사는 게 생각보다는 어렵다. 집안에도 자세히 살펴보면 생명체가 많이 있고 공존해야 한다지만 그게 쉽지 않다. 이렇게 마음을 정했다. 사람에게 해를 주는 것은 어쩔 수 없지만 그렇지 않은 것은 밖으로 쫓아 내던지 아니면 그대로 두기로.

신라 시대 화랑도에 가르쳤다는 살생유택, 참 오래전 조상분들도 똑같은 고민을 하신 것 같다. 죽이지 않고 세상을 살 수는 없지만, 최소한 잘 살펴서 살릴 것은 살리려는 마음은 있어야겠다. 인간만이 지구 위에 살아남는다면 그 또한 살벌하지 않겠는가?

새벽에 소변을 보려고 화장실 불을 켜니 뭔가가 후닥닥 문 앞에 깔아놓은 깔판 밑으로 몸을 숨긴다. 녀석, 내가 살생유택 하기로 착해진 것을 모르나 보다.

물소리 바람 소리

박목철 수필집

2022년 5월 26일 초판 1쇄
2022년 5월 31일 발행
지 은 이 : 박목철
펴 낸 이 : 김락호
디자인 편집 : 이은희
기 획 : 시사랑음악사랑
연 락 처 : 1899-1341
홈페이지 주소 : www.poemmusic.net
E-Mail : poemarts@hanmail.net

정가 : 15,000원
ISBN : 979-11-6284-370-3